TOD

im Milliardenspiel

Gneisenaustraße 2 · 10961 Berlin
www.transit-verlag.de

Das Titelfoto zeigt den für eine »Kontraste«-Fernsehaufnahme rekonstruierten Originalfundort.
Alle Abbildungen: Archiv der Autoren

Umschlaggestaltung und Layout:
Gudrun Fröba
Druck und Bindung:
Pustet GmbH, Regensburg
ISBN 3-88747-190-3

Olaf Jahn + Susanne Opalka

TOD

im Milliardenspiel

Der Bankenskandal und das **Ende eines Kronzeugen**

: TRANSIT

Inhalt

Für Nina und für Pit

Vorwort

Als im Januar 2004 immer mehr Freunde, Bekannte und Kollegen erfahren, daß wir ein Buch über den Berliner Bankenskandal und »den Toten aus dem Grunewald« schreiben, lautet eine häufig gestellte Frage: »Und, könnt ihr den Mord beweisen? Wer war es?« Diese Reaktion zeigt eine Erwartungshaltung, der wir nicht gerecht werden können. Wir haben keinen Tatverdächtigen. Bis heute ist es nach unserer Überzeugung nicht bewiesen, wie Lars Oliver Petroll zu Tode kam. Fest steht, daß er durch Zufall in das Zentrum des Milliardenskandals um die Bankgesellschaft Berlin geriet. In ein Kraftfeld verschiedenster Interessen, in dem er auf seine Weise mitspielen wollte. Während der dramatischsten Monate der Bankenkrise im Herbst des Jahres 2001 kam er zu Tode. Wir wollen diese Erlebnisse und Ereignisse so gut wir können dokumentieren. Nicht weniger, aber auch nicht mehr. Uns geht es um die Umstände, nicht um Schuldige oder Unschuldige. Wir wissen nicht, ob es sich um einen Mord gehandelt hat.

Und noch eine Anmerkung ist wichtig: Obwohl wir in diesem Buch tatsächliche Ereignisse schildern, haben wir nur die Namen der wichtigsten Protagonisten unverändert gelassen. Alle anderen Personen haben wir entsprechend unserer Wahrnehmung realistisch abgebildet – aber ihre Namen geändert.

Für das Entstehen dieses Buches müssen wir an erster Stelle unseren Kollegen Ursel Sieber und Jens Anker danken. Ohne sie hätte es dieses Projekt vermutlich nicht gegeben. Ganz besonderer Dank gilt Mathew D. Rose, der uns zu jeder Tages- und Nachtzeit mit seinem Wissen zur Seite stand. Er hat uns fortwährend darin bestärkt, unsere Rechercheergebnisse trotz der teilweise verwirrenden Zusammenhänge aufzuschreiben. Die RBB-Fernsehchefredakteurin Dr. Petra Lidschreiber hat uns den journalistischen Rahmen eingeräumt, der unsere Arbeit erst ermöglicht hat. »Kontraste«-Redaktionsleiter Reinhard Borgmann hat uns nicht nur stets zum Weitermachen ermutigt. Er hat uns mit Rat und Erfahrung unterstützt. René Althammer hat sich auch unter Streß die Muße genommen, uns bei der Recherche zu helfen. Nicht zu vergessen das gesamte »Kontraste«-Team, das unsere Arbeit mit Geduld, Nachsicht und Interesse begleitet hat. Wie wichtig für uns das Engagement des Berlin-Kenners und Abendschau-Kollegen Norbert Siegmund war, ist kaum zu überschätzen. Unerwähnt bleiben dürfen auch nicht die Kollegen aus dem RBB-Zeitungsarchiv, die für die »Kontraste«-Berichterstattung unermüdlich in die Keller gestiegen sind und verstaubte Ordner hervorgeholt haben. Und nicht zu vergessen: Siggi Schefke für seinen Einsatz in Leipzig.

Unschätzbaren Wert hatte für uns die Hilfe vieler Kollegen, nicht zuletzt die wichtigen Hinweise von Leo Müller, Journalist bei der Schweizer Wirtschaftszeitung »Cash«. Ohne die unzähligen Gesprächspartner in Behörden, Banken und Parteien hätten wir dieses Buch so nicht schreiben können. In Erinnerung bleiben wird uns auch die liebevolle Geduld einiger Freunde Lars Oliver Petrolls, die uns ihren »Lars Oliver« als Menschen nähergebracht haben.

Große Hochachtung haben wir vor den Kennern der Immobiliengruppe »AUBIS«, die trotz teilweise erheblicher Ängste mit uns gesprochen haben.

Doch was wäre ein Buch ohne die kritische Prüfung kompetenter und engagierter Leser. Dafür danken wir Susanne und Martin Achatzi, Sabine Glocker, Christian Lehmhaus, Dr. Andreas Manthey, Rainer Rudolph und Armin Stolz.

Nicht in Worte zu fassen ist die vielfältige Mitarbeit unserer Lebensgefährten Nina und Pit. Sie haben nicht nur unsere häufige Abwesenheit akzeptiert und den Alltag ohne uns bewältigt. Sie haben uns motiviert und mit manchem wertvollen Tip und mit mancher »Dienstleistung« in der Recherche weitergebracht. Kurz: Ohne sie hätten wir das Buch nicht abschließen können.

Berlin, im Februar 2004
Susanne Opalka, Olaf Jahn

Prolog

Ein sonniger Morgen Ende September. Es ist die Zeit der Pilzesammler. Kurt Saager fährt jedes Jahr zur Saison mit seinem Rad in den Berliner Grunewald, jedes Jahr in den gleichen Waldabschnitt, in den Jagen 59. Auf seinem Fahrrad hat er einen Korb, in der Tasche ein kleines Messer für die Pilze. Die rauschende Avus läßt er links liegen, biegt am Grenzstein Jagen 58/59 in den Wald aus Birken und Kiefern ein. Es duftet herrlich nach feuchter Erde, nach Herbst. Wie immer überquert Saager den Trampel-Pfad zur kleinen »Lustwiese«, einem verschwiegen gelegenen Treffpunkt der Homosexuellen nahe dem Forsthaus. Irgendetwas aber irritiert ihn plötzlich, irgendetwas ist anders. Ein eigenartiges Gefühl befällt ihn, und er entdeckt im Dunst der Morgensonne eine Gestalt. Ein Mann. Er hängt am Ast einer alten Eiche. Er lebt, denkt Saager, wirft sein Rad zu Boden, wühlt sein Messer aus der Tasche. Er will ihn retten, schnell den Strick durchschneiden. Zu spät. Er ist tot, stellt Saager entsetzt fest, als er den jungen Mann berührt. Er schaut auf einen Holzstapel, der sehr ordentlich um die Füße des Toten herum aufgebaut ist. »Eigenartig«, hört er sich laut sagen. Dann gewinnt er die Fassung zurück, greift nach seinem Handy und wählt hastig 110.

Es ist der 29. September 2001. 9.02 Uhr.

Der ältere Herr, der am späten Nachmittag des 16. April 2002 etwas unsicher durch das Tor der Strafanstalt Moabit in die Freiheit tritt, ist bemüht, unter allen Umständen Haltung zu bewahren. Keine leichte Aufgabe für jemanden, der es gewohnt ist, in feinen Geschäftsanzügen seriös und distinguiert aufzutreten – und der nun in abgetragenen Jeans, bankschalter-blauem Hemd und dunklem V-Pullover eine der berüchtigsten Haftanstalten Deutschlands verläßt. Immerhin: Der entlassene Untersuchungshäftling wird von seinem Sohn erwartet. Die helle Plastiktüte mit der Aufschrift »Neuling« hat Dr. Christian Neuling, Mit-Gesellschafter der tief in den Berliner Bankenskandal verwickelten Unternehmensgruppe »AUBIS«, schon vorher seinem Rechtsanwalt in die Hand gedrückt. Die Tüte mit wahllos zusammengeworfenen Hemden, Hosen und Notizzetteln ist Neuling offenbar ein zu peinliches Symbol für seinen Aufenthalt in der Zelle. Die restlichen Utensilien, die ihm seine sechswöchige Untersuchungshaft wegen Verdachts auf Millionenbetrug erleichtert hatten, bringt Neuling in einer Sporttasche, einem schwarzen Aktenkoffer und in zwei Pappkartons (»Iris Taschentücher, 4-lagig, 6x10«) mit. Für den ehemaligen CDU-Politiker Neuling hat sich das drängendste Problem erst einmal gelöst: Er ist wieder auf freiem Fuß. Gegen eine Kaution von 950.000 Euro. Eingezahlt in bar. Sichtlich erleichtert sagt Neuling wartenden Journalisten: »Ziel ist es jetzt, meinen Partner hier herauszuholen.«

Nach diesem Statement an die Adresse seines »AUBIS«-Gefährten Klaus Wienhold schleppt er zusammen mit seinem Sohn Taschen und Kartons 200 Meter weit in Richtung Turmstraße. Dort parkt sein grauer Porsche Carrera, im Kennzeichen selbstbewußt die eigenen Initialen: CN. Die Luxuskarosse erweist sich allerdings als wenig geeignet, einen entlassenen Untersuchungshäftling abzuholen. Sie ist zwar sportlich, aber auch klein. Die Pappkartons passen kaum durch die Türen hinein. Erst nach einigem peinlichen Drükken und Zerren vor den Augen der Journalisten löst Neuling auch dieses Problem. Er wendet sich noch einmal an die Beobachter und gibt sich locker: »Im Übrigen, wenn Sie schon hier stehen, möchte ich wie in einer Wunschsendung einen schönen Gruß an meinen Partner, Klaus Wienhold, senden.« Dann läßt sich der frühere CDU-Politiker in den Beifahrersitz fallen. Mit röhrendem Motor fährt der Wagen davon, und mit ihm eine der Kernfiguren des Bankenskandals.

Klaus Wienhold, ehemaliger Kriminalbeamter und Neulings Partner bei »AUBIS«, muß noch eine Woche länger in Moabit aushalten. Dann hat auch er die Kaution aufgebracht. 500.000 Euro in bar, 450.000 Euro über eine Bankbürgschaft. Seine Rückkehr in die Freiheit vollzieht sich allerdings – ganz seinem Typ entsprechend – auf dramatischere Weise. Ein grauer Renault-Minivan – Wienholds Lebensgefährtin Hannelore Pottmann auf der Rückbank – fährt direkt vor das Besuchertor und hält auf der Hauptverkehrsstraße Alt-Moabit im fließenden Feierabendbetrieb. Sofort fliegen die vordere Beifahrer- und die hintere Seitentür auf. Hannelore Pottmann, ganz in Pink, streckt ihren Arm heraus und ruft »Schnell Klaus, schnell, komm!« Wienhold, grauhaarig und etwas beleibt, stürzt auf den Wagen zu. Eine seiner beiden schwarzen Reisetaschen schleudert er seiner Freundin auf den Schoß. Die andere Tasche noch in der Hand, wirft er sich auf die Rücksitzbank. Heftig umarmt Hannelore Pottmann ihren Freund. Vorne beugt sich der Fahrer über den Beifahrersitz und reißt die rechte Tür wieder zu. Zügig rollt der Wagen an und reiht sich in den abendlichen Verkehrsstrom ein.

Diese Szenen könnten leicht als amüsante Anekdoten durchgehen, wenn sie nicht mit der Milliardenpleite der Bankgesellschaft Berlin verwoben wären – und mit dem ungeklärten Tod des ehemaligen »AUBIS«-Mitarbeiters Lars Oliver Petroll, der fünf Monate zuvor erhängt im Grunewald gefunden wurde. In beiden Fällen geht es um die Unfähigkeit der Berliner Politik und Staatsanwaltschaft, die Hintergründe der Ereignisse aufzuklären. Es geht es um sehr viel Geld, und es geht um ein Menschenleben.

Hintergrund dieser Geschichte ist einer der größten Bankenskandale Deutschlands. Die Bankgesellschaft Berlin, das stolze Finanzierungsinstitut der Hauptstadt, ist von der Pleite bedroht. Ihre Schieflage droht, das ohnehin schon schwer verschuldete Berlin, noch schneller in den Ruin zu treiben. Dabei sollte das 1994 gegründete Institut eigentlich die Fortentwicklung der Stadt entscheidend finanzieren und Berlin als Bankenplatz attraktiv machen. Eine faszinierende Idee, die einen entscheidenden Fehler hatte: Sie ignorierte den Zustand der handelnden »Elite«, deren mangelnde Kompetenz und den berühmt-berüchtigten Berliner Filz mit seiner nahezu undurchschaubaren Verwobenheit von Politik, Bau- und Immobilienbranche, Gewerkschaften, weitvernetzten Anwaltskanzleien und jahrzehntelang gewachsenem Parteienklüngel. Diese Schicht der Nutznießer ist immer dabei, wenn es Geld und Posten zu verteilen gibt. Und mit der Gründung der Bankgesellschaft gibt es beides in Hülle und Fülle. Man will das ganz große Rad drehen, vor allem im Fondsgeschäft. Mit dem Geld der Steuerzahler im Rücken werden Wunderfonds aufgelegt, die die Investoren praktisch von jedem Risiko freistellen. Als die Immobilienpreise in Ostdeutschland verfallen, setzen Berlins Spitzenbanker weiter auf steigende Preise. Und neben all den Geschäften mit überbewerteten Objekten und unzureichend gesicherten Krediten kommen unter dem reichen Schutz der Bankgesellschaft Berlin auch fragwürdige, aber führenden Bankern persönlich bekannte Unternehmer zum Zug. Solche Konstruktionen können sogar öffentlich angebundene Banken überfordern, für die in letzter Konsequenz der Steuerzahler bürgt und bezahlt.

Ein Beispiel für die Gefahren dieser Konstellation ist der Fall der Unternehmensgruppe »AUBIS«. Sie gehört den beiden CDU-Mitgliedern Klaus-Hermann Wienhold und Dr. Christian Neuling. Sie haben in den vergangenen Jahrzehnten als prominente Politiker eng mit dem starken Mann Berlins, dem CDU-Fraktionschef Klaus-Rüdiger Landowsky, zusammengearbeitet. Landowsky ist inzwischen auch der Vorstandssprecher der »Berliner Hypotheken- und Pfandbriefbank AG« (BerlinHyp). Sie ist auf die Finanzierung von Immobilien spezialisiert. Bei dieser Bank sind Wienhold und Neuling Großkreditnehmer – und damit Großkunden ihres alten Parteikameraden Landowsky. Auf dem hochriskanten ostdeutschen Immobilienmarkt wollen sie mit Ankauf, Sanierung und Weiterverkauf von Plattenbauten das große Geld machen. Sie haben wenig Erfahrung und kalkulieren mit sehr geringen Sanierungskosten und gleichzeitig sehr hohen Verkaufspreisen. Zugleich haben sie ein undurchschaubares Geflecht von Firmen aufgebaut, in dem sie die Kreditgelder hin- und herbewegen. Davon aber will – zumindest in den Top-Etagen der BerlinHyp und der Bankgesellschaft Berlin – offenbar niemand etwas wissen.

Die BerlinHyp unter Vorstandssprecher Landowsky finanziert eine größenwahnsinnige Einkaufstour durch die ostdeutsche Platten-Landschaft. Das Ergebnis zeigt sich im Jahr 2001: In den Büchern der BerlinHyp schlummern gewaltige Risiken aus insgesamt 600-Millionen-Mark-Krediten an »AUBIS«. Unterlagen und Aussagen von Insidern legen den Verdacht nahe, daß die Kredite offenbar wenig mit einem normalen Kreditgeschäft zu tun hatten. Plötzlich ist von »unverantwortlichen Darlehen«, von Parteienfilz und Millionenverlusten die Rede. Die finanziell ohnehin schon am Tropf hängende Hauptstadt bekommt aus diesem Geschäft noch enorme, zusätzliche Lasten aufgebürdet.

Der Fall »AUBIS« steht für die Öffentlichkeit im Zentrum des Bankenskandals, und »AUBIS« bringt das Faß endgültig zum Überlaufen. Wenn die Kita-Gebühren erhöht, noch mehr Sportplätze und Schwimmhallen geschlossen, wenn Schulen vernachlässigt werden und Universitäten ihr Angebot noch weiter zusammenstreichen und deshalb noch mehr innovative Firmen samt Wissen und Arbeitsplätzen abwandern, dann schreiben viele Bürger diese Misere dem Bankenskandal zu – auch wenn die Belastungen aus dieser Affäre nur einen Teil der Berliner Schulden ausmachen.

Naive Zeitgenossen mögen bisher geglaubt haben, daß Insider der Berliner Finanzgeschäfte, die Banker, Vorstände, Aufsichtsräte und Wirtschaftsprüfer, gravierende Schwierigkeiten rechtzeitig bemerken und abstellen, nötigenfalls auch die Öffentlichkeit informieren würden. Doch nun wird mit jeder Enthüllung deutlicher: Die Wahrheit über den Zustand der Bankgesellschaft, über Schmuddelgeschäfte, Schulden und Schuldige wird nur stückchenweise ans Licht kommen. Und zwar nicht mit Hilfe, sondern gegen den Willen der Beteiligten. Für sie geht es um alles, auch für die »AUBIS«-Chefs Wienhold und Neuling.

So ist die Situation im Frühsommer 2001. Mehrere »AUBIS«-Mitarbeiter spielen mit dem Gedanken, ihr Insider-Wissen über Wienhold, Neuling & Co. zu Geld zu machen. Doch umfassende Kenntnisse, die den beiden Landowsky-Bekannten wirklich gefährlich werden können, hat nur Lars Oliver Petroll. Der 32jährige EDV-Experte hat über Jahre das gesamte Computer- und Datennetz der »AUBIS«-Gruppe kontrolliert. Er bekam dadurch Einblick in Kontenbewegungen, Kassen und Kalkulationen. Er weiß, wer welche »AUBIS«-Firmen steuert, wer Entscheidungen trifft und wer Geld aus den Krediten der BerlinHyp bezieht. Petroll entdeckt in den »AUBIS«-Daten Belege für unglaubliche Geldtransfers. Immer wieder wurden Millionensummen ins Ausland transferiert.

Petroll weiß, wie wertvoll sein Wissen für die Wahrheitsfindung ist. Er will seine Kenntnisse um fragwürdige Absahnermethoden im »AUBIS«-Komplex an den Mann bringen. Zwei Monate später wird er tot aufgefunden. Erhängt im Grunewald.

Ein toter Kronzeuge im größten Berliner Wirtschaftsskandal der Nachkriegszeit. Umgekommen unter äußerst mysteriösen Umständen. Muß das nicht der Beginn intensivster Nachforschungen von Mordkommission und Staatsanwaltschaft sein? Offenbar nicht. Nach kurzen, scheinbar lustlosen Ermittlungen lautet das Ergebnis: Selbstmord. Akte geschlossen. Der Fall ist erledigt. Lars Oliver Petroll ist abgehakt.

Doch in zweijähriger Arbeit haben wir Ereignisse und Indizien recherchiert, die eher gegen einen Freitod des EDV-Spezialisten sprechen. Die Spuren führen vom Grunewald durch Berlin zurück zu jener Lichtung, die Ort eines Verbrechens gewesen sein könnte. Sie führen zu Menschen, die Angst haben zu reden, deren Stimmen zittern und die sich von einem Tag auf den anderen nicht mehr an Erlebtes erinnern können. Und mit denen bis heute kein Ermittler gesprochen hat. Als Folge der Untätigkeit von Politik und Staatsanwaltschaft in Berlin bleiben nicht nur Teile des Bankgesellschaft-Skandals unentdeckt, sondern womöglich auch ein Mord an Petroll. Deshalb veröffentlichen wir im März 2004 diese Geschichte. Sie ist der Versuch zu rekonstruieren, wie Petroll gelebt hat, was ihm bei seiner Arbeit in Berlin widerfahren und wie er gestorben sein könnte. Im ersten Teil beschreiben wir Strukturen des Bankenskandals, in die der EDV-Experte gerät. Im zweiten Teil dokumentieren wir unsere Recherchen zu den Umständen seines Todes. Dieses Buch beruht auf der Auswertung unzähliger Akten, auf Gesprächen mit Computer- und Wirtschaftsexperten, auf Mitschriften des Berliner Untersuchungsausschusses zur Bankenaffäre – und zu großen Teilen auf den Erinnerungen der Arbeitskollegen, Bekannten und Freunde von Lars Oliver Petroll.

Ein Neuling bei AUBIS

Das Schreiben, mit dem Lars Oliver Petroll seinen schicksalhaften Weg zu »AUBIS« einschlägt, datiert vom 15. April 1998. In dem Brief an den »AUBIS«-Kommunikationsfachmann Ole Meier, mit dem Petroll zwei Tage zuvor bereits ein vertrauliches, informelles Bewerbungsgespräch geführt hat, schreibt Petroll nun offiziell: »Ich möchte mich hiermit als Netzwerkadministrator in Ihrem Haus bewerben. Als frühesten Eintrittstermin kann ich Ihnen nunmehr den 1. Mai 1998 anbieten.«

Bald darauf hat Petroll den Job. In bester Laune reist er von Hamburg nach Berlin. Er hat das Gefühl, daß er auf dem Weg nach oben ist. Sein neuer Arbeitgeber expandiert schnell und kauft für zig-Millionen Immobilien in ganz Ostdeutschland auf. Er hat auch eine Top-Adresse. In Halensee, direkt zwischen dem Ende des Kurfürstendamms und der Avus. Das elfstöckige Bürogebäude ist ein Renommierbau des international anerkannten Berliner Architekturbüros Léon, Wohlhage und Wernik. Der Bau ist ein dynamisches Glasgebäude, das aufgrund seiner ungewöhnlichen Form von den Berlinern schnell »Zitrone« genannt wird. Voller Bewunderung betrachtet Petroll den ein Stück über die Autobahn hinausragenden Bau, als er seine Stelle bei »AUBIS« antritt. Mit dem Fahrstuhl fährt er in die neunte Etage – dort sind die Büros der Chefs. Ihnen bietet sich ein grandioses Panorama. Über den Halensee hinweg geht der Blick bis zum Grunewald. Genau der richtige Platz für den ehrgeizigen 29jährigen Technik-Freak aus Hamburg. Von Bekannten hat er sich geradezu euphorisch verabschiedet: »In Berlin arbeite ich in der EDV einer jungen und sehr erfolgreichen Firma. Die haben mir ein Superangebot gemacht. Das ist meine große Chance.«

Petroll hat ein falsches Bild von seinem Arbeitgeber. Er weiß nicht, daß »AUBIS« bereits ein Jahr zuvor in erhebliche finanzielle Schwierigkeiten geraten ist. Die Gruppe mußte Kaufverträge für etliche Wohneinheiten rückabwickeln. Für Petroll ist »AUBIS« ein

Erfolgsunternehmen. Er hofft auf eine Karriere und darauf, viel Geld zu verdienen.

Bis zu diesem Zeitpunkt ist Petroll noch auf der Suche gewesen. Er kommt aus geordneten, gutbürgerlichen Verhältnissen. Sein Vater, ein musikbegeisterter Oberstudienrat, arbeitet zeitweise für den Hamburger Jazzclub »Birdland«. Seine Mutter bezeichnet Petroll in seinem Lebenslauf als »Unternehmensberaterin«. Aus diesem Elternhaus springt Petroll hinein in die boomende, faszinierende Welt der Technologie: Nach seinem Abitur am Gymnasium Billstedt fängt Petroll 1988 in der EDV-Abteilung des Axel-Springer-Verlags in Hamburg an zu jobben und erlebt dort die Umstellung der Verlagssysteme auf PC-Netzwerke. 1990 wechselt er zu der Hamburger Werbeagentur »Event«, wo er zunächst Kunden im Fernseh- und Printbereich berät. Später betreut er für »Event« Musikgruppen wie Deutschlands erste Boygroup »Bed & Breakfast« oder die Mönchengladbacher Rock-Band »Destination«. Der lockere Umgang mit dieser Klientel, das schnelle Leben, die Musik – das alles reizt ihn. In dieser unruhigen Zeit heiratet er und wird bald darauf Vater einer Tochter. Doch zugleich ist er viel unterwegs. Mal für die Werbeagentur, mal als Aufnahmeleiter bei der Produktion eines Videoclips an der Cote d'Azur. Die Ehe kriselt. Der junge Vater versucht zwar monatelang seine Familie zu retten, doch nach nicht einmal zwei Jahren trennt sich das Paar. Für ihn ist das ein harter Schlag. »Lars war jemand, der sich nach einem Heim sehnte, nach einem richtigen Familiengefühl. Er war eine treue Seele und wollte jemanden fürs Leben«, beschreibt ihn seine langjährige Jugend-Freundin Jolana Röbert. Der Traum vom privaten Glück ist für Petroll zunächst einmal geplatzt. Er stürzt sich mit noch mehr Schwung auf seine berufliche Zukunft.

Ihm ist inzwischen klar geworden, daß sein eigentliches Interesse die Computertechnik ist. PC's, Netzwerke und Sicherheitstechnik sind seine Welt. Deshalb schreibt er sich 1994 an der Fachhochschule Hamburg ein, im Fachbereich »Technische Informatik«. Das Studium fasziniert ihn zunächst. Aber es füllt Petroll nicht aus. Freunde beschreiben ihn heute als Tausendsassa, der immer

Neues ausprobieren und technisch weiter vorankommen wollte. Neben dem Studium bastelt er immer wieder an Geschäftsideen. Mit einer Bekannten will er in der Wohlwillstraße in Hamburg ein Internet-Café eröffnen. Er arbeitet nebenbei auf 320-Mark-Basis bei einer Computerservice-Firma in Ahrensburg, am östlichen Rand der Hansestadt. Seine Kollegen akzeptieren den Studenten als Vollprofi. »Lars Oliver war technisch absolut versiert. Er war zuverlässig, sehr sachlich und sehr logisch denkend. Der hat seinen Mann gestanden, mit beiden Füßen im Leben«, erinnert sich sein damaliger Chef.

Die Technik läßt ihn nicht los, eine Trennung von Privatleben und Beruf gibt es für Petroll nicht. Besonders die Sicherheitsaspekte der modernen Kommunikation fesseln ihn. Relativ früh kauft er sich den damals als supermodern geltenden Message Pad »Apple-Newton«. Es ist der erste sogenannte Handheld-Computer, ein Gerät mit sensitivem Display. Klein, aber teuer. »Für den ›Apple-Newton‹ hatte Lars ein eigenes, sehr schönes Passwort-Sicherheitssystem entwickelt. Selbst wenn ihm jemand das Gerät geklaut hätte, wäre er nicht an die Daten herangekommen«, erinnert sich Petrolls Freund, der Computerexperte Carsten Risken. Immer wieder sitzt Petroll zu Hause nächtelang am Computer und baut eigene Websites auf. Nahezu seine gesamten Ersparnisse und Verdienste steckt er in die neueste Technik. Immer wieder versorgt ihn ein Freund mit besonders günstigen Geräten. Petrolls Ausstattung ist für einen kleinen Studenten unglaublich gut, ebenso wie seine Arbeit. Risken erinnert sich: »Lars hatte Seiten aufgebaut, die ihm ständig meldeten, wer diese Seiten aufgerufen hatte. Die Daten der Nutzer wurden ihm zugestellt. Die Einwahlknoten, die Orte. Er hatte immer die Idee, diese Nutzer darüber zu informieren, wie offen ihre Daten abgefragt werden konnten – und ihnen eventuell Sicherheitssysteme zu verkaufen.«

Parallel dazu beginnt er in seiner Wohnung in der Lutterothstraße mit einem Technikservice auf eigene Rechnung Geld zu verdienen. Seine Offenheit und Fröhlichkeit kommen ihm dabei zugute. Der Computerfreak kann auf Menschen zugehen und sie begeistern. Er ist, wie Freunde es ausdrücken, kein Kind von Traurigkeit. Er liebt Musik, das Ausgehen mit Freunden in Bars und Diskotheken. Er liebt es auch zu flirten, mit Mädchen rumzualbern und mit ihnen selbst nach kürzestem Zusammentreffen die Telefonnummern auszutauschen. Mit seinem leicht südländischen Aussehen – schwarze Haare, dunkler Teint, braune Augen – kommt er an. Die SMS-Speicher seiner Handys quellen über vor Nachrichten von Freunden und flüchtigen Bekannten. Was Petroll genauso liebt, sind teure Autos. Aber von denen kann er nur träumen, noch …

Lars Oliver Petroll, 1995

Er erhält kleinere Aufträge wie die Erstellung von Internetseiten oder Werbetexten. Aber er bietet auch großen Unternehmen wie »TalklineInfodienste« seine Mitarbeit an. Dieser Vermarkter von 0130er, 0800er, 0180er und 0190er-Nummern gehört zum Netz der größten dänischen Telefongesellschaft »Tele Danmark« und ist somit ein Traumkunde. Sie betreut ihre Kunden beim Aufbau von Vermarktungssystemen über Servicenummern. In einer Firmenbeschreibung heißt es: »Dazu gehören insbesondere der professionelle Faxabruf-Service oder je nach Bedarf gestaltete ›VoiceLines‹, in denen eine sympathische Stimme den Anrufer durch das Angebot leitet, oder die persönliche Betreuung der Kunden durch Call-Center-Mitarbeiter.«

Genau dafür hat Petroll 1996 unter dem Arbeitstitel »Piazza« ein Konzept entwickelt – einen virtuellen Marktplatz, von dem aus »der Anrufer in verschiedene Locations gehen« kann. Zum Beispiel in ein Museum, eine Bar oder eine Disko. Als Pinnwand für

Petrolls Arbeitszimmer in Hamburg, 1996

Verabredungen der Besucher untereinander schlägt Petroll einen Glücksbrunnen vor. »Hinter den verschiedenen Locations«, so Petroll in seinem Konzept, »steht ein aufgepeppter Chatservice, der dem Anrufer andere Besucher vorstellt und ihn durch Smalltalk bei Laune hält«. An den Punkt »Sexausgleich« hat Petroll auch gedacht. Wenn in einem Raum zu viele Männer seien, sollen sie Hinweise erhalten, wie: »Ich habe gerade eine ganze Menge Frauen in die Disko gehen sehen. Willst du da nicht mal hineinschauen?« Auch eine Reihe anderer, pfiffiger Details hat er ausgeheckt, beispielsweise ein aktives Betreuungssystem. Wenn ein Anrufer ins Museum möchte, dort aber kein Gesprächspartner ist, hat das Museum gerade geschlossen. Dann soll der Anrufer in die Bar geschickt werden.

Dieses System zu dieser Zeit – Lars Oliver Petroll ist immer auf der Höhe. Er ist den meisten anderen mit seinen Ideen weit voraus. Gerade praktische Anwendungen faszinieren ihn, besonders wenn sie es erlauben, mit Service-Leistungen Geld zu verdienen.

Seine Freunde und Bekannten wissen, daß er ständig überlegt, wie er sein Wissen, seine technischen Fähigkeiten und seine Ideen in klingende Münze umwandeln kann. Dafür arbeitet er hart und konsequent. Nächtelang sitzt er an Konzepten und programmiert. Telekommunikation – das ist seine Sache. Er will sein eigenes Service-Unternehmen aufbauen. Um über die neuesten Entwicklungen informiert zu sein, hat er Kontakte in die USA aufgebaut. Und zwischendurch genießt Petroll immer wieder das volle Leben: Feiern mit Freunden, Züge durch die Gemeinde. Er ist jemand, der gerne einen ausgibt. Viel Geld hat er zwar nie, aber seine Freunde lädt er trotzdem gerne ein.

Lars Oliver Petroll ist ständig unterwegs. Wenn er nicht an Service-Ideen arbeitet, beschäftigt er sich mit Netzwerken: Wie man sie aufbaut, betreut und sichert. Er arbeitet an Mechanismen, die es ihm ermöglichen, Systeme aus der Ferne zu kontrollieren. Von jedem Ort aus. Zu jeder Zeit. Das Informatik-Studium an der Fachhochschule ist ihm da nicht konkret genug. Freunden berichtet er frustriert, mit fortschreitenden Semestern würden »Systemverwaltung und Netzwerkaufbau immer weniger vorkommen.« Da kommt ihm das Angebot von »AUBIS« wie gerufen. Obwohl er schon mehr als die Hälfte des Studiums absolviert und seine Zwischenprüfung abgelegt hat, überlegt Lars Oliver Petroll nicht lange. Er bricht sein Studium ab und folgt dem Ruf zu »AUBIS«. Der Aufstieg hat begonnen.

In der »Zitrone« am Halensee hat er sein Büro in der dritten Etage. Es ist ein großer Raum von etwa 50 Quadratmetern, den er sich mit Ole Meier teilt. Mit Meier, einem großgewachsenen kräftigen Kollegen, versteht er sich blendend. Für eine Übergangszeit hat er ein Zimmer gefunden. Seine Hamburger Wohnung hat er noch behalten. In den ersten sechs Monaten bei »AUBIS« pendelt er, ist an den Wochenenden immer wieder in der Hansestadt. Für die neuen Chefs ist Petroll ein vielversprechender IT-Fachmann. Er versteht sich von Beginn an sehr gut mit Klaus Wienhold, dessen Tochter Tanja und Wienholds Lebensgefährtin Hannelore Pottmann. Petroll paßt wunderbar in das soziale Gefüge der »AUBIS«-

Gruppe. Er ist so, wie die Führungscrew ihr Unternehmen nach außen darstellen möchte: jung, offen, nett, modern und locker.

Die Aufgabe des Neuen besteht anfangs nur darin, die PC's am Laufen zu halten. Für ihn ein Kinderspiel. Petroll kann sich in Ruhe einarbeiten. Und er hat Zeit, das »AUBIS«-Netzwerk durchzuchecken: Wie ist was gesichert? Hat irgendjemand Daten, die er nicht sehen soll? Was für Daten sind auf den »AUBIS«-Rechnern überhaupt gespeichert? »Er hat gleich angefangen, dort herumzuspionieren«, erinnert sich Jolana Röbert. Für einen Sicherheitsfreak wie ihn ist es fast ein Kinderspiel, in sämtliche Bereiche des Netzwerkes vorzudringen. Schnell fällt ihm dabei auf, daß »AUBIS« ein ganzes Geflecht von Konten besitzt und dabei Geld auf für ihn verdächtige Weise hin- und herwandert.

Seinen Freunden in Hamburg erzählt er, daß aus seiner Sicht bei »AUBIS« nicht alles ganz »koscher« laufe. Die »AUBIS«-Geschichten, die Petroll dann zum Besten gibt, sorgen für Heiterkeit. Die Freunde machen sich eine Gaudi daraus, zu überlegen, was man mit dem Geld so alles anstellen könnte. »Wir haben gesagt: Wie können wir ein paar dieser ›AUBIS‹-Millionen so durch die Welt transferieren, daß es uns allen in der Karibik gut geht? Vielleicht können wir ja irgendwie einen Reibach machen. Aber am Ende war uns allen klar: So leicht geht das leider doch nicht.«

Eine Gaudi mit ernstem Hintergrund. Dennoch macht ihm seine Arbeit weiter Spaß. »Lars Oliver war 110-prozentig dabei. Er hat immer lange gearbeitet, notfalls auch 24 Stunden am Stück«, weiß sein langjähriger Freund Carsten Risken. Zeit, die Petroll – gerade in den Nachtstunden – auch nutzt, um die »AUBIS«-Datenwelt immer weiter zu durchdringen.

Nach und nach erhält er bei »AUBIS« mehr Verantwortung. Seine Chefs haben erkannt, daß der 29-Jährige Talent hat, Ideen und Einsatzwillen. Petroll darf sich nicht mehr nur um die PC's kümmern, sondern wird zuständig für die Pflege und bald darauf auch für die Installation von Servern. Er ist auf dem Weg, die Hauptfigur im Netzwerk der »AUBIS«-Gruppe zu werden. Er wird Chef der »AUBIS«-EDV-Abteilung und kontrolliert zusammen mit zwei

Mitarbeitern die gesamte Informationstechnik. Gleichzeitig kommt der junge Aufsteiger seinen Chefs Klaus Wienhold und Christian Neuling menschlich näher. Auch mit Hannelore Pottmann, nach diversen Zeugenaussagen die Finanzgewaltige innerhalb von »AUBIS«, kommt er gut zurecht. Wenn er seinen Freunden von den Treffen mit den »AUBIS«-Unternehmern erzählt, bekommen sie den Eindruck, Lars Oliver Petroll werde vor allem von dem Paar Wienhold und Pottmann »wie ein adoptierter Sohn« behandelt.

Er wird privat eingeladen, ist auch schon mal bei einer Geburtstagsfeier dabei. Petroll kauft sich einige teure Anzüge und genießt es, mit Dienstwagen unterwegs zu sein. Das sind zwar keine grossen Limousinen, aber ihm genügt es zunächst, überhaupt ein Firmenfahrzeug zu haben. Alles läuft wie am Schnürchen. Und es scheint immer besser zu werden. Petroll bekommt den Auftrag, innerhalb des EDV-Netzwerkes noch einen geschlossenen Bereich einzurichten. Zu diesem Kern der Datenverwaltung sollen nur Eingeweihte Zugang bekommen. Die Angestellten sprechen bald ehrfürchtig vom »Mini-Netzwerk in der Chefetage«. Hier werden, das scheint ihnen klar, die besonders sensiblen Informationen der Firmengruppe gespeichert. Das normale Netzwerk, so ein früherer Mitarbeiter, »enthielt nur die normale Konversation zwischen Firma und z.B. Mietern. Außerdem die ganz normalen Verwaltungsvorgänge.« Aus diesen Informationen hätte er nicht »irgendetwas Kompromittierendes« herausfiltern können. Die wirklich wertvollen Daten dagegen sind besonders gut gesichert – von Lars Oliver Petroll.

Der Hamburger ist auch im Herbst 1998 noch euphorisch und wundert sich, wie er »die Karriereleiter heraufgefallen« ist. Inzwischen hat er sich in Berlin eingelebt und einen Kreis von Freunden und Bekannten aufgebaut. Besonders wichtig wird für ihn eine Frau, die den »AUBIS«-Chefs ganz besonders nahe steht: Carola Clement, Sekretärin. Mit ihr beginnt Petroll im November ein enges, freundschaftliches Verhältnis. Petroll und Clement gehören einer Fünferclique an, zu der außer ihnen noch Tanja Wienhold, die

Tochter von »AUBIS«-Chef Klaus Wienhold, ein junger »AUBIS«-Neuling namens Sven Asmus sowie der Rechtsanwalt Andreas Liesken zählen.

Liesken arbeitet für eine Kanzlei, die im April 1998 einen lukrativen Vertrag mit der »AUBIS Konzept GmbH« abgeschlossen hat. Für die juristische Beratung des »AUBIS«-Unternehmens soll die Kanzlei nach dem Vertragsentwurf monatlich 24.000 Mark erhalten. Teil des Vertrages: »Die Beratung wird durch … Herrn Rechtsanwalt Andreas Liesken durchgeführt.« Liesken ist fest an »AUBIS« gebunden. Die Chefs weisen ihm einen eigenen Parkplatz zu. Über seinen Beraterjob hat Liesken auch Petroll, Clement, Asmus und Tanja Wienhold näher kennengelernt. Eines haben die Mitglieder dieses Quintetts Ende 1998 nach Einschätzung ihrer Kollegen gemeinsam: Die große Nähe zur »AUBIS«-Führung.

In der Zwischenzeit hat sich Lars Oliver Petroll auch eine Wohnung in Berlin genommen, in der dritten Etage eines Mehrfamilienhauses am Mierendorffplatz in Charlottenburg. Seine spaßhafte Natur ist ablesbar. An Petrolls Haustür steht: »Dr. M.A. Buse«. Wenn er aus seiner Wohnung guckt, sieht er die Osnabrücker Straße, die Telefonzellen auf der gegenüberliegenden Straßenseite und den Platz selber, auf dem an Markttagen ein buntes Treiben herrscht. Ein guter Standort im Herzen der alten West-City. Von hier aus braucht er bis zur »Zitrone« am Kronprinzendamm knapp zehn Minuten. Und die Autobahn nach Hamburg liegt praktisch vor der Tür.

Seine Freunde aus der Hansestadt können hier bei ihm übernachten. Ihnen zeigt er dann nicht nur die Stadt, sondern er präsentiert auch sehr stolz das Innerste der »AUBIS«-Gruppe, das Mini-Netzwerk in der neunten Etage. »Das war technisch wirklich vom Feinsten. Lars hatte dort alles, was man sich wünschen konnte«, erinnert sich sein Technik-Freund Carsten Risken. Der multimediale Konferenzraum, der Beamer für Präsentationen, die edle Ausstattung – das alles beeindruckt Petrolls Freunde. Und ihm selber macht es Spaß, »sein« Werk vorzuzeigen. Die »AUBIS«-Führungszentrale ist ihm sein liebster Arbeitsplatz geworden. Hier kann er sich nächtelang austoben, wenn er mit Kollegen Systemfehler beseitigt, wenn er programmiert oder wieder einmal die Unternehmensdaten durchforstet. »Er hatte das Gefühl, oben angekommen zu sein«, beschreibt Carsten Risken das Lebensgefühl, das Petroll ausstrahlte. Doch trotz seines Aufstiegs ist das Verhältnis von Petroll zu seinem Arbeitgeber offenbar zwiespältig. Er genießt sein Ansehen, seine Aufgabe und das gute Leben, daß ihm seine Arbeit ermöglicht. Gleichzeitig aber bekommen Kollegen in Gesprächen mit Petroll den Eindruck, daß er in ein Umfeld geraten ist, das ihm nicht ganz geheuer ist. Die Art und Weise der »AUBIS«-Geschäfte erscheint ihm fragwürdig. Dennoch engagiert er sich zunächst weiter für die Gruppe.

Neben seiner Arbeit fährt er häufig nach Hamburg, um Freunde zu besuchen. Er ist der alte flippige Lars, wie ihn alle kennen. Vielleicht etwas schicker, aber fröhlich, spontan und offen wie immer. Und vernarrt in die jeweils neueste Technik. »Den Lars hat man nie ohne drei bis fünf Handys gesehen. Er hatte immer seinen ›Cassiopeia‹, dieses elektronische Notizbuch, dabei und eine Festplatte mit den für ihn wichtigsten Daten«, erinnert sich Carsten Risken. Eine Freundin tituliert diese Geräte gar als seine »Halbgötter«. Und noch etwas hat Petroll ständig in der Hand: eine Digitalkamera. Wieder ist er unter seinen Freunden der erste, der eines der zu dieser Zeit noch teuren Geräte besitzt. Er nutzt es ausgiebig. Egal wo er ist oder wen er trifft: Aufnahmen mit der »Digi« sind Pflicht. Petroll dokumentiert die Freuden des Lebens, wie Partys oder Geburtstagsfeiern. Und er hält den normalen Alltag fest, macht Aufnahmen von Firmengebäuden oder Autos. Er führt eine Art fotografisches Tagebuch. Für seine Freunde ist Lars Oliver Petroll ohne »Digi« nicht mehr vorstellbar.

Auch einen Schlüsselanhänger mit der Nummer 13 hat Petroll immer bei sich. Er gehört zu einem Zimmer des »AUBIS«-Hotels in Westerland auf Sylt. Dort erwähnt Petroll gegenüber Gesprächspartnern die »AUBIS«-Verwicklungen. Einem erklärt er ganz offen die Taktik, mit der er sich angesichts der Firmenvorgänge absichern will: »Ich erzähle vielen Leuten, daß ich die Sachen dort durchschaut habe. Und daß ich mir Daten gesichert habe. Wenn das viele wissen, dann kann mir nichts passieren.« Dann sei er unkündbar und seines Lebens sicher. Und so redet er über das völlig verschachtelte Banken- und Firmengeflecht, daß er schließlich doch durchschaut und säuberlich dokumentiert habe. Sein Gesprächspartner, ein etablierter Geschäftsmann, hat den Eindruck, daß Petroll alles unter Kontrolle hat – aber von seinen Chefs nicht zu kontrollieren ist.

Selbst ein fröhliches Treffen mit Freunden an Heiligabend 2000 nimmt eine Wende zum Ernsthaften. Die Gruppe sitzt beim Essen in einem Restaurant in Hamburg-Barmbek, als Petroll plötzlich eine Bekannte beiseite nimmt. Sie ist Steuerberaterin. Petroll schildert ihr, wie angeblich Geld zwischen den einzelnen »AUBIS«-Firmen hin- und hergeschoben und steuerlich versteckt werde. Die Fachfrau hat den Eindruck: Da ist jemand unsauberen Geschäften auf der Spur.

Von solchen Vorgängen weiß laut Petroll auch Sven Asmus. Er hat sich in der Zwischenzeit nicht nur mit ihm angefreundet. Asmus hat sich auch zu einem engen Vertrauten von Wienhold und Neuling gemausert. Zum 1. April 2000 ist er Geschäftsführer des Leipziger Energieversorgers »ELPAG« geworden. Die Firma ist angeblich völlig unabhängig von »AUBIS«. Tatsächlich jedoch besteht eine auffällige Nähe zu der Immobiliengruppe. Die Geschäfte zwischen »AUBIS« und »ELPAG« sind Auslöser der gegenwärtig vor dem Berliner Landgericht verhandelten Anklage wegen Betrugs und Untreue gegen die »AUBIS«-Chefs (Kapitel: »AUBIS« – Ein Unternehmen sahnt ab).

Auch nachdem Asmus in Leipzig zu arbeiten begonnen hat, sehen sich die beiden Freunde regelmäßig. Petroll fährt häufig beruflich nach Leipzig, wo »ELPAG« »Am Wasserturm 5« residiert. Oft bleibt der EDV-Chef über Nacht. Dann übernachtet er im Fünf-Sterne-Hotel Marriott. Nachts ziehen Petroll und Asmus gerne durch die Leipziger Bars.

Petroll hat inzwischen eine neue Freundin, Sabina Weiser. Wieder zurück in Berlin, erzählt er ihr von seinen Treffen mit Asmus und davon, daß er immer mehr Kopien, immer mehr belastendes Material über seine Chefs zusammengetragen hat. Seine Skrupel dabei werden umso geringer, je mehr er sich von den »AUBIS«-Geschäften abgestoßen fühlt. Sabrina erinnert sich, wie er ihr gesteht: »Ich habe Dinge getan, für die ich mich schämen müßte.« Das macht es ihm vermutlich leichter, die kompromittierenden »AUBIS«-Daten zu kopieren. Daß er den Wert des Materials richtig einschätzt, zeigt sich, als er Anfang 2001 prophezeit: »Die Staatsanwaltschaft wird denen auch noch auf die Füße treten.« Wann, darüber werde die politische Entwicklung entscheiden.

Als Petroll das sagt, installiert das Abgeordnetenhaus gerade den »AUBIS«-Untersuchungsausschuß. Noch ist Klaus-Rüdiger Landowsky als Fraktionschef der Berliner CDU und als Bankchef einer der mächtigsten Männer Berlins: der alte Parteifreund von Wienhold und Neuling. Noch haben die Berliner Staatsanwälte nicht damit begonnen, die umfangreichen Kreditgeschäfte zwischen BerlinHyp und der »AUBIS«-Gruppe Wienholds und Neulings aufzuarbeiten.

Lars Oliver Petroll wartet.

Ein Polizist und ein Gentleman

„Und wie es so stand und gar nichts mehr hatte, fielen auf einmal die Sterne vom Himmel, und waren lauter harte, blanke Taler: Und ob es gleich sein Hemdlein weggegeben, so hatte es ein neues an und das war vom allerfeinsten Linnen. Da sammelte es sich die Taler hinein und war reich für sein Lebtag.«

Wir wissen nicht, ob Klaus-Hermann Wienhold und Christian Neuling das Märchen vom Sterntaler kennen. Aber wenn sie es lesen, dürfte ihnen das Ende bekannt vorkommen. Zwar sind die beiden Geschäftsleute nicht so unschuldig wie das arme kleine Sterntaler-Mädchen. Und ihre Besitztümer haben sie nie freiwillig weggegeben. Aber auch bei ihnen wird am Ende alles gut. Auch bei ihnen kommt am Ende alles Gute von oben. Es regnet Millionen, und sie haben ausgesorgt bis an ihr Lebensende. Diese Geschichte, in die Lars Oliver Petroll unwissend hineingerät, hat den Stoff für ein neues deutsches Märchen, für eine sagenhafte Erzählung aus dem deutschen Osten. Außer einem Anteil »Sterntaler« bietet sie ein wenig »Hans im Glück«, ein bißchen vom »Fischer und seiner Frau« und eine kräftige Prise aus »Des Kaisers neue Kleider«. Um die Geschichte verstehen zu können, ist ein Blick in die Vergangenheit nötig. Die zwei Hauptpersonen, die die Stadt noch jahrelang beschäftigen werden und die Chefs von Lars Oliver Petroll sind, haben bemerkenswerte Lebensläufe.

Klaus-Hermann Wienhold, einen waschechten Berliner, zieht es gleich nach der Schule an die (Staats-)Macht. Mit 18 Jahren meldet er sich dort, wo gerade bei den Studentendemonstrationen Ende der sechziger Jahre die Schlagstöcke besonders locker hängen: bei der Bereitschaftspolizei. Vier Jahre lang schiebt Wienhold dort Dienst. Dann reicht es ihm. Er wechselt zur Kripo. Sein Revier ist die Wache am Bahnhof Zoologischer Garten. Ein heißes Pflaster, das Berliner Polizisten gerne mit der Hamburger Davidswache vergleichen. Im Umfeld des »Zoo« tummeln sich Drogendealer, Prostituierte und Kleinkriminelle. Von dort zieht es ihn in das Lagezentrum der Direktion 3 an der Perleberger Straße im Bezirk Moabit. Hier werden die Kripo-Leute für die Tatorte eingeteilt, etwa nach Einbrüchen oder Überfällen. 1975 wechselt er zur Mordkommission. Bei den Spezialisten für unnatürliche Todesfälle glaubt er vielleicht besser aufgehoben zu sein. Der Umgang mit Mordfällen, mit Mordmethoden und Schwerverbrechern verspricht Spannung, der Job bringt höheres Ansehen. Aber dann wechselt er doch lieber in die Politik. CDU-Mitglied ist er ohnehin. 1981 gibt er Kripo-Marke und Pistole zurück. Er setzt jetzt auf eine Parteikarriere.

Der Zeitpunkt ist günstig. Die jungen, wilden Strippenzieher der CDU haben nicht nur die Partei endgültig im Griff. Sie haben 1981 auch den SPD-Senat abgelöst und regieren jetzt Berlin. Leute wie Eberhard Diepgen (heute Ex-Bürgermeister), Klaus-Rüdiger Landowsky (Ex-CDU-Fraktionschef), Heinrich Lummer (mehrfacher Senator) und der Bundestagsabgeordnete und stellvertretende Landeschef der Berliner CDU, Peter Kittelmann, formen das neue Machtzentrum der Stadt. Dazu gehört Dieter Dombrowski. Er ist ein Kittelmann-Zögling, wird als Rechtsausleger Vorsitzender der Jungen Union Berlin und Referent im Deutschen Bundestag. Und auch ein Jurist namens Diethard Schütze steigt als Mitglied des Abgeordnetenhauses in die Landespolitik ein.

Um diesen Kern herum bildet sich eine weitverzweigte Seilschaft. Es ist eine Gruppe von Männern, die mit ihren Verbindungen einen großen Teil der Stadt kontrollieren. Sie entscheiden mit darüber, wer wann und wo Geld verdienen darf. Unter den neuen Einflußreichen ist auch Klaus-Hermann Wienhold. Für ihn erweist sich der Machtwechsel in Berlin als Glücksfall. Edmund Wronski, neubestellter Senator für Arbeit und Betriebe, sucht einen persönlichen Referenten. Seine Wahl fällt auf den Spandauer Bezirksverordneten und Vorsitzenden des Ortsvereins Haselhorst, Klaus-Hermann Wienhold. Ihm überträgt Wronski unter anderem eine spezielle Aufgabe: Er soll sich die Mülldeals mit der DDR näher ansehen. Dort gibt es Schwierigkeiten, die Berliner Stadtreinigung macht in diesem Müllgeschäft hohe Verluste. Eine kitzelige Aufgabe, gilt die Branche doch traditionell als Geschäftsfeld, in dem Verbindungen und informelle Geldflüsse eine große Rolle spielen.

Zwischendurch springt Wienhold für seinen Senator auch mal in die Bresche und nimmt unangenehme Termine wahr. Etwa als sich dreihundert junge Frauen bei Wronski beschweren wollen. Sie sind wütend, weil er Mitarbeitern der von ihm geführten Betriebe für Veranstaltungen der Studentenvertretung ASTA keinen Bildungsurlaub gewährt. Mannhaft stellt sich der Persönliche Referent dem Ansturm: »Ich bin raus auf den Flur, und da habe ich erst gesehen, wie viele das sind. Es war unheimlich«, gesteht er hinterher den Journalisten. Die Frauen kennen keine Gnade. Als Wienhold sie abwimmeln will, schütten sie ihm Puderzucker über den Kopf und übergießen ihn mit Kölnisch Wasser. Wienhold ist genervt, denn er trägt »ausgerechnet meinen dunkelblauen Nadelstreifenanzug«.

Seine Einsatzbereitschaft lohnt sich. Spätestens von 1984 an darf Wienhold sich zum Kern der regierenden CDU rechnen. Der leicht füllige Ex-Polizist ist nun Mitglied des Abgeordnetenhauses und wird zugleich Landesgeschäftsführer der CDU. Der Posten ist eine Schlüsselposition innerhalb der Partei. Niemand anderer als der große Vorsitzende Eberhard Diepgen persönlich hat das Recht, den Landesgeschäftsführer vorzuschlagen. Der Bürgermeister stimmt sich in solchen Entscheidungen eng mit seinem Freund in Machtfragen, dem Generalsekretär Klaus-Rüdiger Landowsky, ab. Mit dem Segen dieser beiden Überväter der Berliner CDU wird Wienhold zu einer zentralen Figur der Partei. Jetzt hat er Zugang zum inneren Zirkel – und damit zum Machtapparat der Stadt. Als Landesgeschäftsführer der Regierungspartei hat er auch regelmäßig Kontakt mit den Senatoren. Beispielsweise mit Wirtschaftssenator (1981–1989) Elmar Pieroth, der später noch wichtig für ihn werden soll. Der Kriminalhauptmeister a.D. ist zu einer Nummer im berüchtigten Berliner Politikgeflecht geworden. Zumindest seinen politischen Gegnern bleibt er ein wandelndes Fragezeichen. Abgeordnete fragen sich kopfschüttelnd, wie weit so jemand kommen konnte.

Wienhold geht unbeirrt seinen Weg. Er lernt mit dem stellvertretenden Fraktionschef der CDU einen anderen Aufsteiger kennen: Christian Neuling. Jahre später wird er mit ihm die »AUBIS«-Unternehmensgruppe gründen. Wienhold lebt für Politik und Macht. Sechs Jahre lang ist er gemeinsam mit Klaus-Rüdiger Landowsky verantwortlich für Wahlkämpfe und Strategien. Die Parteigenossen kommen sich immer näher. Wienhold ist dabei, als die CDU 1985 mit dem sogenannten Antes-Skandal eine schwere Krise übersteht. Der Bauunternehmer Kurt Franke hat CDU-Politikern vom Baustadtrat Antes bis hin zu Eberhard Diepgen Geld zukommen lassen. Die Aufregung ist gewaltig. Doch am Ende kommen die CDU-Größen praktisch ungeschoren davon. Eine Folge allerdings hat der Skandal: Die Partei arbeitet neue Richtlinien für die Annahme von Parteispenden aus. Auch darum muß sich nun Landesgeschäftsführer Wienhold kümmern. In den auch als Ehrenkodex der Berliner CDU titulierten Grundsätzen heißt es später: Für jede Spende ist eine Bescheinigung auszustellen; Barspenden sind nur zulässig, wenn sie den Betrag von 1000 Mark nicht überschreiten; Spenden ab 5000 Mark sind auf ein zentrales Konto des Landesverbands einzuzahlen und über den Landesverband abzuwickeln; außerdem sollten Amtsträger grundsätzlich keine Spenden mehr annehmen. Wienhold darf seitdem getrost als Experte beim Thema Parteispenden gelten. Für ihn ist der Antes-Skandal eine Lektion in Sachen Berliner Macht- und Filzpolitik. Er ist auch dabei, als die CDU im Mai 1986 öffentlich eine Parole zur Besserung ausgibt. Eberhard Diepgen ruft den Delegierten des 72. Landesparteitags der Partei euphorisch zu: »Die CDU steht dafür, daß es keinen Rückfall in die skandalreichen siebziger Jahre gibt.« Zum Antes-Skandal fällt ihm ein, es gehe dabei um »selbstgemachte und hochgeputschte Probleme«. Ein bezeichnendes Detail vermerkt der Journalist Michael Sontheimer. Die CDU trifft sich im »Prälat Schöneberg« – das damals dem im Antes-Skandal angeklagten Großspender Kurt Franke gehörte.

Bald versucht Wienhold sich selber im Strippenziehen, wenn auch in kleinem Maße. Er will einen Verwandten beim Verfassungsschutz unterbringen. Der »Tagesspiegel« berichtet über einen peinlichen Vorgang im Juni 1986: Auf offiziellem Briefpapier der Landes-CDU habe der Ex-Polizist »an den Verfassungsschutz geschrieben und sich auf ein Telefonat mit dem persönlich angesprochenen Adressaten berufen: »... als Anlage übersende ich Ihnen, wie bereits telefonisch angekündigt, die Personalien eines möglichen Bewerbers ...« Der junge Mann, der für den geheimen Dienst arbeiten möchte, ist sein Neffe. Zum 1. Juni 1988 bekommt er den Job. Als die Einflußnahme auffliegt, betont Innensenator Pätzold, dies sei der einzige Fall gewesen, in dem ein Bewerber für den Verfassungsschutz die Fürsprache einer Partei erhalten habe.

Wienholds Karriere schadet dieser Zwischenfall nicht. Im Gegenteil. Seine Verbindung zu den mächtigsten CDU-Größen wird immer besser. Am 17. Februar 1988 berichtet die »Berliner Morgenpost«: »Klaus Landowsky zu Privatbesuch in Südafrika«. Unter den ausgesuchten Privatreisenden ist auch Klaus-Hermann Wienhold. Offenbar eine besondere Ehre, denn »der Sprecher des CDU-Landesverbandes und andere Vertreter der Partei waren über die Reise nicht informiert.«

Politisch geht es für Wienhold ebenfalls voran. Als sicherheitspolitischer Sprecher der CDU-Fraktion wird er sogar Vorsitzender des Ausschusses für den Verfassungsschutz (AV). Welch ein Aufstieg. Vom Bereitschaftspolizisten zum obersten Kontrolleur des umstrittenen Berliner Verfassungsschutzes.

Im Oktober 1988 gerät Wienhold erneut in die Schlagzeilen. Er wirft dem Abgeordneten der Alternativen Liste, Albert Eckert, vor, ein »Strichjunge« gewesen zu sein. Das West-Berliner Landgericht erläßt eine Einstweilige Verfügung, in der es Wienhold unter Androhung von 500.000 Mark Geldstrafe untersagt, die Behauptung zu wiederholen. Doch Wienhold bleibt dabei, wenn auch mit anderen Formulierungen: Die frühere Tätigkeit Eckerts als »Schönheits-Masseur« sei mit dessen Parlamentsamt nicht zu vereinbaren. Eckert tritt entnervt als Parlamentsvize zurück.

Dann fällt die Mauer. Alle Polit-Skandale sind erst einmal vergessen. Wienhold bleibt zwar auch nach der Wahl im Herbst 1990 im Abgeordnetenhaus, seinen Job als Landesgeschäftsführer aber verliert er in einer Kampfabstimmung gegen den landes- und bundespolitisch erfahrenen Jürgen Wohlrabe. Den Draht zu Eberhard Diepgen pflegt er allerdings weiter. Wienhold und Diepgen sind beide Teilhaber des CDU-nahen Verlags »Berliner Presse- und Informationsdienste« (bpi). Im Handelsregister (HR B 105) ist als Zweck des 1960 gegründeten Verlags eingetragen: »Die politische Verbreitung christlich-demokratischer Grundsätze«. Doch jetzt verschiebt sich das berufliche Zentrum Wienholds. Am 6. Dezember 1990 meldet die »Berliner Morgenpost«: »Wienhold (CDU) wechselt in die freie Wirtschaft.« Es geht um einen überraschenden Schritt. Der Politiker hat zwar in jungen Jahren eine höhere Wirtschaftsschule besucht. Nun aber soll er Geschäftsführer »beim größten Gebäudereinigungs-Unternehmen an der Spree, der Charlottenburger Gegenbauer und Co. KG« werden. Werner Gegenbauer gilt als einer der bestvernetzten Geschäftsmänner der Stadt, als Mann mit erheblichem Einfluß. Doch während sich dieser Wechsel anbahnt, orientiert sich Wienhold bereits in Richtung »Immobilienmarkt Ost«. Im Gepäck hat er weder Geld noch tiefes wirtschaftliches Fachwissen, dafür aber belastbare Beziehungen und einen Traum: Er möchte Unternehmer werden.

Der Mann, mit dem er eine Schicksalsgemeinschaft eingeht, ist sein alter CDU-Gefährte Christian Neuling. Im Gegensatz zu Wienhold ein eher intellektueller Typ. Aber auch er ist ein Unions-Recke mit schillernder Vergangenheit. Neuling, Jahrgang 43, studiert an der Technischen Universität (TU) Berlin Ingenieurwissenschaften, als Mitte der sechziger Jahre die Studenten beginnen, auf die Barrikaden zu gehen. Die Angriffe von links reizen ihn. Neuling und einige seiner Freunde gründen eine Gegenbewegung in klein: eine Unabhängige Aktionsgemeinschaft. Lange hält es Neuling aber nicht bei der ziemlich bunt zusammengewürfelten Truppe. Ihr mangelt es doch an Durchschlagskraft. Der Student geht dorthin, wo man auch rechts ist, aber eben stärker. Er geht zum »Ring Christlich-Demokratischer Studenten« (RCDS). Neuling ist sehr gut organisiert. Nur so kann er es schaffen, 1968 seinen Abschluß als Diplom-Ingenieur zu machen und schon ein Jahr später Landes-Chef des RCDS zu werden. Unter der Überschrift »Neuer Vorsitzender des RCDS« meldet der »Tagesspiegel« am 13. Februar 1969 die Wahl Neulings: »Der neue Vorstand sieht seine dringlichste Aufgabe in der Koordination der RCDS-Gruppen an der FU und TU, um so eine wirkungsvollere Konzeption gegen antidemokratische Studentengruppen zu ermöglichen.« An der Seite des späteren Junge-Unions-Vorsitzenden Dieter Havlicek liefert Neuling sich heftige Auseinandersetzungen mit den Linken. Irgendwann denkt Neuling jedoch wieder stärker an seine eigene Zukunft.

Für den knapp 30-Jährigen aus Neudamm-Küstrin ist der weitere Aufstieg vorgezeichnet. Er hat 1970 ein Doktorandenstipendium für das renommierte Massachussetts Institute of Technology (MIT) bekommen. Die Chance läßt Neuling sich nicht entgehen. Hinter dem Atlantik entzieht er sich Anfang der siebziger Jahre den Wirren der deutschen Studentenunruhen und konzentriert sich in den Vereinigten Staaten auf sein Studium. Mit Erfolg. 1971 gibt ihm auch die Konrad-Adenauer-Stiftung ein Stipendium. Ein Jahr später promoviert er in Berlin und rutscht in die chemische Industrie: Der frischgebackene Dr. Neuling macht im mittelständischen, nach seinem Bruder Paul benannten Familienunternehmen Karriere. Zunächst als Gesellschafter in der »Paul Neuling Mineralölwerk Chem. Fabrik GmbH« und als geschäftsführender Gesellschafter der »Paul Neuling Handelsgesellschaft mbh«.

Auch politisch etabliert er sich. Der seriös und gediegen auftretende Ingenieur ist in die CDU eingetreten. Ausgerechnet im roten Arbeiterbezirk Wedding. Er hat Erfolg, wird Kreisschatzmeister, stellvertretender Ortsvorsitzender und 1977 Landeschef der Wirtschafts- und Mittelstandsvereinigung der Berliner CDU. Einen so energischen und gut ausgebildeten Mann kann die Berliner CDU gebrauchen. Neuling ist nicht nur (seit 1979) Mitglied im Abgeordnetenhaus. Seine Parteifreunde wählen ihn auch in den

Landesvorstand und zum stellvertretenden Fraktionschef. Eine ordentliche Karriere.

Dann allerdings gerät Neuling privat unter Druck. Und seine Problemzone streift ausgerechnet den aktuellen Arbeitsbereich seines späteren Kompagnons Klaus Wienhold. Der Ex-Kriminale soll ja als Referent von Edmund Wronski ärgerliche Verlustgeschäfte der Berliner Stadtreinigung (BSR) bei Müllgeschäften mit der DDR aufklären. Dabei geht es um ungünstige Pauschalverträge mit der DDR und Schlampereien beim Wiegen der Mülltransporter beim Grenzübertritt. Wienhold macht seinen Job mit einigem Erfolg. Zumindest widmet die »Berliner Morgenpost« dem »Kommissar Müll« ein kleines Porträt und lobt: »Mit scharfem Auge hat er die Verluste beim Mülltransport in die DDR aufgedeckt.« Ausgerechnet Müllgeschäfte mit der DDR bringen Christian Neuling in die Bredouille.

Der CDU-Politiker ist gemeinsam mit seinem Bruder Paul noch immer heftig in der Chemie- und Ölbranche aktiv. Die Geschäfte der Neuling-Brüder geraten wegen Umweltsünden und angeblicher Betrügereien ins Gerede. Die ÖTV-Postille »Dialog« widmet dem geschäftstüchtigen Brüderpaar eine ganze Doppelseite. Titel: »Die gut geölten Geschäfte des Dr. Neuling«. Ein gutes halbes Dutzend GmbHs gehöre zum »Neuling-Imperium«. Als Beispiele dienen unter anderem die mit Heizöl handelnde »Paul Neuling Handelsgesellschaft mbH« und die »Paul Neuling Mineralölwerk - Chemische Fabrik GmbH«. Sie arbeitet Altöl und Lösungsmittel auf und handelt »mit allerlei Chemikalien«. Beides sind Firmen, die Neuling mit führt. Bei der »Berlin Tank-GbR« ist Dr. Christian Neuling nach Medienberichten ebenfalls Geschäftsführer. Und auch die auf Sondermüllbeseitigung spezialisierte Firma »Edelhoff & Neuling Sonderabfallbeseitigungsgesellschaft mbH« gehört laut »Dialog« »zum Wirkungsbereich« der Neulings.

Die Sondermüllfirma bereitet der Berliner Stadtreinigung Kopfschmerzen. BSR-Prüfer haben laut Medienberichten festgestellt, daß »Edelhoff & Neuling« jahrelang hochgiftige Sonderabfälle falsch deklariert hat. So befand sich in einigen untersuchten Fässern nicht wie angegeben Tetrachloräthylen, sondern Ölschlamm. Die BSR reagiert gereizt. Das geht aus einem BSR-Anschreiben vom 17. Juli 1981 – während dieses Jahres übergibt Christian Neuling die Geschäftsführung an seinen Bruder Paul – hervor, aus der die »taz« zitiert: »… mußten wir feststellen, daß der in der Genehmigung … genannte Stoff nicht mit dem angelieferten Stoff übereinstimmte.« Edelhoff & Neuling habe durch die Falschdeklaration »enorme Kosten« für die Reinigung der Beseitigungsanlage der BSR verursacht. Zweieinhalb Monate später vermeldet das angesehene »Spandauer Volksblatt« unter der Zeile »Dokumente manipuliert«: »Die Ermittlungen der Staatsanwaltschaft bestätigen zunehmend, daß das Unternehmen die Berliner Stadtreinigung mit manipulierten Dokumenten über die Gefährlichkeit von Sondermüll getäuscht hat.« Die BSR handelt konsequent und entzieht der Firma die Transport-Genehmigung für einige Chemikalien.

Intensiv befaßt mit Müllgeschäften ist zumindest zeitweise der persönliche Referent von Senator Wronski: Klaus-Hermann Wienhold. Der macht seinen Senator auf etliche Mißstände in der BSR aufmerksam. Als einem Bauleiter der Stadtreinigung vorgeworfen wird, von Unternehmern mit einem Mercedes bestochen worden zu sein, kocht Wronski: »Ich hole den Staatsanwalt«, titelt die B.Z. Wienhold hatte den Senator in dessen Schweizer Urlaubsort alarmiert. Auch der Abgeordnete Christian Neuling schaltet sich ein: »Die neue BSR-Geschäftsführung wird sich daran messen lassen, wie schnell sie auf Mißstände reagiert.«

Neben der CDU-Arbeit überschneiden sich hier Wienholds und Neulings Interessen schon 1982 beim Thema Müll.

1985 gerät erneut eine Neuling-Firma in die Medien. Es werden Vorwürfe laut, nach denen die »Paul Neuling Handelsgesellschaft« (Geschäftsführer: Christian Neuling) angeblich gepanschtes Heizöl verkauft hat. Private Haushalte sollen mit dem Umweltgift PCB belasteten Brennstoff erhalten haben. Der Abgeordnete Neuling, inzwischen Fraktionsvize seiner Partei, wehrt sich energisch. »CDU-Politiker: Ich bin kein Ölpanscher« verkündet eine Schlagzeile der »Berliner Morgenpost«. Wochenlang kocht die Affäre immer höher. Die Staatsanwaltschaft ermittelt. Neuling wehrt sich mit einer Einstweiligen Verfügung gegen Vorwürfe aus Reihen der Alternativen Liste, die Paul Neuling GmbH habe verunreinigtes Öl geliefert. »Das Abgeordnetenhaus hebt die Immunität Neulings auf«, meldet die Presse. Am Ende erhärten sich die Vorwürfe nicht. Die Staatsanwälte stellen das Ermittlungsverfahren ein.

In eine Umweltaffäre ist exakt zu dieser Zeit auch ein anderer Christdemokrat verwickelt, der später im Fall »AUBIS« eine Rolle spielen wird: Bundespostminister Christian Schwarz-Schilling. Eine Batteriefabrik mit dem schönen Namen »Sonnenschein« wird vom Berliner Verwaltungsgericht teilweise stillgelegt. Das Unternehmen habe unerlaubt Bleischmelzen eingesetzt. Schwarz-Schilling ist als Postminister noch immer Gesellschafter dieses Familienbetriebs. Zuvor hatte er das Unternehmen jahrzehntelang (1957–1982) geführt. Jetzt dieser Ärger, und sogar Ermittlungen gegen den Minister, ausgelöst durch eine Anzeige des damaligen Grünen-Politikers Otto Schily. Die beiden CDUler Neuling und Schwarz-Schilling sind nicht nur Partei-, sie sind auch Leidensgenossen.

Neulings politischer Aufstieg geht weiter. 1987 wird er im Wahlkreis 2 (Wedding) in den 11. Deutschen Bundestag gewählt. Seine Hauptarbeitsbereiche sind Umwelt, Finanzen und die Berlin-Förderung. Einen ganz neuen Schwerpunkt entwickelt der CDU-Politiker nur wenige Monate nach dem Mauerfall. Die Zeit ist turbulent. Plötzlich ist der Weg zum Immobilienmarkt auf dem Gebiet der DDR offen. Es beginnt eine Zeit, die viele Beobachter mit dem Begriff »Wilder Osten« verbinden.

Christian Neuling gründet mit zwei alten Parteifreunden, Klaus-Hermann Wienhold und Diethard Schütze, am 9. Januar 1990 ein Unternehmen: Die »WSN Unternehmensberatungs- und Beteiligungs GmbH« mit Sitz in der Rigaer Straße 27. Im Namensbestandteil »WSN« steckt zwar das Trio Wienhold, Schütze, Neuling. Doch Neuling taucht nicht als Gesellschafter auf. Stattdessen wird die »Fritz Kurt Mineralöle KG« genannt. Bei der wiederum ist Neuling persönlich haftender Gesellschafter.

Den drei Politikern gefallen Namensspiele. Schon einen Monat später, im Februar, heben sie zwei weitere Unternehmen aus der Taufe. Auch hier sind am Firmennamen die Gründer abzulesen: »NeWiS Unternehmensberatungs GmbH & Co Grundstücks KG« und die »NeWiS Unternehmensberatungs KG«. Letztere hat ihren ersten Sitz in der Wohnung Christian Neulings. Wi, Ne und S zahlen zunächst eine Einlage von jeweils 17.000 Mark ein. Wienhold und Neuling wollen in dieser Zeit gemeinsam mit Immobilien Geld verdienen.

Das Thema »Immobilien« bewegt Neuling auch politisch nach der ersten gesamtdeutschen Bundestagswahl 1990. Als Direktkandidat der CDU verteidigt er sein Mandat. Und er erhält nach der Wahl im Herbst sogar ein relativ prominentes Amt: den Vorsitz des Treuhandanstalt-Unterausschusses des Deutschen Bundestags. Ein Gremium, daß die Arbeit der mit Milliardenwerten operierenden Anstalt kontrollieren soll. Neuling fordert bald darauf energisch, in der Treuhand »sämtliche Schiebereien zu durchforsten«. Gleichzeitig treibt ihn die Entwicklung der neuen Bundesländer um. Er gehört dem »Wirtschaftlichen Sachverständigenrat« von DDR-Ministerpräsident Lothar de Maizière an. In dieser Funktion verlangt Neuling ein wirtschaftspolitisches Sofortprogramm. In der »Berliner Morgenpost« spricht er sich für eine zeitweise Ausdehnung »bewährter Maßnahmen der Berlin-Förderung« auf die gesamte DDR aus. »Das gilt besonders für den Wohnungsbau«, betonte Neuling. Gerade für diesen Immobilienbereich verlangt er zeitlich befristete steuerliche Anreize für Sofortinvestionen. Und Steuerabschreibungen für Neubauten oder Modernisierungen sollen nach seinen Vorstellungen für wirtschaftlichen Schwung sorgen.

Wirtschaftlichen Schwung entwickeln in dieser Zeit auch Christian Neuling und Klaus Wienhold. Wienhold kauft im Mai 1991 für 250.000 Mark eine Immobilie an der Bahnhofstraße in Eberswalde/Finow. Im Juli 1991 ersteht die »Wienhold/Neuling GbR« mehrere Objekte an der August-Bebel-Straße in Eberswalde mit Hilfe der BerlinHyp. Gesamtkosten inklusive Modernisierung: 965.000 Mark. Der Erfolg in der August-Bebel-Straße muß die beiden Christdemokraten trunken machen. Da haben sie als privatwirtschaftliche Kapitalisten drei Häuser gekauft in einer Straße, die nach dem Erz-Sozialisten Bebel benannt ist. Einem firmeninternen Gerücht zufolge entsteht aus dieser Stimmung der spätere Firmenname. Nach dem Coup hätten die beiden CDU-Recken gejubelt, es hätte geklungen wie: »Jetzt haben wir August-Bebel-im-Sack«: »AUBIS«, der Name, der bald für eine Immobiliengruppe stehen wird. Wir hätten es gerne genauer gewußt, aber Wienhold antwortet auf unser Fax nicht.

Die privaten Erfahrungen bringt Neuling auch bei seinem politischen Engagement ein – seiner Arbeit als Bundestagsabgeordneter, verpflichtet, dem Wohle des Deutschen Volkes zu dienen. Am 27. August 1991 fordert der Immobilienunternehmer Neuling gegenüber Journalisten, man müsse den »Trend zum Eigenheim unterstützen«. Die Bundesregierung solle in der Ex-DDR die Bildung von Wohneigentum stärker fördern. Das könne den Wohnungsmarkt spürbar entlasten. Neuling denkt an finanzielle Anreize für Investoren. Und er jongliert mit Zahlen. Nur ein Jahr nach der Wiedervereinigung, als die gesamtdeutsche Zukunft bestenfalls in den Sternen steht, präsentiert er wunderbare Daten: Acht Prozent aller DDR-Haushalte (500.000) streben Wohneigentum an. Im Westen seien es nur vier Prozent. Etwa zwanzig Prozent des Wohnungsbestandes in den neuen Ländern seien abbruchreif. Jährlich müßten dort bis zu 150.000 Wohnungen neu gebaut werden. Neulings Rat auch hier: Der Bund solle günstige Kredite bereitstellen und großzügige steuerliche Abschreibungsmöglichkeiten schaffen.

Mit dem Wohnungsbestand im Osten will auch Neuling schöne Geschäfte machen. Vorher allerdings muß sich der Bundestagsabgeordnete erneut mit Skandal-Schlagzeilen herumärgern. Da hatte er es Anfang des Jahres in die Medien geschafft mit der Forderung, bei der Treuhand »sämtliche Schiebereien zu durchforsten«. Und dann titelt der »Tagesspiegel« am 18. Oktober 1991 über ihn: »Bei der Treuhand bahnt sich offenbar ein neuer Skandal an«. Kern der Story: Christian Neuling ist Vorsitzender des Unterausschusses Treuhandanstalt des Bundestags. Gleichzeitig hat er über eine

Siebzig-Prozent-Beteiligung der »Paul Neuling Handelsgesellschaft« (dort ist er Geschäftsführer) Einfluß auf die »Neuling Minol Chemiegesellschaft« (NMC). Und diesem Unternehmen soll aus dem Treuhandbestand ein günstiger Grundstückskauf samt ungewöhnlich günstigen Kreditbedingungen eingeräumt werden. Gibt es da unangenehme oder vielleicht auch ganz komfortable Interessenskonflikte? Hat Neuling einer Firma aus seinem Einflußbereich einen günstigen Deal verschafft?

Nein, sagt Neuling. Der CDU-Politiker weist jede Verbindung zu diesem Geschäft von sich. Er lehnt es zunächst auch ab, den Vorsitz des Unterausschusses abzugeben. Doch immer neue Dokumente tauchen auf. »Neuling gerät arg in die Klemme« bemerkt die »Frankfurter Rundschau«. »Neuling im Zwielicht« heißt es in der »Wirtschaftswoche«. Und dann, Ende Oktober, ist es doch soweit: »Neuling tritt als Vorsitzender des Treuhandausschusses zurück« meldet der »Tagesspiegel«. Ein Rückzug, der nicht auf Schuldbewußtsein beruht. Vielmehr nennt Neuling alle Vorwürfe weiter »absurd«. Es ist der 30. Oktober 1991.

Der Unternehmer bleibt im Bundestag, hat den Kopf aber jetzt frei für andere Dinge. Am 1. November kauft die »Wienhold/Neuling GbR« eine weitere Immobilie in Eberswalde, noch im selben Monat ein Objekt in Herzberg – jeweils mit Hilfe der Berlin-Hyp – Gesamtkosten: 600.000 Mark. Daß dies für Neuling und Wienhold nur ein Anfang sein soll, ist kaum zu übersehen.

Eine Frage drängt sich angesichts des Zusammengehens von Wienhold und Neuling auf: Warum tun sich zwei derart wesensfremde Persönlichkeiten zusammen? Der bauernschlau wirkende Klaus-Hermann Wienhold und der intellektuell beschlagene Christian Neuling? Auf jeden Fall ergänzen sich die Parteifreunde. Neuling kann seriös auftreten, überzeugend den Geschäftsmann darstellen. Gleichzeitig hat er Verbindungen in die Bundespolitik, bis hin ins Bundesbauministerium. Wienhold dagegen ist fest verankert im Machtgefüge der Berliner CDU. Er kennt die Entscheider der Stadt. Er weiß, wer Geld bewegt oder bewegen lassen kann. Er hat Zugang zu Diepgen, Landowsky & Co.

Mit ihren ersten Immobilien im Rücken planen die beiden Christdemokraten eine große Zukunft. Sie gründen den Kern ihrer künftigen Firmengruppe. Der Name der Firma klingt vielversprechend: »AUBIS Verwaltungsgesellschaft für Grundbesitz mbH« (HRB 45139). Der Ursprung der später mit Krediten von mehr als 600 Millionen Mark operierenden »AUBIS«-Gruppe liegt am 30. November 1991. An diesem Tag unterzeichnen Klaus-Hermann Wienhold, Christian Neuling und ein Herr namens Adrian Nix einen Gesellschaftervertrag. Dafür haben sie einen Termin beim Notar ihres Vertrauens. Er nimmt sich Zeit für sie, obwohl es ein Sonnabend ist. Allerdings soll das Unternehmertrio an diesem Wochenendtag erst »nach 13 Uhr« kommen. Der Notar ist auch ein alter CDU-Politiker, ein Ex-Bausenator und heißt – Ulrich Rastemborski. Er galt in den achtziger Jahren als gemäßigte Stimme der CDU-Regierung. Mit ihm haben Wienhold und Neuling über die Partei häufig zu tun gehabt. Deshalb notiert Rastemborski, sie seien ihm, »dem Notar persönlich bekannt«. Der dritte Mann, Adrian Nix, muß seinen Personalausweis vorzeigen. Immerhin: Nix wird Geschäftsführer.

Nix ist ein beurlaubter Polizeiobermeister. Jetzt tritt er mit einer neuen Berufsbezeichnung auf: Kaufmann – ein Titel, der in Deutschland nicht geschützt ist. Kaufmann ist auch der frühere Polizeihauptmeister Wienhold. Zu Wienhold und Nix gesellt sich Dr. Neuling. Das Unternehmer-Trio gibt bei Rastemborski als Unternehmenssitz eine Adresse in der Nähe des Flughafens Tempelhof an: Mohnickesteig 42. Ein genauer Blick in diese Straße bringt eine überraschende Erkenntnis: Mohnickesteig 42 existiert nicht. Kaufmann Nix allerdings wohnt in der Hausnummer 12. Und dort hat – das zeigen später Dokumente im Handelsregister – die »AUBIS Verwaltungsgesellschaft für Grundbesitz mbH« ihre Geschäftsräume. In einem vierstöckigen Wohnblock einer städtischen Wohnungsbaugesellschaft mit kleinen beengten Wohnungen. Der Kern der »AUBIS«-Gruppe liegt in einer Sozialbauwohnung – und hat den Makel einer nicht existenten Firmenanschrift. Klaus-Hermann Wienhold und Christian Neuling zahlen je eine Stammeinlage von 22.500 Mark. Adrian Nix steigt mit 5.000 Mark ein.

Gegenstand des Unternehmens ist laut Handelsregisterauszug »die Verwaltung von Wohn- und Geschäftshäusern« einschließlich der Auftragsvergaben an Handwerker und Architekten bei Modernisierungen und Instandsetzungen. Wienhold und Neuling wollen mit Nix richtig groß ins Immobiliengeschäft einsteigen.

Vor diesem Hintergrund machen Wienhold und Neuling 1992 weiter. In Angermünde kaufen sie für 819.000 Mark ein Mehrfamilienhaus. Inklusive Modernisierungskosten (1.275 Mio) ein Aufwand von rund zwei Millionen Mark – wieder finanziert von der BerlinHyp.

Noch sind beide Abgeordnete. Mit ihren Verbindungen haben sie in der vom Autor Mathew D. Rose zur »Hauptstadt von Filz und Korruption« gekürten Metropole die besten Voraussetzungen, um richtig viel Geld bewegen zu können. Einen geschäftlichen Anfang haben sie gemacht. Nach einem Umweg über Nauen brauchen sie einen präsentableren Firmensitz. Fündig werden sie laut Grundbuchverzeichnis im Frühjahr 1993 an der Lindenallee 33 im edlen Neu-Westend. Die »AUBIS«-Chefs kaufen eine Villa, die sie, so schätzen Mitarbeiter, für mindestens eine Million Mark ausbauen lassen. Der Keller wird tiefergelegt, damit die Abteilung Hausverwaltung dort unterkommt. Wienhold selber läßt sich im Erdgeschoß einen Wintergarten einrichten. Der »AUBIS«-Chef, so die Mitarbeiter, »arbeitet gern im Glaspalast«. Sein Partner Neuling dagegen gibt sich eher bescheiden. Der einzige Luxus, den er sich gönnt, sind antike Möbel am Arbeitsplatz. Er trägt schon mal eine schicke Strickkrawatte, Mitarbeiter erleben ihn im Büro bodenständig auf Socken, manchmal mit den Füßen auf dem Schreibtisch.

In der Firmenzentrale, genannt »Linde«, wächst die »AUBIS«-Gruppe. Es kommen neue Mitarbeiter. Auch Hannelore Pottmann steht jetzt voll zur Verfügung. Sie hatte einen Abstecher zur BerlinHyp gemacht. Dort war sie, laut Nachrichtenmagazin »Spiegel«, rund zwei Jahre lang »Angestellte … und arbeitete im Kreditmeldewesen der Bank«. Jetzt entstehen neue Firmen unter einem Dach. Insgesamt gehören rund ein halbes Dutzend Einzelunternehmen zu »AUBIS«. Seit 1991 hat »AUBIS« nach Angaben von Wienhold vierzig Objekte erworben. Dabei hat sich das Unternehmen darauf konzentriert, Altbauten zu erwerben und Eigenheime zu bauen: Vom Entwurf bis zum Vertrieb – alles von »AUBIS«.

Doch im Laufe des Jahres 1994 entwickelt sich plötzlich ein Bruch in der Firmenphilosophie. Jetzt heißt die neue Devise: Alle Kraft in die Platte. Die Polit-Unternehmer haben sozialistische Restbestände in Ostdeutschland als Chance entdeckt. Nach Wahrnehmung von Mitarbeitern ist es Dr. Christian Neuling, der dem Unternehmen mit seinem Auftreten und seinen Verbindungen zum großen Sprung nach vorn verhilft. »Der Neuling macht uns kreditwürdig«, heißt es im Unternehmen. Neuling hat den direkten Draht zur hohen Politik. Bei ihm landen Gesetzesentwürfe auf dem Tisch, noch bevor sie im Bundestag gelesen werden. Ob er etwas erfährt über die anstehenden Fördermodelle für die ostdeutsche Wohnungslandschaft? Auf jeden Fall setzt er sich für den Kurs in Richtung »Platte« ein.

Die erste »AUBIS«-Platte: eine 8,5 Millionen Mark teure Mehrfamilienanlage mit 266 Wohnungen in Markneukirchen, einem Ort im Erzgebirge. Sie soll der Grundstein zu einem Immobilienimperium in den neuen Bundesländern werden. Dieser Kauf ist der entscheidende Schritt auf dem Weg zur späteren »AUBIS«-Gruppe. Und schon am Anfang dieses gewagten Unternehmens fällt bei dem Kreditgeschäft mit der BerlinHyp auf, daß sich die Herren Neuling und Wienhold selbst bei hohen Millionenkrediten scheinbar grenzenlos auf »ihre« Bank verlassen. Wie aus internen Bankdokumenten hervorgeht, hat der Vorstand der BerlinHyp den Millionenkredit am 25. Januar 1995 genehmigt. Doch schon vier Monate vorher hat die »GBR Wienhold/Neuling Markneukirchen« den Kaufvertrag unterzeichnet. Obwohl sie nicht einmal eine bindende Grundsatzzusage hatte. Die Geschäftsführer scheinen zu wissen, daß sie das Geld für ihren Einstieg ins Plattenbaugeschäft sicher erhalten werden.

Mit ihrem Vorgehen nach dem Motto: »Erst kaufen, dann das Geld besorgen«, verstoßen Wienhold und Neuling gegen ihre eigene, in einem Firmenkonzept festgehaltene offizielle Strategie. Danach soll der Geschäftsablauf immer diesem Muster folgen: 1. Grundsatzzusage von der BerlinHyp; 2. Notarielle Bestätigung des Kaufvertrags; 3. Kreditzusage von der BerlinHyp. Die Realität allerdings sieht überwiegend anders aus. »AUBIS« kauft erst die Wohnanlagen – und holt sich anschließend den Kredit.

Dieses Vorgehen sollte die BerlinHyp im Laufe des »AUBIS«-Engagements erheblich unter Druck setzen. Verweigert sie den Kredit, kann das die »AUBIS«-Gruppe existenziell bedrohen – und damit auch die bereits laufenden Millionenkredite der BerlinHyp. Gleich bei ihrem ersten großen Immobiliendeal verstoßen die »AUBIS«-Unternehmer gegen ihren Geschäftsgrundsatz. Die Bank spielt mit.

Dabei ist die Zukunft des Immobilienmarkts in Ostdeutschland völlig unübersichtlich. Steuervergünstigungen lassen Neubauten wie Pilze aus dem Boden schießen. Zunehmend werden Mehrfamilien-Altbauten renoviert und mit einigem Komfort auf dem Markt angeboten. Die Einwohnerzahlen in den neuen Bundesländern sind anhaltend rückläufig. Immer mehr Menschen zieht es in den Westen. Dort gibt es mehr Arbeit und die Löhne sind höher.

Die Wohnungsbaugesellschaften in den neuen Bundesländern sind durch diese Entwicklungen enorm unter Druck geraten. Laut Altschuldenhilfegesetz von 1993 sind sie verpflichtet, mindestens 15 Prozent ihres Wohnungsbestandes zu privatisieren. Mit dem Erlös sollten der Erblastentilgungsfonds (er enthält Milliardenschulden der früheren DDR-Wohnungsbaugesellschaften) entlastet und gleichzeitig die auf dem Immobilienbestand lastenden Altschulden gesenkt werden. Die Wohnungsbaugesellschaften haben bis 2003 Zeit, diese Auflage zu erfüllen. Aber dieser Rahmen hat einen Haken. Je später die Gesellschaften privatisieren, umso mehr müssen sie von den Verkaufserlösen an den Erblastentilgungsfonds abgeben: 1996 sind es vierzig Prozent, 1997 bereits sechzig und ab 1998 gar achtzig bis neunzig Prozent.

Trotz dieses Erfolgsdrucks scheitern die Wohnungsbaugesellschaften an der Realität. Das Interesse der Mieter, ihre Platte zu kaufen, ist gering. Bis Anfang 1995 sind nur 60.000 Wohneinheiten verkauft worden. Um der Not abzuhelfen, gibt das Bundesbauministerium Richtlinien für ein sogenanntes »Zwischenerwerbermodell« heraus. Jetzt bietet sich den Wohnungsbaugesellschaften ein Ausweg. Sie können ihre Privatisierungspflicht auch dadurch erfüllen, daß sie Wohnungen an Investoren abgeben. Die müssen sich allerdings als Zwischenerwerber verpflichten, die Immobilien zu sanieren und einen Teil des Bestandes an private Kunden (möglichst Mieter) zu verkaufen.

Aus Sicht der Dresdner Bank ist das Geschäft offenbar selbst für erfahrene Immobilien-Experten hochriskant. Die »Frankfurter Allgemeine Zeitung« berichtet im Frühjahr 1995, die zweitgrößte deutsche Bank habe eine »Änderung des Zwischenerwerbermodells gefordert. Die Niederlassungen in Dresden und Leipzig hätten festgestellt, das Modell sei sehr riskant und bringe den Kapitalanlegern keine Rendite.« Die Zwischenerwerber könnten steuerliche Sonderabschreibungen nach dem Fördergebietsgesetz nicht in Anspruch nehmen. Die »Frankfurter Allgemeine Zeitung« hat von den ersten »AUBIS«-Engagements erfahren und fragt bei Christian Neuling nach. Der Unternehmenschef besteht trotz der Warnung der Dresdner Bank darauf: Es gebe dennoch Möglichkeiten, Steuervorteile zu erzielen. Erläutern wollte er dies jedoch nicht. Das ist erstaunlich. Denn dieses Modell ist darauf abgestellt, daß es sich vor allem durch das Ausnutzen von Steuervorteilen rechnet. Steuervorteile hat man natürlich nur, wenn man auch etwas zu versteuern hat. Dr. Neuling hat dies wohl nur in geringem Maße. Die BerlinHyp stellt später jedenfalls fest, daß »AUBIS« gar kein steuerliches Konzept hat. Das ist wenig verwunderlich. Laut einem internen Bank-Papier, das die BerlinHyp später in einer Klage gegen eigene Ex-Manager zitiert, liegt der »...Grund in den Einkommensverhältnissen der Initiatoren Herrn Wienhold und Dr. Neuling. Aufgrund der nicht oder nur in geringem Umfang vorhandenen verrechenbaren anderen Einkünfte konnten sich positive steuerliche Effekte nicht ergeben … Dies hätte sich jedem ordentlichen Bankkaufmann sofort aufdrängen müssen.«

Hätte. Müssen. Bei der BerlinHyp hatte es offenbar nicht müssen! Und die Anfänger in Sachen Plattenbau, Wienhold und Neuling, fühlen sich ohnehin zu diesem Geschäft berufen. Sie stellen sich der BerlinHyp 1995 als die neuen Massensanierer im Osten vor. Als die Männer vom Super-Unternehmen »AUBIS«. Im Gepäck haben sie ein faszinierendes Konzept für die Entwicklung von Plattenbaubeständen. Für 572 Mark (inklusive Nebenkosten) je Quadratmeter wollen sie Wohnraum kaufen. Den modernisieren sie für 329 Mark je Quadratmeter. Und dann verkaufen sie innerhalb von zwei Jahren zwanzig bis vierzig Prozent der Immobilien an die Mieter. Mit großen Gewinnen natürlich. Bei den verbleibenden Wohnungen erhöhen sie die Mieten per Modernisierungsumlage von 5,50 auf 8,50 Mark je Quadratmeter – um satte 54 Prozent. Auch mit diesen neuen Mieten erzielen sie nun Gewinne. Eine schöne Idee. Und wo das Geldverdienen so leicht geht, liebt man es auch gerne etwas größer. In ihrer Prognoseberechnung rechnen die »AUBIS«-Chefs zunächst mit 6000 Wohnungen. Finanzierungsbedarf: 324 Millionen Mark. Später sollten noch einmal tausende Wohnungen hinzukommen. Es ist unübersehbar: Diese Kunden haben gewaltige Geschäfte vor.

Dafür haben sich die Ex-Politiker mit den großen Plänen genau die passende Bank ausgesucht. Erst 1994 ist aus der Landesbank Berlin, der Berliner Hypotheken- und Pfandbriefbank sowie der Berliner Bank ein neuer Branchenriese entstanden: Die Bankgesellschaft Berlin. Sie soll Berlin und Umgebung im großen Stil mit entwickeln, groß ins Fondsgeschäft einsteigen und über die BerlinHyp auf dem Immobilienmarkt mitspielen. Diese Bank und das Team Neuling/Wienhold – das paßt. Da sind dann auch Fragen eher unwichtig, die ansonsten bei jedem Garagenbau eine entscheidende Rolle spielen. Das Eigenkapital von Kreditkunden gilt ja grundsätzlich als interessante Größe.

Bei Wienhold und Neuling muß es anders gewesen sein. Als sie sich um das Millionenspiel bewerben, haben sie – praktisch nichts.

Das geht jedenfalls aus einem später erstellten internen Revisionsbericht der BerlinHyp von 1997 hervor. Darin heißt es zu den Vermögensverhältnissen der »AUBIS«-Chefs im Jahr 1995: »Für Herrn Dr. Neuling liegt ein Einkommenssteuerbescheid für 1993 vor. Aus diesem ist ersichtlich, daß neben diversen Bezügen und Honoraren ein Verlust aus Vermietung/Verpachtung aus seinerzeit schon vorhandenen Objekten (keine Plattenbauten) von 1,7 Millionen Mark ›erwirtschaftet‹ wurde. Das Gesamteinkommen ist mit 1 Million DM negativ. Für 1994 liegt nur eine Einkommensteuererklärung vor. Die dort angemeldeten Einkünfte aus Kapitalvermögen von 4,8 Millionen DM sind nicht belegt; der Steuerbescheid steht noch aus, obwohl dieser seit einem Jahr zur Vorlage angemahnt wird. Die Bonität der Kreditnehmer (Vermögen und Einkommen des Herrn Wienhold sind relativ unbedeutend) steht und fällt zu 100 % mit den getätigten Investitionen. Nennenswerte Einkünfte oder Vermögenswerte sind nicht vorhanden.«

Privat haben die Chefs also nichts Substanzielles vorzuweisen. Und in der Firmengruppe ist auch nicht viel zu holen. Deren Aufbau folgt einem durchgängigen Muster. Jeweils eigenständige Firmen sind zuständig für die Sanierung, Finanzierung und für die Verwaltung. Die Namen enthalten alle den klangvollen Bestandteil »Aubi«, wie etwa die »Aubiprom«, »Aubitec«, »AUBIS Konzept GmbH« oder »AubiBau«. Das sind GmbH's. Für die Immobilienkäufe gründen Wienhold und Neuling immer wieder neue Objektgesellschaften. Das sind KG's oder GbR's.. Abwechselnd ist der eine oder andere der Chefs Gesellschafter. Das Ergebnis sind so beeindruckende Namen wie »Wohnanlage Halle Wienhold KG« oder »Wohnanlage Leipzig Dr. Neuling KG«.

Jede dieser Gesellschaften braucht für ihre Projekte Kredite. Die Unterlagen, die die BerlinHyp zur Prüfung der Anträge in die Hand bekommt, sind eher dürftig. Der sogenannte »AUBIS«-Untersuchungsausschuß stellt dies Jahre später öffentlich fest. Die Bank bewertet die Kreditwürdigkeit vor allem anhand von Einkommensteuererklärungen bzw. -bescheiden, anhand von Grundbuchunterlagen und Eröffnungsbilanzen der Gesellschaften, die

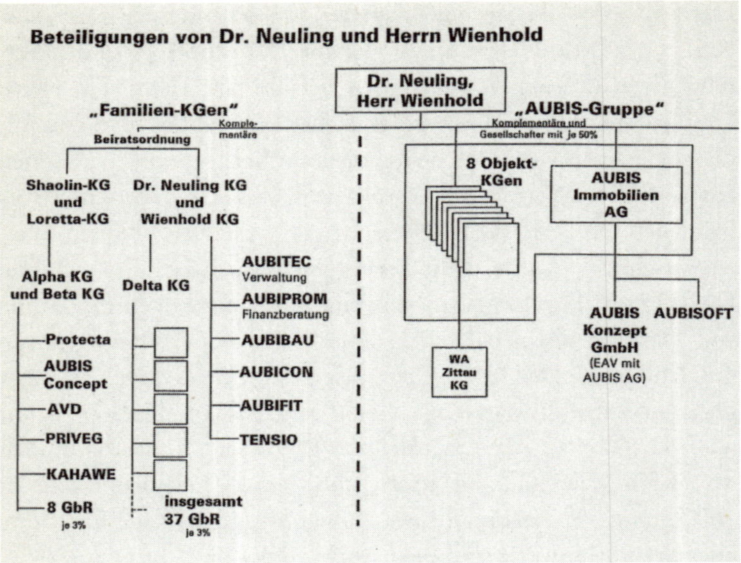

die Kredite beantragten. Im Untersuchungsausschuß ergibt sich zur Aussagekraft der benutzten Unterlagen später folgender Dialog zwischen Ausschußmitgliedern und einer Kreditsachbearbeiterin:

Zeugin S.: »Ich sag mal so: Bei den Unterlagen, die da vorlagen, war eine großartige Prüfung nicht notwendig.«

Klaus Uwe Benneter (SPD): »Nicht notwendig oder nicht möglich?«

Zeugin S.: »Nicht möglich!«

Harald Wolf (PDS): »Und was heißt: Nicht möglich? Warum war es für Sie nicht möglich?«

Zeugin S.: »Eine GmbH oder eine GbR – je nachdem, wie die Herren aufgetreten sind –, die frisch gegründet ist, bei der eine Eröffnungsbilanz da ist – was soll ich da prüfen?«

Benneter: »Darf ich festhalten: War nicht möglich wegen Dürftigkeit?«

Zeugin S.: »Wenn eine Gesellschaft gegründet ist und noch nicht einmal ins Register eingetragen ist – was soll man da prüfen?«

Die Unterlagen waren also dürftig. Aber für die BerlinHyp noch gut genug. Im Vorstandsprotokoll vom 18. August 1995 findet sich unter Punkt »b) Engagement Wienhold/Neuling« der Hinweis, daß den Kunden »eine grundsätzliche Zusage für ein Darlehen von DM 65 Millionen gegeben« wird. Und: »Die persönliche Haftung der Darlehensnehmer ist sicherzustellen«. Eine problematische »Sicherheit«. Denn Neuling und Wienhold, siehe oben, haben nichts auch nur annähernd Angemessenes zu bieten. Lapidar heißt es, weitere Unterlagen über deren wirtschaftliche Verhältnisse seien beizubringen. Geschehen ist das offenbar nicht. Noch Jahre später stellen Sonderprüfer fest, daß sich an den oben genannten finanziellen Verhältnissen nichts geändert hat.

Den neuen Platten-Herren mangelt es auch an Eigenkapital. Sie haben auch keine Erfahrung im Sanieren von Plattenbauten. Wie der BerlinHyp Jahre später auffällt, ist 1995 eine Infrastruktur für Verwaltung, Renovierung und Verkauf der Wohnungen nicht vorhanden. Noch schlimmer: Ihre Zahlen sind unglaubwürdig. Die BerlinHyp stellt später in ihrer Klageschrift fest: »Die Modellrechnung des »AUBIS«-Konzepts ging von durchschnittlichen Einstandspreisen von 520 Mark je Quadratmeter aus. Demgegenüber betrug beispielsweise der Kaufpreis für die im Jahre 1994 erworbene Wohnanlage in Markneukirchen schon 651,25 Mark je Quadratmeter.« Die Betriebskosten sind nicht berücksichtigt, ebensowenig Mietausfälle. »AUBIS« geht von einer dauernden hundertprozentigen Vermietung der Wohnungen aus – schon Mitte der neunziger Jahre eine hochriskante Annahme.

Bei der BerlinHyp waren das offenbar trotzdem beste Voraussetzungen für Millionenzusagen. »AUBIS« kauft groß ein. Und sie heben im wahrsten Sinne des Wortes richtig ab. Wie es sich für einen Konzern im Entstehen gehört, soll eine Fluglinie her. Zwei Maschinen, darunter eine einmotorige viersitzige Cessna 172, stehen »AUBIS« bereits zur Verfügung. Damit die Herren Geschäftsleute auch flexibel und jederzeit einsatzbereit sind. Eingetragen ist die erträumte Fluggesellschaft zwar noch nicht. Aber angedacht. Und so schweben die Passagiere schon mal mit dem Schriftzug »AUBIS

AIR« durch den europäischen Flugraum. Zum Beispiel nach Erfurt. Von dort aus geht es per Mietwagen nach Schmalkalden, zu einem Treffen mit dem Bürgermeister und Stadträten. Es geht um einen Großdeal: Eine Plattenbauanlage mit 2300 Wohnungen für 11.625 Millionen Mark. Die Schmalkaldener Gastgeber sind zwar erfreut über das Interesse aus Berlin. Aber »AUBIS« – nie gehört. Sie wollen genauer wissen, was dahintersteckt. Keine angenehme Frage, wenn man Käufer ist und bisher nur 350 Wohnungen verwaltet. Gut, daß sich Wienhold und sein Begleiter zuvor »auf die Eckdaten geeinigt« haben. Während des feucht-fröhlichen Abends in einer Gaststätte berichtet Wienhold von dem aufstrebenden Großverwalter »AUBIS«. Wohnungsbestand: rund 5000. Bürgermeister und Stadträte sind begeistert über den Investor. Am 2. August 1995 unterschreibt Klaus Wienhold den Kaufvertrag für die »Wohnanlage Schmalkalden Wienhold KG«.

Der wirkliche Triumph aber kommt drei Wochen später. In der »AUBIS«-Zentrale herrscht Siegerlaune. Chef Wienhold schmeißt eine Runde Sekt. Stolz verkündet er den versammelten Mitarbeitern: »Wir haben den Adelsschlag erhalten. Wir bekommen die Ringstraße in Leipzig.« Die Ringstraße in Leipzig. Ein Riesenprojekt. Allein mit Kaufverträgen vom 24. August 1995 ersteht »AUBIS« Plattenbauten, für die einschließlich Modernisierung und anderer Kosten rund 85 Millionen Mark nötig sind. Zur Erinnerung: Die BerlinHyp hatte ihnen nur 65 Millionen Mark zugesagt. Doch die Lücke von 20 Millionen scheint die Herren nicht zu beunruhigen.

Mit ihrem Bekannten, dem Partei- und alten Kampfgenossen Landowsky, haben Wienhold und Neuling noch immer intensive Kontakte. Oft ganz allgemeiner Art. Sie treffen ihn schon mal im »International Club« in Charlottenburg. Teilweise müssen die Plaudereien mitten in heißen Wahlkampfzeiten nahezu therapeutischen Charakter haben. Für Landowsky nichts Ungewöhnliches: »Ich habe mit ihnen ein Gespräch geführt, um den Frust, den zwei relevante CDU-Mitglieder hatten, abzubauen. Die Funktion hatte ich in der CDU immer.«

Und so luden sie ihre Sorgen ab. Landowskys Erinnerungen an das gemeinsames Essen im Wortlaut: »Und dann haben sie mir das alles vorgetragen, wie unzufrieden sie sind. Und dann habe ich ihnen gesagt: ›Herrgott, wenn ihr kritisiert, dann tut was!‹ – So in dem Sinne. Die beiden Herren … ob wir denn … ich habe dann … dabei richteten sie an mich die Frage, die beiden Herren, ob wir denn was machen würden. Das war das Thema.«

Alles klar? Offenbar ja, zumindest bei Wienhold und Neuling. In einer »Finanzdisposition des laufenden Jahres« vermerkt Wienhold: »Die schleppende Kreditbearbeitung habe ich bei der BerlinHyp vorgetragen, man hat mir eine zügigere Bearbeitung zugesagt.« Dann gibt es noch den Punkt »Wichtige Dispositionsnotwendigkeiten: Die zugesagte CDU-Spende für K.L. 40 TDM ist sicherzustellen, sie sollte noch unbedingt in diesem Jahr erfolgen.« Die Umsetzung dieser Vorgabe betreibt Wienhold selbst. »Irgendwann mal«, das fällt Landowsky später wieder ein, habe er einen Anruf oder einen Hinweis im Parlament bekommen. Seine CDU-Parteifreunde Wienhold und Neuling, die zufällig auch Großkreditnehmer der BerlinHyp sind, wollten spenden. Am 4. Oktober 1995, exakt 18 Tage vor der Wahl zum Berliner Abgeordnetenhaus, ist es soweit: Landowsky bekommt Besuch. In seinem BerlinHyp-Vorstandsbüro am Lützowufer erscheint Klaus-Hermann Wienhold. Er legt 40.000 Mark bar auf den Tisch. Eigentlich eine erstaunliche Geste. Einfach mal so 40.000 Mark auf den Tisch für den Bankchef. Der ist in diesem Moment natürlich überwiegend der CDU-Fraktionsvorsitzende Klaus-Rüdiger. Damit ist das Treffen ganz privat. Denn sein Besucher ist auch nicht der Bankkunde Wienhold, sondern ganz einfach der christdemokratische Mensch Klaus-Hermann. Und Klaus-Rüdiger sagt noch: Eigentlich ist er nicht befugt, Bargeld entgegenzunehmen. Das weiß Klaus-Hermann natürlich auch. Er verzichtet auf eine Quittung.

Während die Hauptstadt wählt, laufen die Immobiliengeschäfte weiter. Für »AUBIS« entwickelt sich alles wie geplant. »AUBIS« erhält Unterstützung von Wienholds altem Arbeitgeber, dem Gebäudereinigungskönig Werner Gegenbauer. Der wiederum erhält den

Zuschlag für die begehrte Parkraumbewirtschaftung in Spandau. Gegen Vorbehalte im Bezirksamt. Eine vermutete politische Hilfe vom alten Spandauer Wienhold bei diesem Abschluß bestreitet Gegenbauer. Wienhold auch. Der macht weiter große Geschäfte. Die »Linde« wird zu klein. »AUBIS« zieht um, in das »Airport Bureau Center« am Saatwinkler Damm.

In diesem Ambiente machen die inzwischen durch den erfahrenen CDU-Politiker und künftigen Bundestagskandidaten Frithjof Hornemann verstärkten »AUBIS«-Chefs weiter. Lauter ganz normale Immobiliengeschäfte. Und sie werden zuverlässig mit Geld versorgt. In einer Vorstandssitzung bei der BerlinHyp vom 29. November 1995 geht es um großzügigste Entscheidungen zugunsten der »AUBIS«-Gruppe. Im Protokoll heißt es dazu: »Im Rahmen der Kaufpreisfinanzierung für diverse Objekte im Zuge der Wohnraumprivatisierung sind der »AUBIS«-Gruppe bis zum 29. 11. des Jahres insgesamt rund DM 280 Millionen grundsätzlich oder rechtsverbindlich zugesagt worden.«

Für zwei Unternehmer ohne nennenswertes Eigenkapital ist schon dies ein märchenhafter Erfolg. Aber sie wollen ja nicht nur kaufen. Sie wollen, daß ihre Mieter schöner wohnen. Das kostet. Modernisierung nennt sich das. Darum stellt der BerlinHyp-Vorstand fest: »Daneben werden für diese Objekte noch ca. DM 140 Millionen für die Modernisierung der Außenhüllen der Gebäude benötigt.«

Nach dieser Finanzierungszusage von 420 Millionen Mark machen sich Wienhold und Neuling noch einige Weihnachtsgeschenke: Sie unterschreiben Kaufverträge für Objekte in Halle, Plauen, Görlitz, Brandenburg und erneut in Leipzig. Kostenpunkt inklusive Neben- und Vorkosten: knapp 271 Millionen Mark. Für derartige Großinvestitionen gibt es bei der BerlinHyp einen Sicherungsmechanismus. Sobald eine Einzelsumme 30 Millionen Mark erreicht, muß die Kreditentscheidung dem Kreditausschuß vorgelegt werden. Diese Grenze wird in Leipzig (Objektname »Leipzig 1«) mit 85 Millionen spielend überschritten. Doch da haben die Banker die Rechnung ohne Wienhold und Neuling gemacht. Wie der Untersuchungsausschuß feststellt, stückeln sie den Kaufpreis mit Hilfe führender Bankmitarbeiter. Ein »wesentliches bankunübliches Vorgehen« urteilt der Ausschuß später.

Frage Klaus Uwe Benneter: »Da soll es notarielle Kaufverträge gegeben haben über … ein und dasselbe Objekt, die aber so gestückelt waren, daß sie unter 30 Millionen DM blieben. Können Sie sich daran erinnern?«

Zeugin S. spontan: »Ja, ich weiß daß die Beschlüsse auf Anweisung so aufgeteilt wurden und die Kaufverträge auch so abgeschlossen waren, daß die Grenze nicht überschritten worden ist.«

Die Zeugin erinnert sich auch daran, wer innerhalb der Bank die entscheidende Anweisung gab: Hans-Dieter Knaack, der Leiter der BerlinHyp-Kreditabteilung. Und so gehen die Millionenkredite hinaus, ohne daß der Kreditausschuß sie prüft. Das Urteil des Untersuchungsausschusses ist eindeutig: »Die BerlinHyp hat damit bei der Bewilligung des Kredites Leipzig in erheblichem Maße gegen eigene Richtlinien verstoßen.« Innerhalb weniger Monate hat sich die BerlinHyp auf äußerst mysteriösen Grundlagen in die Hände branchenfremder Politik-Unternehmer begeben. Es ist Ende Dezember 1995. Die »AUBIS«-Chefs haben in kürzester Zeit Kaufverträge für 6300 Wohnungen unterschrieben. Wienhold und Neuling stoßen an – auf ein erfolgreiches 1996.

Die »AUBIS«-Unternehmer verlieren im neuen Jahr keine Zeit. Kaum sind die Festtage verkraftet, liefern sie ihren Hausbankern schon wieder ein grandioses Konzept. »Strategiepapier für die Präsentation bei der BerlinHyp am 16. Januar 1996« steht auf dem Deckblatt. Ihre auf 26 Seiten umrissene Geschäftsidee präsentieren sie dem versammelten Kreditsachverstand ihrer Hausbank. Anwesend sind zehn verschiedene Sachbearbeiter, die Vorstandsmitglieder Theo Schroth, Kreditvorstand, und Georg Blümel, Vertrieb, sowie der Bereichsleiter Kredit Berlin, Hans-Dieter Knaack, und Peter Haberling, Bereichsleiter Akquisition. Ihnen allen stellen sich die »AUBIS«-Chefs noch einmal gebührend vor: Klaus-Hermann Wienhold, 47 Jahre, Kaufmann: Öffentlicher Dienst, zuletzt Referent des Senators Wronski; Landesgeschäftsführer der CDU Berlin; Mitglied des Abgeordnetenhauses von Berlin; Geschäftsführer der Firmengruppe Gegenbauer, Berlin und Christian Neuling, 52 Jahre, Dipl.-Ing. Dr. rer. pol: Geschäftsführender Gesellschafter der Neuling Unternehmensgruppe; Mitglied des Berliner Abgeordnetenhauses (MdA); Mitglied des Deutschen Bundestages (MdB).

Nach dieser seriösen Vorstellung erläutern die Bankkunden zunächst die »AUBIS Konzept GmbH« (Verwaltung, Modernisierung, Instandsetzung). Wienhold und Neuling halten je 45 Prozent der Anteile. Mit dabei ein weiterer kompetenter Partner: Adrian Nix hält zehn Prozent. Er ist ein alter Kollege aus den Zeiten, als Wienhold bei der Polizei noch Spuren von Automatenaufbrechern sicherte. Auch er war zeitweise für die CDU Mitglied im Abgeordnetenhaus. Im Beirat der größte Saubermann der Stadt: Werner Gegenbauer, Inhaber der gleichnamigen Gebäudereinigungsfirma. Als Versicherungspartner steht die »Allianz« auf dem Papier. Für die Öffentlichkeitsarbeit ist die »Werbeagentur von Manstein« zuständig. Die renommierten Profis haben einen besonders prominenten und schwierigen Kunden: Bundeskanzler Helmut Kohl und dessen Bundes-CDU. Von Manstein bürgt für ein angenehmens, ordentliches Image. Lauter große Namen also, Schwergewichte auf ihrem Gebiet.

Die Kulisse steht. Jetzt stellen Wienhold und Neuling ihr Erfolgskonzept vor: Das Zwischenerwerber-Modell. Der Ausgangspunkt ist simpel. Die Wohnungsbaugesellschaften auf dem Gebiet der ehemaligen DDR wollen möglichst schnell Wohnungsbestände verkaufen. Laut Altschuldengesetz müssen sie 15 Prozent abgeben. Von den Erlösen die sie 1996 erzielen, dürfen sie sechzig Prozent behalten. Im Jahr 1997 nur noch vierzig und so weiter. Je später, desto weniger.

Diesen Verkaufsdruck wollen Wienhold und Neuling ausnutzen. Sie verhandeln gerade über den Kauf von bis zu 26.000 Wohneinheiten. Den Bankern muß klar sein: Gemessen an den bisherigen Kaufabschlüssen der »AUBIS«-Gruppe streben Wienhold und Neuling Kredite in Höhe von insgesamt mindestens einer Milliarde Mark an. Ihre Idee ist einfach. Sie kaufen Plattenbauten, sprechen mit den Mietern, kündigen Modernisierungen an, setzen sie um und bieten den Mietern die modernisierten Wohnungen zum Kauf an. Aubis plant, vierzig Prozent der Immobilien zu verkaufen. Dann hat die Gruppe ihre Privatisierungspflicht erfüllt und macht Gewinne.

Alles ganz einfach. Eine Frage stellt aber offenbar niemand: Wenn sich mit den Wohnungen so leicht Geld verdienen läßt – warum machen es die Wohnungsbaugesellschaften dann nicht selbst? Und warum sehen sie offenbar keine Chance, auch nur 15 Prozent der Wohnungen zu verkaufen?

Sie müssen andere Rechnungen aufgemacht haben als »AUBIS«. Und sie kennen ihre Mieter. Das ist bei Wienhold und Neuling kaum der Fall. Daher auch ihre optimistische Rechnung: Ankauf der Wohnungen für rund 650 Mark je Quadratmeter; Modernisierung/Instandsetzung zu je 398 Mark; Verkauf zu je 1100 Mark.

Wo bleibt der Gewinn? Eine Kalkulation mit kleinen Fehlern. Der Untersuchungsausschuß monierte später: »Hier gab es hinsichtlich des Kostenansatzes ganz erhebliche Auffälligkeiten: Die von ›AUBIS‹ kalkulierten Sanierungskosten lagen deutlich, nämlich etwa 50 Prozent, unter den ... tatsächlichen Kosten. Im Rahmen des kalkulierten Ansatzes war mehr als eine Pinselstrichsanierung nicht möglich.« Konkret heißt das: Für die 398 Mark können nur die einfachsten Verbesserungen bezahlt werden: das Malern des Hausflures, eine Gegensprechanlage, neue Fenster, Wärmedämmung oder womöglich eine neue Hauseingangstür. Alles das, was die altsozialistischen Plattenbauten wohnenswerter macht – neue Küchen, Bäder, Bodenbeläge, modernisierte Heizungen, moderne Sanitäranlagen und sichere, benutzbare Balkone – waren nicht in den Rechnungen enthalten. Dafür wären zusätzlich mindestens 815 Mark (laut »AUBIS«), nach Expertenansicht sogar weit mehr als tausend Mark fällig. Die Wohnungen wären also erheblich teurer geworden und damit die Chancen gering, daß sich besonders viele Käufer finden würden.

Das weiß auch Unternehmer Wienhold. Er relativiert seine selbstsicher vorgetragene Verkaufsprognose von vierzig Prozent. Nach

Aussagen mehrerer anwesender Kreditsachbearbeiter räumte er während der Präsentation ein: Nur 15 Prozent der Mieter seien daran interessiert, eine Wohnung zu kaufen. 25 Prozent Differenz – eine gewaltige Veränderung der früher versprochenen Einnahmechancen. Und selbst die 15 Prozent sind unrealistisch. Von der BerlinHyp später beauftragte Sonderprüfer urteilten: Die den Mietern zum Kauf angebotenen Wohnungen seien auf der Basis der von »AUBIS« geforderten Kaufpreise nahezu unverkäuflich. Wohl wahr. Kurze Zeit später teilen Kreditsachbearbeiter ihren Vorgesetzten eine alarmierende Zahl mit: In Görlitz seien nur drei Prozent der Mieter kaufwillig. Daß das »AUBIS«-Konzept aufgehen kann, widerspricht jeglicher kaufmännischen Logik. Dennoch stoppt niemand dieses Engagement.

Nicht einmal einen Monat nach dieser Präsentation vom 16. Januar genehmigt sich »AUBIS«-Chef Wienhold in einem herrschaftlichen Gründerzeitgebäude in Neu-Westend ein »Dachgeschoß mit Nebengelaß«. Kosten: 1,5 Millionen Mark. Der Kredit kommt – natürlich – von der BerlinHyp! Dann kauft »AUBIS« weiter und weiter. Die BerlinHyp zahlt. Und zwar nicht nur für Wohnungskäufe. Sie muß auch noch Geld dafür bereitsstellen, daß die »AUBIS«-Gruppe sich überhaupt erst einen halbwegs angemessenen Verwaltungsapparat aufbauen kann. Das funktioniert über den Punkt »Vor- und Nebenkosten« bei den Immobilienkäufen. Dafür berechnet »AUBIS« in der Regel mehr als zwanzig Prozent der Gesamtsumme. Ein exorbitant hoher Anteil, der direkt an die jeweiligen »AUBIS«-Dienstleistungsgesellschaften fließt – und dort versickert. Der Banken-Untersuchungsausschuß befaßt sich ausführlich mit diesen Geldflüssen. Nach Erkenntnissen des Gremiums aus Zeugenbefragungen und dem Studium von bankinternen Akten benutzt »AUBIS« einen Teil dieser Millionensummen zum Aufbau seiner eigenen Verwaltung: »Den Aufbau dieses Verwaltungsapparates ließ sich die ›AUBIS‹-Gruppe u.a. über den Ansatz so genannter Nebenkosten von der BerlinHyp im Rahmen der Objektfinanzierung mitfinanzieren.« Dieses Geld floß also nicht in die diversen GmbH's, KG's und GbR's, die die Immobilien jeweils kauften. Sondern es floß in verschiedene »AUBIS«-Gesellschaften, was der Bank die Kontrolle über die erforderlichen Mittel und den bei der Auszahlung erforderlichen Nachweis der Mittelverwendung außerordentlich erschwerte.«

Und so geht es immer weiter. Warnzeichen werden wegdiskutiert oder ignoriert. Im Mai 1996 stellt das Pestel-Institut in Hannover eine Studie zu Plattenbauten, deren Sanierungs- und Marktchancen vor. Darin warnen die Verfasser: »Seit der Wende hat sich die Bevölkerung in den neuen Bundesländern um 1,2 Millionen vermindert.« Gleichzeitig gebe es ein Neubauangebot, das den Bedarf weit übersteige. Bis 2010 werde es in Ostdeutschland nahezu eine Million Wohnungen zuviel geben. Sie empfehlen, mindestens 750.000 Wohnungen abzubauen. Für Plattenbauten prognostizieren sie hohe Leerstände, weil deren Wohnungen »in der Regel zu klein und nicht attraktiv genug« seien. Die Studie wird zwar bundesweit kritisch diskutiert. Doch die Zahlen über Abwanderungsbewegungen und die Veränderung des Wohnraumbedarfs sind eine Warnung vor unkritischem Optimismus. Wienhold will die Gefahr nicht wahrhaben.

Warum aber stoppt auch niemand in der BerlinHyp den Einkaufswahn der »AUBIS«-Chefs? Die endgültige Antwort steht noch aus. Aber einen Hinweis liefert Manfred Ranzinger, ehemals Leiter der Abteilung Abwicklung und Vollstreckung bei der BerlinHyp, vor dem Untersuchungsausschuß. Kredite wurden demnach nicht nach politischen Vorgaben vergeben. Es kam einfach darauf an, wen man in der Bank kannte: »Also je näher sozusagen die Vorstandsnähe war – so hatte man den Eindruck und so ist das zumindest unter den Mitarbeitern immer Alltagsdiskussion gewesen –, desto lockerer war nicht nur die Kreditvergabe ..., sondern auch die Auszahlungspraxis.«

Wienhold und Neuling kennen die Verantwortlichen der Bank. Deren Bekanntschaft schadet ihrem Unternehmen jedenfalls nicht. Sie setzen ihre fragwürdigen Kalkulationen und Kreditanträge reihenweise erfolgreich durch. Beispielsweise im Mai 1996 einen Kredit in Höhe von 154 Millionen Mark für eine Wohnanlage in Leipzig. Bis es den Experten der BerlinHyp im Herbst 1996 doch langsam unheimlich wird. Jetzt fällt ihnen doch auf, daß es sich lohnen würde, die einzelnen Kredite an »AUBIS« mal zusammenzurechnen und das Engagement insgesamt zu betrachten.

Auslöser ist ein Kreditantrag der »Wohnanlage Görlitz Dr. Neuling KG«, den der Vorstand schon Monate zuvor abgesegnet hat. Der CDU-Fraktionsvoritzende und BerlinHyp-Chef Klaus-Rüdiger Landowsky hat den Darlehensvertrag am 3. Juni 1996 unterschrieben. Die Gesamtsumme beträgt rund 44 Millionen Mark. Und sie ist – im Gegensatz zu vorherigen Krediten – nicht in kleinere Einheiten gestückelt. Deshalb muß der Antrag trotz des Vorstandsbeschlusses noch einmal dem Kreditausschuß vorgelegt werden. In diesem Kontrollgremium sitzt auch Wolfgang Steinriede, Chef der Bankgesellschaft. Einer seiner Mitarbeiter prüft die Kreditunterlagen und lehnt die Vorlage ab. Ihm sind die Mängel des »AUBIS«-Konzepts aufgefallen. Unter anderem, daß die eingeplanten Mieten mit der rudimentären Pinselstrichsanierung nicht erzielt werden können. In einem Papier der BerlinHyp heißt es später: »Der Votierer rügte ferner, daß Jahresabschlüsse der verschiedenen Gruppenfirmen und konsolidierte Abschlüsse bis zum damaligen Zeitpunkt nicht zur Verfügung standen.«

Der Prüfer ist nicht der Meinung, daß die Bank ausreichenden Einblick in die Verhältnisse der »AUBIS«-Gruppe hat. Später heißt es in einer Klageschrift der BerlinHyp gegen ihre eigenen Ex-Manager: »Er rügte ferner fehlendes spezifisches know how zur erfolgreichen Modernisierung und Privatisierung von Plattenbauten bei der »AUBIS«-Gruppe.« Das Kaufinteresse von Mietern tendierte laut Klageschrift in Görlitz mit drei Prozent ohnehin gegen Null. Der Kreditantrag scheitert. Der Vorstandschef der Bankgesellschaft Berlin (BGB) Wolfgang Steinriede verweigert seine Zustimmung. Auch eine weitere Entscheidungsvorlage blitzt ab.

In dieser Zeit wird offenbar auch dem Vorstand der BerlinHyp klar, daß der Kunde »AUBIS« ihrem Geschäft gefährlich werden könnte. Das erklärt deren stellvertretender Vorstandschef Jürgen Noack den »AUBIS«-Chefs Wienhold und Neuling am 26. September 1996. Es gebe zahlreiche Bedenken gegen weitere Großkredite. Die Bank fürchte mögliche Liquiditätsengpässe bei »AUBIS«, das Risiko höherer Leerstände sowie unüberschaubare Veränderungen des Marktes: »Insofern sehen wir derzeit die Obergrenze für die Finanzierung von Zwischenerwerber-Modellen bei etwa DM 350 Millionen.«

Bei der BerlinHyp brennt die Luft. Schon jetzt sind bei »AUBIS« die Finanzen knapp. Die Bankvorstände suchen Rat beim Sachverstand der BGB-Immobilientochter IBG. Deren Experten sollen beurteilen, ob die Projekte der »AUBIS« überhaupt kreditwürdig sind. Die Prüfung kommt erstaunlich spät. Denn zu diesem Zeitpunkt hat sich die Bank bereits mit mehreren hundert Millionen Mark bei »AUBIS« engagiert.

Am 15. Oktober 1996 kommt es zu einem Treffen, an dem unter anderem BerlinHyp-Vorstand Noack, der Chef der zur Bankgesellschaft gehörenden Immobiliengesellschaft IBG, Manfred Schoeps, und dessen Mitarbeiter Jens Nagel teilnehmen. Nagel gehört zu den wenigen Mitarbeitern der BGB-Immobilientochter die über know how bei Investitionen in Sanierungsobjekte verfügen. Er ist Verfasser einer Stellungnahme zum Kauf der Görlitzer Plattenbauten. Sein Urteil ist katastrophal. Gegenüber der »Berliner Morgenpost« veranschaulicht er später seine Bewertung und die Reaktion der Verantwortlichen: 1. »Die Besichtigung der Bestände in Görlitz zeigte, daß es sich teilweise um Gebäude mit erheblichen Schäden (Setzungsrisse im Mauerwerk) handelte, bei denen eine Sanierung zu den von »AUBIS« veranschlagten Kosten unmöglich gewesen wäre …« 2. »… fiel auf, daß die Bestände zu relativ hohen Kaufpreisen angekauft werden sollten (450 bis 700 Mark je Quadratmeter).« 3. »Die Sanierungskosten für eine sogenannte Komplettsanierung beliefen sich nach Aussagen von »AUBIS« auf 400 bis 600 Mark je Quadratmeter, was in der Realität aufgrund der Erfahrungen unserer Gruppe … als ausgesprochen unrealistisch eingeschätzt wurde«. Bei vergleichbaren Objekten hätten die Kosten bei 950 bis 1100 Mark je Quadratmeter gelegen, »selbst dort konnte man nicht von Komplettsanierung sprechen.« 4. »Außer

Sanierungs- und Ankaufkosten ließ sich die »AUBIS«-Gruppe sogenannte Vorkosten in Höhe von 150 Mark je Quadratmeter finanzieren. Hierbei handelt es sich angeblich um die Mieterbetreuung (Klärung der Kaufbereitschaft nach Altschuldengesetz) sowie andere Kosten im Zusammenhang mit dem Erwerb der Immobilien. Vergleichbare Kostenpositionen lagen bei unseren Projekten [bei der BerlinHyp, d. A.] bei zirka 2 bis 3 Mark je Quadratmeter.« [Anm. d. A.: In Görlitz ging es um 6500 Quadratmeter Wohnraum. Die Differenz der Vorkosten addierte sich also auf rund 950.000 Mark.] 5. »Die Mietansätze nach Sanierung waren deutlich zu hoch angesetzt (10 bis 12 Mark je Quadratmeter).«

Vor diesem Hintergrund gerät das Treffen mit den finanzierungsfreudigen BerlinHyp-Bankern zu einem denkwürdigen Termin. Noch einmal Jens Nagel: »Herr Wienhold und Herr Neuling stellten sich als sehr gute Geschäftsleute dar. Dieses Gespräch war alles andere als konstruktiv. Also es wurde da von Seiten Dr. Schoeps und mir in Richtung »AUBIS« gefeuert. Es wurden sämtliche Kritikpunkte genannt … dieses (›AUBIS‹-)Konzept wurde nach Strich und Faden verrissen, weil wir einfach gesagt haben: Das ist in der Form nicht möglich. – Daraufhin entgegnete Herr Noack nur einmal – ich habe so lebhafte Erinnerung daran, weil mir so etwas in meinem Leben vorher nicht passiert ist, und auch nachher nicht –, er sagte dann wörtlich: ›Meine Herren! Das Problem ist, die Herren Neuling und Wienhold sind wirklich so gut, es glaubt ihnen bloß keiner.‹ Ich glaube auch, daß Dr. Schoeps sich in diesem Moment erlaubt hat, zu lachen.«

Der IBG-Mitarbeiter Jens Nagel fordert im Anschluß an diese Unterredung »AUBIS«-Unterlagen zur weiteren Prüfung an. Die erhält er nie. Stattdessen wird er von der weiteren Prüfung der »AUBIS«-Geschäfte ausgeschlossen. Der Chef der IBG, der Immobilientochter der Bankgesellschaft, Manfred Schoeps, berichtete anschließend seinen Geschäftsleitern über den Fall »AUBIS«. Ein Engagement mit politischer Dimension: »Es handelt sich um eine Finanzierung von 300 Millionen, wobei ein Wertberichtigungsbedarf in dreistelliger Millionenhöhe zu erwarten ist.« Das bedeutet nichts anderes als: Die Risiken in diesem Geschäft sind so groß, daß die Bank mit einer vollen Rückzahlung der Kredite zu diesem Zeitpunkt nicht mehr rechnen kann. Ein unangenehmer Zustand. Deshalb hofft die BerlinHyp, daß die IBG ihr einige der belasteten den »AUBIS«-Objekte abnimmt. Die Geschäftsleiter lehnen dies einstimmig ab: Viel zu riskant.

Diese Bewertungen verfehlen in der BerlinHyp seltsamerweise ihre Wirkung. Vor allem die Vorstandsmitglieder Schroth und Blümel sowie der Leiter der Kreditabteilung Hans-Dieter Knaack setzen sich massiv für den Kredit ein. Für Bankgesellschaftschef Wolfgang Steinriede ein Unding. Ein solches Gezerre um einen Kredit sei ihm in 42 Berufsjahren nie untergekommen, erklärt er später vor dem »AUBIS«-Untersuchungsausschuß. Der BerlinHyp-Vorstand sei mit seinem penetranten Vorgehen schlecht beraten gewesen. Das Kontrollgremium blieb bis zum Schluß kritisch: »Wohl war uns im Kreditausschuß nicht, ganz im Gegensatz zu den Vorständen.«

Im Vorstand hat »AUBIS« starke Rückendeckung. Angesichts dieses Drucks soll sie den Kredit nun doch erhalten – aber nur, wenn belegt werden kann, daß in Görlitz Überschüsse erzielt werden, die für Tilgungen eingesetzt werden können. Die Kredite werden ein Jahr später endgültig abgesegnet – ohne die geforderten Belege.

Sitzengeblieben auf dem Risiko ist die Bank. Sie pulvert weiter Millionenbeträge in das va banque-Spiel Wienholds und Neulings. Im Oktober 1996 beschließt der Vorstand trotz aller bekanntgewordenen Bedenken und trotz ablehnender Voten weitere Kredite über zunächst 82 Millionen Mark. Gegen die Genehmigungen stimmt beispielweise Joachim Zeitz, ein hochrangiger Zuarbeiter für den Bankgesellschafts-Chef Wolfgang Steinriede. Der erfahrene Mann aus dem Kreditbüro des Bankkonzerns sagt später: »Diese Kredite hätte man nie machen dürfen. Ich habe keinen einzigen ›AUBIS‹-Kredit befürwortet.«

Doch in diesem Herbst 1996 ist plötzlich ein neues Argument zugunsten von Wienhold und Neuling aufgetaucht. Kreditabteilungschef Hans-Dieter Knaack vermeldet, die »AUBIS«-Herren hätten doch Vermögen, bei Wienhold seien es 32 Millionen, bei Neuling 35 Millionen Mark. Grundlage sei ein Gutachten der Wirtschaftsprüfungsgesellschaft BDO. Diese Vermögensbestätigung für Wienhold und Neuling beurteilte die Revisionsabteilung der BerlinHyp später vernichtend: Der von der BDO erstellte Vermögensstatus sei von Wienhold und Dr. Neuling in Auftrag gegeben worden. Der Prüfungsauftrag sei stark eingeschränkt gewesen und habe deshalb zu einem entsprechend eingeschränkten Ergebnis führen müssen.

Die Banker nehmen den angeblichen Bonitätsbeweis der »AUBIS«-Chefs freundlich an. Mit den 82 Millionen Mark im Herbst 1996 sollen die Kauf-Finanzierungen aber ein Ende haben. Die BerlinHyp will jetzt endlich einen Schlußstrich ziehen. Die 350 Millionen-Grenze ist seit Mitte November erreicht. Weitere Kredite soll es nicht geben. Auch dort nicht, wo Wienhold und Neuling wieder einmal erst den Kaufvertrag unterschrieben haben und erst dann einen Kredit verlangen. Etwa für Wohnanlagen in Schwerin. »Nicht mehr mit uns«, sagt die BerlinHyp.

Doch mit dieser neuen Entschlossenheit rennen die Banker gegen eine Wand. Wieder einmal haben sie die Rechnung ohne die »AUBIS«-Leute gemacht. Die haben den Kaufvertrag für Schwerin nämlich schon unterschrieben und ihren Geschäftspartnern eine hübsche Sicherheit eingeräumt: Sie unterwerfen sich gegenüber der Schweriner Wohnungsbaugesellschaft der sofortigen Zwangsvollstreckung in Höhe des Kaufpreises – wenn die »Wohnanlage Schwerin Dr. Neuling KG« die 60 Millionen nicht zahlt. Und zwar einer Vollstreckung nicht nur in die »Dr. Neuling KG«, sondern in das gesamte Vermögen der »AUBIS« hinein.

Ein bemerkenswerter Vertrag. Jetzt kann die BerlinHyp wählen: Entweder sie gewährt den Kredit oder, so die Bank in ihrer Klage gegen ihre Ex-Manager, es droht eine sofortige Zwangsvollstreckung in den ganzen »AUBIS«-Bereich – auch »auf das persönliche Vermögen der Herren Neuling und Wienhold«. Das heißt, der Verkäufer der Wohnungen kann gerichtlich gegen alle »AUBIS«-Firmen vorgehen in dem Versuch, an sein Geld zu kommen. Da die Firmen kein Finanzpolster haben, könnten viele von ihnen pleite gehen.

Für die BerlinHyp ein Schreckensszenario. Ihrem Großkunden »AUBIS« droht bei Zwangsvollstreckung die Insolvenz. Dann ist der größte Teil der ausgezahlten Kredite verloren – Hunderte Millionen Mark gehen den Bach hinunter. Bankgesellschaftschef Wolfgang Steinriede ist stinksauer. Ihm ist es »ein Rätsel«, warum die Bank so spät merkt, »daß der Kunde sich mit der Vollstreckung in sein gesamtes Vermögen einverstanden erklärt hatte«. Die Bearbeitung des Falles war laut Steinriede »in jedem Fall unprofessionell und leichtfertig, und die BerlinHyp hat sich mit diesem Kredit bewußt über die Vorstellungen des Kreditausschusses hinweggesetzt«.

Eigentlich ein Grund zur Sorge für die Kreditkunden, aber bei »AUBIS« bleibt man zum Jahresende dennoch entspannt. Die Stimmung ist gut. Der Aufstieg der Gruppe ist in diesem Jahr 1996 unübersehbar. Die geschäftlichen Probleme klären sich zum Vorteil von »AUBIS«. Der Vorstand unter Klaus-Rüdiger Landowsky setzt den umstrittenen Kredit für Schwerin endgültig durch. Die Kreditzusage wird beschlossen. Obwohl sich die Schwierigkeiten bei »AUBIS« zum Jahresende schon unübersehbar zuspitzen – der Geschäftsbericht soll laut »Tagesspiegel« später einen Jahresfehlbetrag von 5,3 Millionen Mark aufweisen. Doch Wolfgang Steinriede erinnert sich an »ein Potpourri von Argumenten«, mit denen Vorstandsmitglieder für den »AUBIS«-Kredit argumentierten. Der Vorstand habe den Kreditausschuß »sehr intensiv darüber informiert, daß nun ausgerechnet dieses Schweriner Objekt ... das brillanteste Objekt überhaupt sei«. Außerdem besteht ja die Gefahr der Zwangsvollstreckung, wenn »AUBIS« den bereits unterzeichneten Vertrag nicht erfüllt. Was also macht die BerlinHyp am 30. Dezember 1996? Sie sagt »AUBIS« den Kredit zu.

Jetzt möchte die BerlinHyp aber doch etwas mehr über »AUBIS« wissen. Zum Jahresbeginn 1997 erhält die bankeigene Innenrevision den Auftrag, das riesige Kreditgeschäft zu prüfen. Im Februar stellen die Prüfer nach Angaben der Bank entsetzt fest: Das Engagement enthalte Risiken, die nicht abzuschätzen sind. Die BerlinHyp hat sich in eine nahezu vollständige, unkontrollierbare Anhängigkeit von »AUBIS« begeben. Auf ihr laste indirekt sowohl das vollständige finanzielle als auch das wirtschaftliche Risiko. Die Bonität der Kreditnehmer sei nicht ausreichend, ein Kreditvolumen in dieser Größenordnung zu bewegen. Über das Zustandekommen der Entscheidungen – insbesondere hinsichtlich der Höhe des Obligos und der herausgegebenen »Grundsatzzusagen« – habe weder Klarheit noch Einvernehmen bestanden. Der Bericht endet mit dem Ergebnis, daß die materiellen Beanstandungen »wesentlich« seien und der Handlungsbedarf »kurzfristig«. Vernichtender kann ein Prüfbericht kaum ausfallen. Vielleicht verschwindet er auch deshalb monatelang in irgendwelchen Schubladen.

Denn nachdem die Prüfer ihre Ergebnisse Vorstandsmitgliedern und Direktoren vorgelegt haben, geschieht etwas, was Banker als sehr ungewöhnlich einstufen: Hans-Dieter Knaack, der Leiter der Kreditabteilung, sowie Hans-Peter Haberling, Bereichsleiter Akquisition, bitten die Revisoren um Zeit. Bevor der Katastrophenbericht an den gesamten Vorstand geht, wollen sie dazu Stellung nehmen. Dann ruht der See – monatelang.

Der Banken-Untersuchungsausschuß bemerkt zu diesem Vorgang: »Der ›kurzfristige‹ Handlungsbedarf mündete jedoch darin, daß der Revisionsbericht vom Februar 1997 nach zwei Schlußbesprechungen erst im August 1997 weitergeleitet werden konnte, zunächst verschwand und dann ein halbes Jahr später … vom Vorstand der BerlinHyp im Januar 1998 zur Kenntnis genommen und abgezeichnet wurde. Die … mit einer Prüfung nach § 44 Kreditwirtschaftsgesetz beauftragte Wirtschaftsprüfungsgesellschaft hatte bei der Abfassung ihres Berichts und Fertigstellung im Dezember 1997 dagegen keine Kenntnis von dem Revisionsbericht.«

Bei »AUBIS« genießt man währenddessen offenbar in vollen Zügen das pralle Leben. Klaus Wienhold rauscht in einem Mercedes 280SL mit Autotelefon umher. Wie es sich für ein Großunternehmen gehört, ist die Gruppe ins Sport-Sponsoring eingestiegen. Geld bekommt zum Beispiel der Fußball-Regionalligist FC Sachsen Leipzig. Dessen Fans erfahren Anfang 1997, daß ihr Verein mit einem »Supersponsor« in die Bundesliga aufsteigen will. Ganz groß herauskommen will man. Geldgeber soll der »Wohnungskönig Klaus Wienhold« werden. Dessen Engagement bei dem drittklassigen Verein wirkt bezeichnend für das Wesen des Menschen Klaus-Hermann Wienhold. Wie Nachrichtenagenturen vermelden, hat er dem verschuldeten FC Sachsen »angeblich Finanzspritzen von bis zu zehn Millionen Mark« in Aussicht gestellt. Wienhold gibt sich energisch: »Ich sorge dafür, daß die wirtschaftlichen und sportlichen Bedingungen professionell sind.«

Prompt wird Klaus-Hermann Wienhold zum Vize-Präsidenten gewählt. Der zeigt sich gerne als lockerer Geldgeber: spendabel, flexibel und immer bereit zu unkonventionellen Maßnahmen. Ein Beispiel dafür findet sich im »Spiegel«: »Mit einer Plastiktüte in der Hand hatte er rund 400.000 Mark von der Bank abgeholt, die Ablösesumme, mit der er den Kosovo-Albaner Kujtim Shala vom lokalen Konkurrenzverein VFB Leipzig abwarb.« In Leipzig freut man sich auf Mittelfeldregisseur Shala, der gerne in feinem Zwirn, mit teuren Uhren und Gel im Haar auftritt. »Jetzt beginnt die Shala-Gala« triumphiert die Sport-Presse. Der Neuzugang gilt als extravagant, als Mann der häufigen Vereinswechsel und der lauten Sprüche. Wienhold fürchtet ihn nicht. Im Gegenteil: »Wir mögen keine biegsamen Duckmäuser, sondern charakterstarke Typen und ehrliche Persönlichkeiten.«

Wienhold ist jetzt der starke Mann des Vereins. Wer ihm nicht paßt, hat es schwer. Trainer Uwe Reinders, Ex-Bundesliga-Profi bei Werder Bremen, wird geschaßt. Dessen Nachfolger, Gerd Schädlich, versorgt Wienhold großzügig mit Verstärkungen. Der Verein verzeichnet neun Neuzugänge, für die Wienhold nach Agenturmeldungen »kräftig in die Privatschatulle« gegriffen habe. Über ihn fließt unter anderem Geld für drei Spieler aus Ungarn: Attila Kriston, Bela Virag und Almir Filipovic. Auch dieser Geldtransfer ist eigenwillig. Der »AUBIS«-Hausjurist Andreas Liesken ist nach Mitarbeiter-Aussagen »mit der Cessna losgeflogen. Außer dem Geld hatte er einen Laptop und einen kleinen Drucker dabei«. Mit dieser Ausrüstung soll Liesken mögliche Vertragsänderungen festhalten und ausdrucken können. Den ungarischen Spielern bietet

Wienhold einen besonderen Service: Er bringt sie in »AUBIS«-Plattenbauwohnungen an der Ringstraße in Leipzig unter.

Es ist keine Frage, was Wienhold gemeinsam mit dem zweiten Großsponsor Otto Bauer (Wurstfabrikant) erreichen will: »Wir spielen um den Aufstieg mit.« Dagegen warnt sein Coach Schädlich vorsichtshalber schon mal: »Wir müssen versuchen, realistisch zu bleiben, sonst gibt es ein böses Erwachen.« Bald darauf melden die Agenturen: Schädlich beurlaubt, nach 67 Tagen Amtszeit: »Vize Wienhold: Nicht der richtige Typ.« Jetzt kommt die Frage auf: Wie weit dürfen die Kompetenzen der millionenschweren Geldgeber gehen? Wienholds Antwort läßt keinen Zweifel: »Bauer und ich geben soviel Geld in den Verein, da haben wir auch das Recht, unseren Stempel aufzudrücken, auch in sportlichen Belangen. Die Zeit der amateurhaften Funktionäre ist längst vorbei«, betont Wienhold. In den Medien heißt es inzwischen, »der Immobilienkaufmann aus Berlin regiert in Leipzig immer mehr in Wildwest-Manier«. Wie sehr er seine Truppe im Griff hat, zeigt eine Information der Nachrichtenagentur dpa: Danach faxte Wienhold dem amtierenden Übergangs-Trainer am Sonntagmorgen seine Wunschaufstellung. Sein Wunsch ging in Erfüllung.

Doch die Querelen um Wienhold und seine Entscheidungen nehmen zu. Der Verwaltungsrat des Vereins erklärt die Beurlaubung des Trainers Schädlich für »schwebend unwirksam«. Wienhold ist sauer und gibt sein Amt als Vize-Präsident auf. Weiter engagieren will er sich aber schon: Er plant laut Agenturmeldungen »Führungspersonal zu rekrutieren«, eine außerordentliche Mitgliederversammlung einzuberufen und dieser ein »zukunftsorientiertes Konzept zu präsentieren«. Wienhold verspricht, weiter Hauptsponsor zu bleiben. Doch der neuen Führung des Fußballklubs fällt es schwer, Kontakt mit ihm aufzunehmen. Dann heißt es plötzlich: Wienhold zahlt nicht mehr. Er will auch von ihm finanzierte Spieler verkaufen. Als zugesagte Sponsorengelder in Höhe von 450.000 Mark ausbleiben, klagt der Verein gegen Wienhold auf eine Teilsumme. Der Ex-Vize-Präsident unterliegt und muß 170.000 Mark an den FC Sachsen zahlen.

Parallel zu Wienholds Fußballabenteuer beginnt man 1997 innerhalb des Unternehmens offenbar auf Sicherheit zu setzen. Die »Dr. Ch. Neuling KG« (zeichnungsberechtigt: Neuling und seine Lebenspartnerin) überweist am 28. Mai glatte zehn Millionen Mark ins Ausland. Ein interessantes Detail am Rande: Einen Tag zuvor hat die »Dr. Ch. Neuling KG« elf Millionen Mark erhalten. Absender ist der in Berlins Immobilienszene bestens bekannte Rechtsanwalt Dr. Karlheinz Knauthe. Der Millionentransfer ins Ausland war nur der Anfang, wie ein Auszug aus Überweisungslisten zu den Firmenkonten eindeutig belegt. Zu den zehn Millionen Mark kommen unter anderem: 160.000 Mark am 3. Juni 1997 an Neulings Lebenspartnerin; 500.760 Mark am 17. Juni an »Ausland«; 435.000 Mark am 17. Juni an Neuling; 400.610 Mark am 24. Juli an »Ausland« und 600.910 Mark am 21. August an »Ausland«.

Und es fließt weiter Geld an »AUBIS«. Die Bank genehmigt nach einem internen Papier der BerlinHyp noch im Frühsommer 1997 endgültig »AUBIS«-Kredite über mehr als 220 Millionen Mark. Im Sommer zeigen sich bei »AUBIS« erstmals finanzielle Engpässe. Das Unternehmen ist, wie der Untersuchungsausschuß feststellt, in »Zahlungsrückstände« geraten. Die Bank sucht händeringend eine Lösung. Sie setzt durch, daß »AUBIS« rund 4000 Wohnungen an sechs zur Bankgesellschaft gehörende Unternehmen verkauft. Der Deal entlastet »AUBIS« um rund 269 Millionen Mark, weil die Firma die verkauften Gebäude nicht mehr sanieren oder modernisieren lassen muß. Und weil sie offiziell einen Kaufpreis von 135 Millionen Mark erhält. Dieses Geld fließt aber nicht an »AUBIS«. Die Bank behält es ein. Damit sollen laufende Kreditverpflichtungen abgedeckt werden. Die »tageszeitung« bemerkt, bei dem Geschäft seien »im Grunde ausstehende Kredite in Eigenkapital umgewandelt« worden.

Bei den Firmen, die »AUBIS«-Bestände übernehmen, gibt es erheblichen Unmut. Ein Mitarbeiter bringt es in der Zeitung auf den Punkt: »Wie sollen wir unseren Kunden erklären, wir seien seriös, wenn wir plötzlich Wohnungen von ›AUBIS‹ in unserem Bestand haben?« Mit diesem Deal ist die Phase der großen Finanzgeschäfte mit der »AUBIS«-Gruppe zunächst einmal beendet. Weihnachten feiern die Unternehmer trotzdem noch einmal ganz groß im Hotel »Interconti«. 182 Mitarbeiter aus allen zu »AUBIS« gehörenden oder »AUBIS« nahestehenden Firmen reisen an und werden auf diverse Hotels verteilt. Vom Wärmelieferanten »ELPAG« sind fünf Mitarbeiter geladen. Hinter ihren Namen steht »Ü« – sie bleiben über Nacht. Dieses Team fällt in der penibel differenzierenden Gästeliste nicht unter den Begriff »Externe«.

Die Feier lassen Wienhold und Neuling so detailliert planen, wie man es sonst eigentlich bei großen Geschäftsabschlüssen erwartet. Auf einer Powerpoint-Grafik erfaßt »AUBIS«, wieviele »Interne« und wieviele Mitarbeiter von außerhalb kommen werden. Den von der BerlinHyp finanzierten Großunternehmern ist nichts zu teuer. Als Vorspeise serviert man »Tranchen vom geräucherten Heilbutt mit Hagebutten-Meerrettichsahne an herbstlichen Salaten mit Champagner-Essig-Vinaigrette«. Anschließend stehen »Weihnachtlicher Gänsebraten mit Maronen« und »Schweinefilet an Waldpilzragout, Gemüsemikado und Schupfnudeln« zur Wahl. Dann geht die Gesellschaft über zum Dessert: »Schokoladen-Rumparfait in Baumkuchenmantel und Preiselbeersauce«. Die Stimmung überlassen die »AUBIS«-Unternehmer ebenfalls nicht dem Zufall: Von 18 bis 24 Uhr spielt eine Dreimannband auf, zwischendurch sorgfältig ausgewählte Höhepunkte: Thea Steur, die Sängerin, tritt auf und schmettert im Berliner Jargon los. Sie kann Marlene, singt »Unter'n Linden« und »Lilly Marleen«. Und immer wieder zeitlos schöne Zwanziger-Jahre-Lieder. Da tönt es schon mal: »Max du hast das Schieben raus, Schieben raus, Schieben raus, alle schrei'n Hurra, Schieber-Max ist da.« Oder sie trällert die morbide-moralische Geschichte vom lieben Augustin: »Alles ist hin. Geld ist weg, oh du Schreck, das ist schlecht und nicht recht. Oh du lieber Augustin, alles ist hin.«

Bei diesen Darbietungen ist auch an der Haupttafel die Freude groß. 22 Personen dürfen am Tisch der »AUBIS«-Chefs Platz nehmen. An der einen Stirnseite »Hr. Dr. Neuling«, ihm gegenüber, gut sechs Meter entfernt, sein Partner »Hr. Wienhold«. Zur linken

Wienholds sitzt Tochter Tanja, zur rechten seine Lebensgefährtin. Zusammen mit der restlichen Tischgesellschaft aus Geschäftsführern und einigen Ehefrauen lauschen sie fröhlich der Sängerin, die für ihr breites Repertoire bekannt ist: »Ich bin die fesche Lola, der Liebling der Saison. Ick hab' n'en Pianola zuhaus' in mein' Salon«. Allein diese Dame nimmt schon mal pro Abend 9000 Mark. – Und dann soll herzlich gelacht werden. Der Stimmenparodist Jörg Hammerschmidt begeistert die CDU-nahe »AUBIS«-Mannschaft mit einer Parodie auf Kanzler Gerhard Schröder. Auch seine Gregor-Gysi-Nummer kommt groß an. Ein schöner Abend.

Für die »AUBIS«-Chefs Wienhold und Neuling geht ein aufregendes Jahr zuende. Sie haben Immobiliengeschäfte aufgezogen, über die Hunderte von Millionen Mark in ihren Einfluß gelangten. Trotz aller kritischen Expertenberichte zu ihren Geschäften, genießen sie an entscheidenden Stellen offenbar immer noch Ansehen. Die Aufsteiger haben es geschafft, wichtigste Details ihrer Mammutdeals vor Einblicken der Banker abzuschotten. Selbst Wirtschaftsprüfer resignieren.

Wienhold und Neuling fühlen sich sicher. Sie tun erst einmal etwas für ihr Image. Mit ihren ineinander verschachtelten Firmen ziehen sie im Mai 1998 um. Vom »Airport Bureau Center« am Saatwinkler Damm in eine edlere Umgebung: Kronprinzendamm 15, in unmittelbarer Nähe des Ku'damms. Langjährige Mitarbeiter sehen in dem Umzug keinen Aufstieg, sondern eher einen Akt der Verzweiflung: Wir springen auf ein größeres Schiff, dann läßt man uns vielleicht nicht untergehen.

Mit dem Transport des Inventars und dem Ausstatten der Büros mit neuen Möbeln beauftragt »AUBIS« ein Berliner Unternehmen. Deren Beauftragter in Sachen »AUBIS« heißt Sven Asmus. Der Mann macht seine Sache offenbar so gut, daß Wienhold und Neuling ihn abwerben. Asmus wird in der Immobiliengruppe zunächst der Mann für alle Organisationsaufgaben, die rechte Hand von Wienhold und Neuling. Die beiden Chefs können im Mai einen weiteren neuen Mitarbeiter begrüßen. Einen Fachmann für Computer und Daten-Netzwerke.

Lars Oliver Petroll empfindet das Auftreten von »AUBIS« als imposant, als er im Mai 1998 seine Stelle als EDV-Fachmann antritt. Das Unternehmen hat überwiegend Dienstwagen vom Typ Ford Mondeo, dazu ein paar Ford Fiestas. Die Chefs leisten sich einen Chauffeur – und die dazugehörige Luxuslimousine vom Typ Mercedes. Die Mitarbeiter bekommen firmeneigene Parkplätze zugewiesen. Speisen können sie im eigenen Haus, bei »AUBIS-SNACK«. Petroll bekommt mit, daß diese Caféteria nur der Anfang ist. Mit einem ausgefeilten Konzept wollen sie eine Bistrokette aufbauen – und über Franchising vermarkten. Ganz groß.

Das ist übrigens auch die Ausstattung der »Zitrone«. Der Konferenzraum in der zehnten Etage wirkt auf Mitarbeiter »wie die Befehlszentrale auf dem Raumschiff Enterprise«. Dazu gehört eine riesige Multimediawand – geleast für 7000 Mark monatlich. Relativ günstig im Vergleich zur Miete für die Büros (300.000 Mark) oder zur monatlichen Leasingrate für die Möbel (laut »Spiegel« 20.000 Mark). Die Krönung aber steht noch aus: Auf dem Dach der »Zitrone« soll sich einmal das »AUBIS«-Logo drehen – wie der Mercedes-Stern auf dem Europa-Center an der Gedächtniskirche.

In aufwendigen Broschüren (»Wir über uns«) stellt sich die Gruppe als serviceorientiertes Unternehmen dar, als eine »Geschichte mit Erfolg«. Genauso nehmen Außenstehende den Plattenbau-Aufsteiger schon seit einiger Zeit wahr. Der pompöse »AUBIS«-Auftritt bei Veranstaltungen wie der Leipziger Immobilienmesse verfehlt seine Wirkung nicht. Dort haben Wienhold und Neuling einen auffallend großen Stand aufbauen lassen. Hundert Quadratmeter, unübersehbar am Eingang gelegen. Kostenpunkt: 25.000 Mark. Der »Spiegel« zitiert Albrecht Buttolo, den für Wohnungsbau zuständigen Staatssekretär in Sachsens Innenministerium, mit den Worten, er fühle sich bei der »AUBIS«-Präsentation jedes Mal »an den Auftritt eines großen Baukonzerns« erinnert.

Auch sonst fahren die »AUBIS«-Chefs ganz groß auf. Christian Neuling läßt gern Hinweise darauf fallen, daß er mit Helmut Kohl bekannt ist. Schon das erzeugt Wirkung. Aber die Platten-Hasardeure sorgen für zusätzliches Image: In den »AUBIS«-Aufsichtsrat holen sie sich gleich zwei ehemalige Bundesminister. Jochen Borchert, unter Helmut Kohl Minister für Ernährung, Landwirtschaft und Forsten. Und Christian Schwarz-Schilling, den studierten Sinologen, der es im Kabinett des Dauer-Kanzlers zum Postminister gebracht hatte. Diese schmückenden Namen sind offenbar nicht billig. Der »Spiegel« berichtet, daß allein Schwarz-Schilling in drei Jahren insgesamt 230.000 Mark für seine Aufsichtsratstätigkeit kassiert hat. Doch der Einsatz lohnt sich. Mit den Ex-Ministern im Rücken treten Neuling und Wienhold als anerkannte, seriöse Erfolgs-Unternehmer auf. Auch sonst tun sie einiges für ihr Image. Der Badminton-Bundesliga-Aufsteiger Berliner Sport-Club meldet einen hochkarätigen Neuzugang: Mit Oliver Pongratz kommt ein sechsmaliger deutscher Meister an die Spree. Bei dieser Verpflichtung hat »AUBIS« den Berlinern kräftig unter die Arme gegriffen.

Für Lars Oliver Petroll ergibt sich erst nach und nach ein anderes Bild. Auf seinen Zügen durch die »AUBIS«-Datenbanken muß er entdecken, daß hinter der glänzenden Fassade des Unternehmens »AUBIS« ein weitverzweigtes Absahnersystem stecken könnte. Und das funktioniert so: Um das Kerngeschäft, den Kauf von Plattenbau-Wohnungen, haben Wienhold und Neuling ein ganzes Netz sogenannter Dienstleistungs-Firmen aufgebaut. Die »AUBIS Konzept« agiert als Generalübernehmer, ist also für die gesamten Baumaßnahmen verantwortlich. Dafür schaltet sie wiederum andere Firmen ein. Die auch von Wienholds Partnerin Hannelore Pottmann geführte »Aubitec« verwaltet die Gebäude. Pottmann ist zudem Chefin der »Aubiprom Finanzierungs- und Dienstleistungs GmbH«, die für ihre Kunden sämtliche Finanzangelegenheiten abwickelt. Auf dieser Position sitzt die geschäftstüchtige Dame im Kern des Firmennetzes. »AUBIS Konzept« und etliche der Wohnanlagen-Gesellschaften, über die Neuling und Wienhold Plattenbauten gekauft haben, lassen ihre Finanzangelegenheiten ebenfalls über »AubiProm« abwickeln. Staatsanwälte stellen später fest, »daß nahezu die gesamten finanziellen Transaktionen der ›AUBIS‹-Gruppe durch Frau Pottmann veranlaßt wurden«. Die Frau ist Mittelpunkt eines umfangreichen Kontennetzes, innerhalb dessen sie Geld hin- und herbewegen kann. Wie umfangreich das »AUBIS«-Schachtel-System ist, zeigt eine interne Übersicht: Sie beinhaltet 62 Konten, die nahezu ausschließlich »AUBIS«-Firmen zuzurechnen sind.

Diese Konstruktion hat offenbar System. Jede einzelne »AUBIS«-Tochter kann ihre Dienste Dritten anbieten, aber auch anderen »AUBIS«-Töchtern. Dabei variieren die Preise nach Zeugenaussagen gegenüber Staatsanwälten extrem: Je nachdem, ob marktgerecht angeboten werden muß – gegenüber Dritten, oder ob bei »AUBIS«-internen Deals abgerechnet werden soll. Beispiel Call Center. Dessen Leistung (Beratung am Telefon) wurde laut Zeugenaussagen »mit zwei verschiedenen Preislisten verkauft«. Gegenüber fremden Firmen setzt »AUBIS« normale, konkurrenzfähige Preise an. Bei dem Verkauf an die eigenen Wohnanlagen KG's dagegen wurden teilweise Aufschläge von über hundert Prozent in Rechnung gestellt. Ein weiteres Beispiel: Die Gebühren, die »Aubitec« von den KG's für die Wohnungsverwaltung einstrich, lagen ebenfalls »mindestens fünfzig Prozent über dem marktüblichen Satz«. Als ein »AUBIS«-Mitarbeiter seinen Vorgesetzten auf die merkwürdigen Preisgestaltungen hinweist, wurde ihm nach eigenen Angaben mitgeteilt, »daß gerade in diesen Bereichen gewisse Personen, nämlich ›die Entscheider‹ innerhalb des Unternehmens, verdienen«. Der Vorwurf im Klartext: »AUBIS«-Firmen haben sich für Dienstleistungen gegenseitig massiv überhöhte Preise berechnet und damit erhebliche Teile der Millionenkredite abgezwackt. Den Schaden hat die Bank. Das derart kanalisierte Geld steht nicht mehr für Sanierung und Modernisierung zur Verfügung. So werden die Plattenbauten – die die Bank ja als Sicherheit hat – indirekt entwertet (weil weniger als geplant aufgewertet).

Petroll sieht nicht nur diese Verwicklungen. Er ist auch als sehr gerngesehener Kollege ständig in der »Zitrone« unterwegs. In der siebten Etage, wenn bei den Wohnungsverwaltern der »AubiTec« wieder einmal das System streikt und Daten gesichert werden müssen. Bei den Buchhalterinnen im achten Stockwerk, wo Mitarbeiterinnen direkt unter Hannelore Pottmann arbeiten – und angesichts des Finanzgebarens schon mal die Augen verdrehen. Auch immer wieder in der Chefetage im Neunten. Der junge, engagierte Mann ist im gesamten Unternehmen unterwegs. »Herr Petroll war ständig im Einsatz. Unsere Abteilungen haben die Rechner ja oft sehr stark belastet. Und wenn dabei etwas aus dem Ruder geriet, hieß es: ›Ruf' mal den Petroll an‹«, erinnert sich ein »AUBIS«-Insider.

Petroll hört die Gerüchte, die sich die Mitarbeiter zuflüstern. Es soll an verschiedenen Standorten doch erhebliche Probleme geben, die Wohnungen an den Mann zu bringen. Nachweislich ziehen sogar immer mehr Mieter aus den »AUBIS«-Platten aus. Das ist schlecht für die Gespräche mit der BerlinHyp. Fehlende Mieter sind fehlende Einnahmen. Petroll erzählt Freunden, daß »AUBIS« regulierend eingreife: Die Mieterlisten werden »angepaßt«. Die Einzugsdaten neuer Mieter werden vorverlegt, ausgezogene Mieter dürfen ein wenig länger in der Kartei bleiben.

Dort, wo »AUBIS« aktiv ist, fehlt ganz im Gegensatz zum eigenen Anspruch offenbar der sensible Umgang mit Gebäuden und Mietern. In Cottbus schaltet sich sogar Oberbürgermeister Waldemar Kleinschmidt ein: »AUBIS« hat ein sorbisches Kunstwerk, einen Maibaum, an einer Hausfassade mit Wärmedämmplatten überkleben lassen. Ein weiteres Motiv ist bedroht. Bürgermeister Kleinschmidt fordert den Erhalt der Kunstwerke. Nach dieser Intervention will »AUBIS« sich mehr Mühe geben. Zur Sicherheit nimmt das Unternehmen Kleinschmidt in eine interne Präsenteliste (Wein und Porzellan) auf, die auch die Namen etlicher BerlinHyp-Mitarbeiter schmückt.

Noch 1998 stößt Petroll in den empfindlichsten Bereich der »AUBIS«-Gruppe vor: in deren Finanzsystem. Er ist derjenige, der für Wienhold und Neuling das Überweisungssystem »Genolite« einrichtet. Diese Finanzsoftware benutzen auch große Banken, um

Objekt	aus Kontoliste aktueller Endstand Stand	Vorschlag	Schornsteinf.	Stadtwerke W/Abw.	Stadtwerke Fernwärme	Aubiprom	Aubitec	vorbreitet	Gesamt
94	-21.998,12	0,00	0,00	0,00	0,00	2.150,86	3.380,84	5.531,70	-33.061,52
95	-93.362,53			3.084,58		6.479,43	10.181,97	19.745,98	-132.854,49
96	13.308,98				4.028,00	991,82	1.558,58	6.578,40	152,18
97	1.418,44		4.144,15		6.426,00	1.347,64	2.117,71	14.035,50	-26.652,56
98	-2.613,16		4.067,81	9.119,00	8.207,00	1.745,10	2.742,30	25.881,21	-54.375,58
99	3.820,38			963,00	8.683,00	1.884,00	2.960,56	14.490,56	-25.160,74
100	0,00							0,00	
101	0,00							0,00	
102	29.484,95					2.033,00	3.194,72	5.227,72	19.029,51
103	13.185,73				2.229,00	847,31	1.331,48	4.407,79	4.370,15
104	0,00								
105	0,00								
106	0,00								
107	0,00								
108	0,00								
109	0,00								
Gesamt	-56.755,33	0,00	8.211,96	13.166,58	29.573,00	17.479,16	27.468,16	95.898,86	-248.553,05

Abrechnung für Görlitz

ihren gesamten Zahlungsverkehr abzuwickeln. Mit »Genolite« lassen sich mehrere Konten bei verschiedenen Banken verwalten, Zahlungsströme lenken und Umsätze eines Unternehmens oder seiner einzelnen Unterfirmen abfragen. Diese Software hat Petroll installiert – und nach Angaben ehemaliger Kollegen auch die Zugriffsdisketten erstellt. Damit ist ihm keine Transaktion von den offiziellen »AUBIS«-Konten mehr verschlossen. Er kann direkt nachvollziehen, worüber andere »AUBIS«-Mitarbeiter nur von Fall zu Fall stolpern: Wenn Rechnungen bezahlt werden müssen, sind die Konten oft leer. Solche Kleinigkeiten halten Klaus Wienhold nicht von großen Ideen ab. Gegenüber Angestellten spricht er von einem eigenen Finanzinstitut. Eine »AUBIS«-Bank – und alle Mieter sind Kunden.

Gleichzeitig entdeckt Petroll in den Firmendaten erste Informationen über ein Geschäft, mit dem »AUBIS« nach heutiger Überzeugung der Berliner Staatsanwälte im großen Stil illegal absahnen will. Die Gruppe hat erstaunliche Kontakte zu dem Leipziger Wärmelieferanten »ELPAG«. Dieses Unternehmen hat im Sommer '97 ein Mann namens Manfred Pichler gegründet. Eine Firmeneintragung, also etwas ganz Normales? Nicht ganz. Denn obwohl »ELPAG« eine eigenständige Firma sein soll, kommt das Stammkapital aus der »AUBIS«-Gruppe. Es geht um 250.000 Mark. Nach

Ermittlungen Berliner Staatsanwälte stammt das Geld von der »Wohnanlage Leipzig Dr. Neuling GmbH & Co KG«. Eingezahlt wird es von Wienholds Partnerin, Hannelore Pottmann. Praktisch, wie man eben ist, schließt »ELPAG« zur selben Zeit einen Vertrag mit »Aubiprom«. Jetzt managt Hannelore Pottmann Buchhaltung und Finanzen der mit »AUBIS«-Geld ausgestatteten Firma. Und es kommt noch besser: Für das am 1. September eingerichtete Geschäftskonto von »ELPAG« (Konto-Nr.: 2648490, Hypo Vereinsbank) ist Frau Pottmann sofort einzelzeichnungsberechtigt. Für ein weiteres Konto, diesmal bei der Deutschen Bank in Leipzig (Konto-Nr.: 1437607), gibt es ebenfalls erstaunliche Regelungen. Alleine zeichnungsberechtigt sind hier nur die »AUBIS«-Chefs Klaus-Hermann Wienhold und Christian Neuling. Der offizielle »ELPAG«-Geschäftsführer dagegen darf nur kollektiv zeichnen.

Die Ermittler sind auch aufgrund einer Reihe anderer Erkenntnisse davon überzeugt, daß der »AUBIS«-Clan »ELPAG« aufgebaut und genutzt hat, um im Plattenbauspiel mit den BerlinHyp-Krediten Millionensummen in die eigenen Taschen zu leiten. Diese »Umleitung« beginnt gleich nach der Firmengründung am 1. September 1997. Teilweise monatlich, so die Staatsanwälte, überweist »ELPAG« fünf- und sechsstellige Beträge an Wienhold, Neuling und ihnen gehörende Gesellschaften. Die Transaktionen hätten »keinen erkennbaren Verwendungszweck« oder werden mal als Darlehen, mal als Kreditrückzahlung deklariert.

Schon diese Geldflüsse in die »AUBIS«-Gruppe hinein machen Petroll stutzig. Sie gehören zu jenen Umständen, die er gegenüber seinen Hamburger Freunden als »unsauber« bezeichnet. Noch viel dramatischer aber wirken millionenschwere Wärmelieferungsdeals, denen Petroll auf die Schliche kommt. Es geht um die Versorgung der »AUBIS«-Plattenbauwohnungen. Am 24. August 1998 schliessen »ELPAG« und »AubiTec« (vertreten durch Hannelore Pottmann) Wärmelieferungsverträge für die »AUBIS«-Platten ab. Sie laufen über 15 Jahre. Bis zum Jahr 2013 soll »ELPAG« die Gebäude beliefern. Hinter diesen zunächst unverdächtigen Verträgen verbirgt sich nach späterer Überzeugung von Branchenexperten und Staatsanwälten eine dreiste Methode, mit der die »AUBIS«-Herren gewaltige Millionensummen abzocken wollen. Wer das verstehen will, muß nur wissen, wie die Versorgung normalerweise funktioniert: Stadtwerke liefern Wärme und Warmwasser bis in die Keller der Häuser. Die Preise dafür liegen zwischen siebzig Pfennig und 1,10 Mark je Quadratmeter Wohnfläche im Monat. Im Keller wird eine Zusatzleistung fällig: der Einbau einer so genannten Hausanschluß-Station. Stadtwerke berechnen dafür einen Aufschlag von zehn bis 17 Pfennigen je Quadratmeter. Dieser Preis deckt die Kapital-, Wartungs- und Instandhaltungskosten ab. Im Durchschnitt liegt damit der Gesamtpreis je Quadratmeter in wärmegedämmten Plattenbauten bei rund 1,10 Mark.

Ganz anders bei der »ELPAG«. Sie liefert nicht die Wärme, denn die kommt weiter von den Stadtwerken. »ELPAG« drängt sich lediglich am Punkt »Hausanschlußstationen« zwischen die Lieferanten und die Mieter oder Wohnungsbesitzer. Sie muß nur die Stationen finanzieren und betreiben sowie einen Notfall- und Störservice bieten. Und sie rechnet mit den Mietern ab. Dabei kassiert das Unternehmen nach Berechnungen von Experten im Zusammenhang mit dem Hausanschluß das Fünf- bis Achtfache dessen, was ein Stadtwerk nehmen würde: achtzig bis neunzig Pfennig pro Quadratmeter. Als Folge steigt der Gesamtwärmepreis je Quadratmeter oft auf 1,90 Mark je Quadratmeter, manchmal sogar auf 3,10 Mark.

Frühere »AUBIS«-Mitarbeiter enthüllen später gegenüber Staatsanwälten, was dahintersteckt. Die »AUBIS«-Chefs Neuling und Wienhold hätten der – angeblich doch unabhängigen – »ELPAG« feste Vorgaben für die Preisgestaltung gemacht. In diesen Vorgaben seien Gewinne von 17 Pfennig je Quadratmeter für »ELPAG« und von 38 Pfennig für »AUBIS« einberechnet gewesen. Wienhold, Neuling und ihre Partner bei »ELPAG« bestreiten das bis heute vehement. Doch die Berliner Staatsanwaltschaft ist sich sicher, ausreichend Belege dafür gefunden zu haben, daß »AUBIS« über »ELPAG« Millionen verdient, ohne irgendeine Leistung zu erbringen. Nach Einschätzung von Experten winken »AUBIS« damit bis 2013 insgesamt rund dreißig Millionen Mark an unverdien-

Von links: Klaus-Hermann Wienhold, Chistian Neuling, Ex-Bundesminister Jochen Borchert und Lars Oliver Petroll

ten Einnahmen. Zahlmeister, das ist 1998 eindeutig, sind die Mieter. Und natürlich im Zweifelsfall die BerlinHyp, die Bankgesellschaft und am Ende Berlin. Denn, wenn mit »AUBIS« etwas schiefgeht, hat die Bank als Sicherheit die Wohnanlagen. Die aber haben durch die ungewöhnlich hohen Wärmekosten an Wert verloren. Wer muß dann einspringen? Die Bankgesellschaft und am Ende …

Für Lars Oliver Petroll sind seine ersten Entdeckungen zunächst nur Unregelmäßigkeiten, die ihn verwundern. Mehr noch nicht. Er genießt seine Arbeit. Und er hat sich befreundet mit Carola Clement, einer Sekretärin der Geschäftsführung. Wie Petroll verkörpert sie das Gefühl: ›Ich gehöre zur jungen Garde, zur »AUBIS«-Zukunft.‹ Über Clement rückt Petroll noch dichter an seine Chefs heran. Wienhold gefällt die zupackende Art Petrolls. Wenn es irgendwo ein Problem gibt, ist Lars Oliver Petroll schnell zur Stelle. Ein früherer Kollege erinnert sich: »Der Petroll war für den Wienhold eine Art ›Mann für alle Fälle‹. Lars Oliver hat Aufträge immer zuverlässig und mit viel Geschick ausgeführt.«

Mit seinem Einsatz und seinen Ideen hat Petroll als Autodidakt etwas geschafft, was andere selbst mit abgeschlossenem Studium nicht erreichen: Er gehört zum engeren Kreis der Führung eines großen Unternehmens. Innerhalb eines halben Jahres hat er den

Sprung vom Studenten in Jeans zum anerkannten Computerfachmann im Anzug geschafft. Ein Foto vom 10. November 1998 dokumentiert die Nähe Petrolls zu seinen Chefs. An diesem Tag gründen Neuling und Wienhold die »AUBIS« Immobilien Aktiengesellschaft«. Zur Feier des Tages gibt es ein Gruppenbild mit Dame. In der ersten Reihe stehen Carola Clement, Klaus Wienhold, Christian Neuling und Lars Oliver Petroll. In der zweiten Reihe sind »AUBIS«-Gründungsmitglied Adrian Nix und Ex-Minister Jochen Borchert zu sehen. Petroll erhält dieses Foto von den »AUBIS«-Chefs später als kleines Präsent. Zur Unternehmensgründung »überreichen wir Ihnen, Herr Lars Oliver Petroll, dieses Erinnerungsfoto. Vielen Dank für Ihren Einsatz und Ihr großes Engagement in den vergangenen Jahren« heißt es auf einer Urkunde. Gezeichnet: Klaus Wienhold, Dr. Christian Neuling.

Der Ruf als Allround-Talent bringt Petroll auch Aufträge, die den sunnyboy besonders reizen. Im Frühjahr 1999 beispielsweise fährt er nach Sylt. Er soll im »AUBIS«-Hotel die Hotelsoftware einrichten. Und ein ganz spezieller Auftrag der »AUBIS«-Chefs: Er soll die Computer auf Sylt mit denen in der Firmenzentrale in Berlin vernetzen. Als Petroll im Hotel eintrifft, sind die Mitarbeiter schnell fasziniert von den Eigenschaften dieses jungen Mannes: klug, charmant, höflich. Drei Tage lang bleibt Petroll auf Sylt. Er übernachtet in Zimmer 13, in einem Zimmer mit Tresor. Seinen Auftrag erledigt Petroll professionell. Er wirkt wie jemand, der in seiner Arbeit aufgeht. Nebenbei erzählt er, daß er vor allem deshalb mit soviel Einsatz für »AUBIS« arbeitet, weil er sich mit Klaus-Hermann Wienhold so gut versteht.

Ohne es genau zu wissen, ist Petroll längst Teil der fragwürdigen Praktiken der »AUBIS«-Gruppe geworden. Die Vernetzung des Hotels bindet das Haus noch enger an die »AUBIS«-Zentrale in Berlin. Schon jetzt hat Wienholds Tochter Tanja von Berlin aus das Hotel unter Kontrolle. Auch finanziell. Die Leiterin des »AUBIS«-Hotels hat keinerlei Kontovollmachten. In der Regel zahlen die Gäste ohnehin per Kreditkarte. Gibt es Bargeld, muß sie es auf ein Konto bei der Berliner Volksbank überweisen. Mehr Befugnisse hat sie nicht. Bemerkenswert ist nicht nur die fehlende Kontovollmacht der Hotelchefin. Sie bekommt auch keine Kontoauszüge zu sehen und erhält keinerlei Einblick in das Rechnungswesen. Das Geld aus Sylt geht übrigens immer an eine Firma, die am Kronprinzendamm sitzt und zum »AUBIS«-Umfeld gehört: an ein Unternehmen namens »Ceen«.

Unter diesem Namen firmiert erst eine Grundstückverwaltung, dann eine »Gastronomie- und Hotellerie GmbH«. Geschäftsführerin ist 1999 ein Mitglied der Familie Wienhold: Tochter Tanja. Einblick in diese Finanzgeschäfte hat nur der engste Familienkreis.

Und natürlich Lars Oliver Petroll. Der König der Daten. Ein ehemaliger Mitarbeiter beschreibt gegenüber Staatsanwälten die Position des EDV-Chefs so: »Petroll hatte Einblick in die geheimsten Unterlagen. Er war der Einzige im Unternehmen, der auf sämtliche Datenbanken Zugriff hatte. Damit hatte er soviel Macht wie kein anderer.« Während die Geschäftsführer der »AubiTec« innerhalb des Unternehmens schon »als verheizt« gelten, zählt Petroll inzwischen zur kommenden Garde. Dieses Privileg genießt auch der frühere Möbelexperte Sven Asmus. Man kann ihn als Teil des »AUBIS«-Kerns sehen.

Im Laufe des Jahres 1999 wird es ungemütlich für »AUBIS«. Die Lage beginnt zu eskalieren. Laut Untersuchungsausschuß werden spätestens ab Mai »die Kreditraten nicht mehr bedient, und die Versuche der Bank, Transparenz in das nahezu undurchschaubar gewordene Geflecht der ›AUBIS‹-Gruppe zu bringen, waren gescheitert«. Schon zuvor haben sich Mieter über die schlechten Sanierungen und steigende Mieten beschwert. Eine Absetzbewegung aus den »AUBIS«-Platten hat bereits begonnen. Doch jetzt wird es immer unangenehmer. Die »Lausitzer Rundschau« titelt »Sozialer Friede in Gefahr«. Und: »›Aubitec‹-Skandal: Mieter sollen Betriebskosten einbehalten. Das Unternehmen ist pleite.« Nach Aussage von »AUBIS«-Mitarbeitern rumort es im Plattenbaubestand an allen Ecken und Enden. Zunehmende Leerstände bringen »AUBIS« finanziell in die Bredouille. Die BerlinHyp sieht die Rückzahlung der Kredite bedroht. Die Außenstände wachsen bedrohlich an. Die Lage wird dramatisch. Für »AUBIS« und für die BerlinHyp. Innerhalb der Bank schrillen die Alarmglocken. Nicht allein wegen der Zahlungsprobleme. Es besteht auch der Verdacht, daß »AUBIS« mit den Darlehen nicht sauber umgeht.

Ein nach Angaben interner Kreditexperten im Februar 1999 neu aufgebautes »Mittelverwendungs-Kontrollsystem« hat aufgedeckt, daß es beim Umgang mit Krediten »zu Unregelmäßigkeiten gekommen« ist. »AUBIS« hat demnach bei der Bank Rechnungen für Bauvorhaben eingereicht, das entsprechende Geld auch erhalten – und es dann selber eingesteckt, anstatt es an den Aussteller der Rechnung weiterzuleiten. Genauere Prüfungen ergeben ein katastrophales Bild: Die gesamte »AUBIS«-Gruppe scheint vor der Zahlungsunfähigkeit zu stehen.

In dieser heißen Phase des Sommers 1999 geschieht etwas Eigenartiges: Banker der BerlinHyp erhalten über AOL die anonyme E-mail eines »AUBIS«-Insiders. Es ist eine Warnung vor »AUBIS«-Tricks. Offenbar glaubt der Tip-Geber, daß die BerlinHyp-Fachleute sich für diesen brisanten Hinweis interessieren – und daß sie ihn vertraulich behandeln. Die Realität sieht anders aus. Der engste Führungszirkel des Unternehmens erfährt von diesem »Verrat«. Was danach bei »AUBIS« die Runde macht, findet sich in einer Zeugenaussage gegenüber den Berliner Ermittlern: Es sei »der Bank mitgeteilt worden, daß diese übervorteilt werde und Kreditentscheidungen überprüft werden sollten«. Die »AUBIS«-Chefs handeln sofort. Sie können den Maulwurf laut Zeugenaussage identifizieren, weil Klaus Wienhold »auf irgendeinem Weg in Besitz einer Kopie dieser E-mail gekommen war«. Wird dem Tip-Geber ein »AUBIS«-U-Boot innerhalb der BerlinHyp zum Verhängnis? Erhält »AUBIS« die Information aus den Reihen der Polizei? Oder hat Petroll über den firmeninternen Outlook-Server E-mails kontrolliert und dabei das Schreiben entdeckt? Eine Frage, die bis heute nicht geklärt ist. Sicher ist nur: Dem Mann, der die Bank warnte, wird fristlos gekündigt.

Doch selbst in der BerlinHyp ist jetzt klar: Ein einfaches »weiter so« kann es nicht geben. Zum Spätsommer schalten die Bankenchefs die Wirtschaftsprüfungsgesellschaft »KPMG« ein. Deren Fachleute sollen ermitteln, wie es um den Großkreditkunden wirklich bestellt ist. Externe Fachleute sollen Einblick in die »AUBIS«-Daten nehmen! In ein System, das offenbar doch genau so aufgebaut ist, daß nur ein kleiner Zirkel von Auserwählten es durchschauen kann. Dieser Gedanke muß für Klaus-Hermann Wienhold und Christian Neuling alles andere als erfreulich sein. Die hausinternen Probleme sind kaum noch zu übersehen. Aus bankinternen Unterlagen geht hervor, daß »AUBIS« mit Zahlungen in Höhe von knapp zwölf Millionen Mark im Rückstand ist. Aber noch besteht vielleicht die Chance, das Ausmaß der Probleme unter den Teppich zu kehren. Und noch ist ja nicht bekannt, ob, und wenn, wieviel von den Kreditmillionen der BerlinHyp an den Plattenbauten vorbei in die Taschen der beiden Unternehmer geflossen ist. Die Arbeit des »KPMG«-Teams allerdings könnte viele zusätzliche, unangenehme Details über das »AUBIS«-System und über fragwürdige Geldflüsse ans Licht bringen.

Jetzt hat Lars Oliver Petroll erstmals aktiv etwas mit dem Geschäftsgebaren seiner Chefs zu tun. Denn die Prüfer wollen die »AUBIS«-Daten sehen, die Petroll mit seinem Sicherungssystem geschützt hat. Damit rückt der EDV-Chef in den Mittelpunkt des Geschehens, gemeinsam mit Sven Asmus. Der arbeitet beim Wohnungsverwalter »Aubitec«. Ebenso wie Petroll ist er jung, ehrgeizig, kann gut mit den Chefs und ist in einem steilen Aufstieg begriffen. Die beiden haben sich angefreundet. Als jetzt die Prüfer der »KPMG« im Unternehmen eintreffen, sind beide gefragt. Asmus ist in dieser kritischen Phase immer wieder in der Zentrale und verfolgt die Prüfung. Petroll soll den Experten Zugang zu sämtlichen Computerdateien verschaffen. Das verlangt der inzwischen von der Bankgesellschaft quasi als Aufpasser (als »allein handlungsbevollmächtigter Vorstand der ›AUBIS‹ Immobilien AG«) bei »AUBIS« installierte Rechtsanwalt Jost Hieronymus. Dabei kommt es nach Aussagen von »AUBIS«-Mitarbeitern zu einem Eklat: Petroll stellt sich quer. Es kommt zu Auseinandersetzungen, die so heftig sind, daß der EDV-Chef schließlich die Zentrale verläßt und – zumindest offiziell – rund zwei Wochen lang nicht mehr betritt. Seine Chefs wollen ihn aus der Schußlinie nehmen und die Konfrontation mit den Wirtschaftsprüfern entschärfen. Dafür ist ihnen nichts zu teuer. Ihr EDV-Chef darf – das erzählt Sven Asmus anderen Mitarbeitern – eine Privatwohnung Wienholds in Marbella nutzen.

Doch bevor Petroll sich zurückzieht, sind er und sein Freund und Kollege Asmus nach Angaben von »AUBIS«-Mitarbeitern noch sehr aktiv. Ein Vorgang, der sich später in den Akten der Staatsanwaltschaft wiederfinden soll: Laut Zeugen habe es »in der obersten Etage (Chefetage)« der Geschäftsräume »starke Aktivitäten« gegeben.

Und auch nach seinem zeitweisen Rückzug aus der Firmenzentrale ist Petroll nicht von den Unternehmensdaten abgeschnitten. Er hat seinen Netzwerk-Traum bei »AUBIS« ausgelebt. Längst ist er so weit, daß er von jedem Punkt außerhalb des Unternehmens auf geheimste Datensätze über »Remote Access« zugreifen kann, das ist auch innerhalb der Firma bekannt. Laut Zeugenaussage ist er in Spanien »nicht untätig. Er wählte sich über Datenfernübertragung … in den Rechner des Unternehmens ein und säuberte diesen von kompromittierenden Daten«. Ein Kollege bekommt Petrolls Fernaktivitäten im »AUBIS«-System überraschend zu spüren. Er durchstöberte von seinem Büro aus die Internet-Jobbörsen nach Stellenangeboten, als er Post über das Mail-System »Outlook« bekommt. Absender ist Petroll: »Er teilte mir mit, daß ich nicht dazu befugt sei, von meinem Büro aus im Internet privat zu surfen.«

Rund zwei Wochen war Petroll nicht im »AUBIS«-Gebäude. Dann kehrt er zurück. Die »KPMG«-Prüfer sind noch immer mit dem Fall beschäftigt. Die Prüfung wird Monate dauern. Nach Beobachtungen eines Ex-Mitarbeiters ändern sich in dieser entscheidenden Phase die Gewohnheiten von Petroll und Asmus. »Es fiel mir auf, daß im Spätsommer und Herbst 1999 bis in die späten Abendstunden, teilweise bis nach Mitternacht noch in den obersten Etagen Licht brannte.« Oben – da befinden sich in der »Zitrone« die Buchhaltung und die Chefetage: »In dieser Zeit gingen

Asmus und Petroll – als er wieder zurück im Unternehmen war – nach dem Feierabendbierchen, meist nach 20 Uhr zurück in das ›AUBIS‹-Gebäude. Dies war vorher nie der Fall. Man wartete dabei immer, bis die Leute um Hieronymus das Haus verlassen hatten. Auf die Frage, was man mit der ›Nachtarbeit‹ bezwecke, sagte mir Asmus, man müsse eine Reihe von Unterlagen in Ordnung bringen. Später erfuhr ich, daß damit in erster Linie rückdatierte Wärmelieferungsverträge mit der ›ELPAG‹ gemeint waren.« Die »ELPAG«-Affäre machte »AUBIS« offenbar größte Sorgen.

Das Schicksal der Firmengruppe hängt von Daten ab – und Petroll ist der Herr dieser Daten. Für den Hamburger wird die Situation immer unangenehmer. Er freut sich zwar über seine Verantwortung und seinen Einfluß. Gleichzeitig aber macht er Freunden und Bekannten gegenüber keinen Hehl aus seiner Meinung über die »AUBIS«-Geschäfte. »Die drehen da krumme Dinger und stecken mit einflußreichen Berliner Politikern unter einer Decke«, lautet der Tenor. Er muß in einem Zwiespalt stecken. Hier der Klasse-Job, dort die offensichtlichen Ungereimtheiten bei seinen Arbeitgebern. Die BerlinHyp hat unterdessen die Auszahlung einiger Kredite gestoppt. Sanierungsmaßnahmen geraten ins Stocken. In Cottbus haben sich Mieter wochenlang über die schleppenden Baumaßnahmen geärgert. Dann endlich finden sie im Treppenhaus einen Aushang der »Aubitec«. Den »Sehr geehrten Damen und Herren« teilt das Unternehmen mit, daß sich »die geplanten Modernisierungsmaßnahmen aufgrund unvorhersehbarer Probleme mit dem Generalübernehmer verzögern«. So schnell kann man Probleme mit sich selbst haben: Der Generalübernehmer heißt »AUBIS Konzept«.

Unter den Mietern formiert sich massiver Widerstand: »Wir brauchen zivilen Ungehorsam«, fordert die Cottbuser Mieterbund-Vorsitzende Kerstin Kircheis. Den Mietern wird geraten, zwanzig Prozent der Mieten einzubehalten. Die »Lausitzer Rundschau« titelt: »Es gibt auf Dauer keine Lösung mit ›Aubitec‹ & Co.« Dieses Gefühl wächst auch innerhalb der BerlinHyp. Sie vereinbart mit Wienhold und Neuling die Einleitung von Notmaßnahmen. Unter anderem pfändet die Bank die Mietkonten. Und ausgerechnet in dieser Zeit wachsender Kritik gewährt die BerlinHyp ihrem Großkreditkunden Christian Neuling ein Privatdarlehen in Höhe von 15 Millionen Mark.

Die Zeit für eine Lösung der Probleme mit »AUBIS« drängt. Denn eine der wichtigsten Hoffnungen der BerlinHyp bricht in diesen Tagen zusammen: Die umfangreiche Beteiligung anderer Geldinstitute an den Kredit-Geschäften. Jetzt rächt sich der fahrlässige Umgang mit diesen Darlehen. Am 10. November 1999 erreicht die BerlinHyp ein geharnischter Brief von »Wüstenrot«. Das Traditionsunternehmen wirft den Berlinern darin ein für Kaufleute »rücksichtsloses« und »unübliches« Verhalten vor. Den Hintergrund dieses peinlichen Vorgangs beschreibt später die »Berliner Morgenpost«. Unter der Schlagzeile »Darlehen, auf Schrott gebaut« heißt es: »In der Entstehungsphase von ›AUBIS‹-Krediten wurden vermeintliche Konsortialpartner dazu genutzt, dem Kreditausschuß bei umstrittenen Projekten eine Zustimmung abzuringen … Im Oktober 1996 argumentierte der Leiter der BerlinHyp-Kreditabteilung, Hans-Dieter Knaack, gegenüber Wolfgang Steinriede unter anderem: ›Neben einem konkreten Konsortialpartner liegt uns von sieben Instituten ein grundsätzliches Interesse vor‹ …Diese Angaben waren im besten Fall blind und vorschnell gemacht, im schlimmsten Fall als gezielte Täuschung gedacht. Denn jeder Banker hätte wissen müssen, daß die Institute ohne Standardinformationen über die Kreditnehmer und Objekte kein Geld vergeben würden. Tatsächlich hatte ›Wüstenrot‹ Interesse bekundet, sich an Objekten in Görlitz, Plauen und Halle mit insgesamt 58 Millionen Mark zu beteiligen. Die WestHyp war bereit, für das Vorhaben ›Leipzig III‹ 62 Millionen zu geben. Die DSL-Bank erwog ernsthaft, dasselbe Projekt mit dreißig Millionen DM mitzufinanzieren … ›Wüstenrot‹ und Westhyp hatten ihre 120 Millionen sogar schon überwiesen. Doch dann passierte etwas, was alle drei Banken alarmierte: ›Unterlagen, deren Lieferung vertraglich festgelegt worden war, erhielten wir trotz drängender Nachfragen nie. Völlig übliche Dinge wie aktuelle Bilanzen, Informationen über Zustand und Auslastung der Bauten, Details zu den Kreditnehmern und deren Hintergrund legte die BerlinHyp nie vor. Sie konnte im Gesetz über das Kreditwesen festgelegte Grundkriterien nie erfüllen‹, erklärt ein beteiligter Banker. Kein Wunder: Aus den Vernehmungen des Untersuchungsausschusses geht hervor, daß die BerlinHyp diese Unterlagen selber nicht hatte.

Die Bank ist in der Klemme, und »AUBIS« scheint die Luft endgültig auszugehen. Den Mietern der Plattenbauten am Ostring 2-8 in Görlitz flattert am 27. Oktober eine unangenehme Mitteilung ins Haus. Sie müssen sich auf kalte Zeiten einstellen. Die Wärme liefernde »Stadtwerke Görlitz AG« verkündet, daß die »fälligen Zahlungen« für die von »Aubitec« betreuten Bestände nicht erfolgten: »Aus diesem Grund werden wir zu unserem Bedauern gezwungen sein, die Versorgung der Häuser Ostring 2 – 8 am 3. November … einzustellen«. Die »Süddeutsche Zeitung« meldet prompt: »Fast 1000 Görlitzern droht Fernwärme-Stopp«. Im Text heißt es: »Die Firma hat große Probleme mit der Einhaltung der Zahlungstermine, und ihre Kundenkonten sind nie ausgeglichen.«

Spätestens jetzt, Ende 1999, beginnt Petroll, brisante Daten zu kopieren und beiseite zu schaffen. In dieser Phase muß die finanziell bedrängte »AUBIS«-Gruppe ihre Zentrale verlagern. Raus aus der »Zitrone« und damit weg von der vornehmen Ku'damm-Gegend, wieder dorthin, wo sie angefangen hatten – zurück in das Geschäftsgebäude am Saatwinkler Damm, im Industriegebiet am lärmenden Flughafen Tegel. Dabei wollen die Chefs offenbar ganz auf Nummer sicher gehen. Und sie setzen dabei auch auf Petroll. Der berichtet seinem Kollegen Werner Martiny über erstaunliche Vorgänge: In der Zentrale würden »Festplatten … . gelöscht, damit nichts zu rekonstruieren ist«. »AUBIS« versucht offenbar, sich nach außen abzuschotten und zu verhindern, daß Außenstehende die Geschäftsabläufe nachvollziehen können. Doch selbst wenn viele Dokumente aus den »AUBIS«-Computern verschwinden – aus der Welt sind sie nicht. Dafür hat der EDV-Chef gesorgt.

Im Dezember 1999 trifft sich Petroll mit einem ehemaligen »AUBIS«-Kollegen im »Café Cralle« im Wedding. Ihm erzählt Petroll von den finanziellen Schwierigkeiten bei »AUBIS«. Seine beiden direkten Mitarbeiter im EDV-Bereich seien entlassen worden. Er selber habe »Sachen« mit nach Hause genommen, mit denen er die Chefetage »ins Schwitzen« bringen könne. Dazu gehören Informationen über einen Versicherungsdeal, mit dem sich »AUBIS«-Verantwortliche nach Ermittlungen der Staatsanwälte bereichert haben sollen. Wie schon bei den Wärmelieferungen geht es auch diesmal um Verträge, bei denen die »AUBIS« auf Kosten der Mieter kräftig absahnt (und damit die Häuser entwertet).

Mittel zum Zweck sind diesmal Verträge über die Gebäudeversicherung. Dafür hat die Karlsruher Versicherung einen sehr günstigen Pauschalpreis von 38 Mark je Wohneinheit angeboten. Doch die Geschäftsführung des Wohnungsverwalters »Aubitec« will von diesem Superangebot nichts wissen. Die Sorge vor der Reaktion der allmächtigen Geschäftsführerin Hannelore Pottmann ist groß, ein Prokurist weigert sich gar, mit ihr über das Angebot zu sprechen. Auch einem verwunderten Mitarbeiter rät er dazu, sich in dieser Beziehung zurückzuhalten. Als der nachfragt, »teilt man mir mit, daß die Firma »Aubiprom«, Geschäftsführerin Frau Pottmann, als Makler auftreten und man zu einem Satz von zirka 200 Mark je Wohneinheit p.a. alljährlich mit der ›Allianz‹ abschließen würde«. Ein Teil der Differenz von 160 Mark zu dem Karlsruher Angebot würde, so vermuten Mitglieder der Geschäftsführung, als Provision an »Aubiprom« ausgeschüttet – und in den Taschen von Klaus Wienhold und seiner Lebensgefährtin landen. Bei 14.000 Wohneinheiten kämen immerhin rund 2,2 Millionen Mark im Jahr zusammen.

Im Spätherbst 2003 werden Klaus Wienhold und Hannelore Pottmann wegen Betrugs im Zusammenhang mit Versicherungsgeschäften in einem Fall in erster Instanz verurteilt. In drei weiteren Fällen sprach das Amtsgericht Tiergarten sie frei. Beide Prozeßparteien legen Berufung ein.

Informationen über den »Allianz«-Deal sichert sich Petroll heimlich. Für seine Chefs aber ist er weiter eine Vertrauensperson. Sie beauftragen ihn mit sensiblen Aufgaben. Petroll richtet für

»AUBIS« nicht nur die Datensicherungen ein, sondern kümmert sich auch um Überwachungskameras am Unternehmen und um Chip-Laser-Türsicherungen. Er ist nicht nur EDV-Leiter, sondern nebenbei auch eine Art Sicherheitschef. Petroll gehört jetzt fest zum »Küchenkabinett« der »AUBIS«-Chefs. Und er ist auch für ganz einfache Dienstleistungen zuständig: Wenige Tage vor dem Jahreswechsel bekommt er einen Auftrag, der eigentlich ein Hausmeisterjob ist: Er soll am »AUBIS«-Hotel in Westerland auf Sylt die Außenreklame anbringen. Kein besonders reizvoller Auftrag, vor allem angesichts heftiger Minusgrade. Die Fahrt wird für ihn dennoch etwas Besonderes: Er nimmt seine Tochter Michelle mit auf die Dienstreise. Den Hotelangestellten fällt auf, wie liebevoll Petroll mit seiner Tochter umgeht: »Für eine Fernbeziehung war das ein wundervoll harmonisches Miteinander von Vater und Tochter«, erinnert sich eine Mitarbeiterin. Bei eisigen Außentemperaturen bringt Petroll die Reklameschilder an. Er arbeitet schnell, um soviel Zeit wie möglich mit Michelle verbringen zu können. Aber die Hotel-Angestellten merken: Der Mann steht unter Druck. Er hat erzählt, daß seine Firma sich verkleinert hat. Eine zurückhaltende Darstellung, die Realität ist dramatischer. Das Unternehmen, in dem er einen traumhaften Aufstieg geschafft hat, steht vor dem Aus. In Berlin setzt die BerlinHyp den »AUBIS«-Chefs die Pistole auf die Brust: Entweder sie trennen sich von nahezu ihrem gesamten Plattenbaubestand, oder ihnen wird der Geldhahn zugedreht. Alle zehn Minuten klingelt Petrolls Handy. Wenn jemand in der Nähe ist, verläßt er den Raum. Es ist offensichtlich, daß niemand mithören soll. Daß ihn das Thema bedrückt, merken auch seine Freunde in Hamburg, mit denen er Weihnachten und Sylvester verbringt. Selbst in diesen Tagen erhält er ständig Anrufe aus Berlin. Irgendwann ist es sogar Petroll zuviel. Entnervt sagt er Freunden: »Sollen die ihren Mist doch alleine machen.«

Die allerdings feiern erst einmal. Den 50. Geburtstag von Klaus Wienhold am 27. Dezember 1999. Es wird ein richtig großes Fest, wie es sich für Großunternehmer gehört. Man pflegt Kontakte und zeigt, wen man besonders gut kennt. Es ist schon erstaunlich, welche Vernetzungen und Verflechtungen bei dieser Geburtstagsparty sichtbar werden. 148 Personen sind auf einer Einladungsliste notiert. Neben »Mutti«, »Familie Wienhold«, »Familie Hannelore Pottmann« und »Jugendfreunde« finden sich dort auch ziemlich viele von denen, die in Berlin etwas zu sagen haben. Wir können sie nur mit ihren früheren bzw. damaligen politischen Funktionen aufführen, eine Darstellung der machtpolitischen Verquickungen dieses Personenkreises in Berlin könnte leicht ein eigenes Buch füllen.

Unter dem Punkt »CDU« prangen die Namen von: *Günter Straßmeir:* Parlamentarischer Staatssekretär beim Bundeskanzler, Berlin-Bevollmächtigter der Regierung Kohl, Bundestagabgeordneter (Schwerpunkt: Verkehr) und Generalsekretär der Berliner CDU (1981–1985), stellvertretender CDU-Landesvorsitzender (1985–1987); *Eberhard Diepgen:* Regierender Bürgermeister, RCDS; *Peter Rebsch:* Parlamentspräsident; *Klaus Landowsky:* CDU-Fraktionschef, Vorstandschef BerlinHyp, RCDS; *Edmund Wronski:* Senator für Arbeit und Betriebe; *Jürgen Kleemann:* Senator für Jugend und Sport, Senator für Bau- und Wohnungswesen; *Peter Radunski:* Senator für Bundesangelegenheiten; *Joachim Kierey:* Staatssekretär für Wirtschaft, Bundestagsabgeordneter, Berlin-Bevollmächtigter in Bonn, PR-Chef der Bundes-CDU; *Dieter Flämig:* Staatssekretär von Eberhard Diepgen, Senatssprecher, Pressesprecher des Wirtschaftssenators (1981/82), Aufsichtsrat mehrerer städtischer Wohnungsbaugesellschaften, Geschäftsführender Vorstand des Hauptverbands für den Ausbau der Infrastrukturen in den neuen Bundesländern e.V.; *Peter Kittelmann:* Stadtrat, Mitglied im Berliner Abgeordnetenhaus, Mitglied von Bundestag und Europaparlament, RCDS; *Dieter Hapel:* Parlamentarischer Geschäftsführer der CDU und Innenpolitischer Sprecher, Bürgermeister von Tempelhof; *Andreas Gram:* Mitglied im Abgeordnetenhaus, dort im CDU-Fraktionsvorstand, CDU-Landesvorstand, ehemals beim Arbeitgeberverband der chemieverarbeitenden Industrie.

Unter dem Punkt »Senatsverwaltung« sind vier Gäste aufgeführt. Einer von ihnen ist Peter Kipsch, in den achtziger Jahren Sprecher der Senatsverwaltung für Arbeit und Betriebe.

Und dann taucht da noch jemand auf, der zum Berliner CDU-Klüngel gehört und bemerkenswerte Erfahrungen als Unternehmer und Manager hat: Manfred Preuss, der frühere sportpolitische Sprecher der CDU. Ein Mann, dessen Name eng verbunden ist mit der 1993 katastrophal endenden Olympia-Bewerbung Berlins. Später betreibt er über die von ihm geführte »Kleeblatt-Gruppe« mehr als zwanzig Altenpflege-Heime. Das Ende dieses Unternehmens, zitiert aus dem »Stern«: »Nachdem keine Mieten mehr an die Immobilieneigner flossen, brach die Firma auseinander.«

Auch bei der Feier dabei ist Diethard Schütze, der Anfang der Achtziger in etwa zeitgleich mit Wienhold in die Politik eingestiegen ist. Er ist seitdem stellvertretender CDU-Fraktionsvize in Berlin und Bundestagsabgeordneter gewesen. Mit ihm haben Wienhold und sein »AUBIS«-Partner Neuling bereits Anfang der neunziger Jahre Firmen gegründet.

Auf der Liste stehen also viele Namen, die in Berlins Geschichten um Parteienklüngel- und Filz einen gewissen Klang haben. Und deren Einfluß nicht zu unterschätzen ist. Mit Diepgen, Landowsky und Kittelmann ist nahezu die gesamte sogenannte »K-Gruppe« vertreten. Sie stellt den Ur-Kern des christdemokratischen Machtgefüges, ihre Mitglieder gelten als die »Technokraten der Macht«. Die Wirtschaft ist mit dem Reinigungskönig Werner Gegenbauer vertreten. Ein illustrer Kreis, den in Berlin nur ganz wenige bei sich versammeln können.

Seine alten Kontakte zur Polizei hat Klaus Wienhold ebenso gepflegt. Sein Draht zur Kriminalpolizei ist noch immer gut. Seine Gäste aus diesem Umfeld sind ganz pragmatisch unter dem Stichwort »Mordkommission« aufgeführt. Anwesend und namentlich genannt ist ein halbes Dutzend Fachkräfte aus dem Bereich Mordermittlung. Alles in allem eine Geburtstagsgesellschaft, die Klaus Wienhold ein Gefühl von Wärme und Sicherheit vermitteln kann. Genau das können Wienhold und Neuling jetzt gut gebrauchen. Es wird nämlich sehr eng – und am Ende alles wieder gut.

Ausgerechnet an Wienholds Geburtstag, zu dem er diese prominenten Gäste eingeladen hat, gehen die Verhandlungen um die

»AUBIS«-Zukunft in die entscheidende Runde. Die Bank entmachtet ihre famosen Großkunden. Sie müssen den Nießbrauch (sämtliche Nutzungsrechte) an nahezu dem gesamten Plattenbaubestand drei Tochtergesellschaften der Bankgesellschaft überlassen. Eine ärgerliche Sache. Nicht einmal ihr prominenter Rechtsbeistand Dr. Karlheinz Knauthe kann sie davor retten. Und so schlecht ist die Lösung denn ja auch nicht. Denn Wienhold und Neuling lassen sich den Nießbrauch bezahlen – und bleiben dennoch Eigentümer der Wohnanlagen. Spätestens nach 49 Jahren können sie über ihre Immobilien wieder verfügen. Eine familienfreundliche Lösung.

Die beiden Ex-Politiker schaffen es in mehrfacher Hinsicht, auch aus dieser Lage noch Gewinn zu schlagen. Wieder einmal mit Hilfe ihrer freundlich beratenden Bank. Man hat ja ähnliche Interessen: Die Bank möchte nicht auf einem Schuldenberg sitzen bleiben, die »AUBIS«-Chefs möchten Schulden vermeiden. Verständlich, aber beides gleichzeitig ist eigentlich unmöglich. Denn die »AUBIS«-Plattenbaubestände sind – das ergibt später ein Gutachten des Bundesaufsichtsamtes für das Kreditwesen – rund 500 Millionen Mark wert. Das ist ein Problem. Die »AUBIS«-Kredite belaufen sich nämlich auf gut 560 Millionen Mark. Da wären die Herren Wienhold und Neuling eben doch mit satten sechzig Millionen Mark verschuldet. Das klassische Unternehmerrisiko würde sie treffen. Das wollen sie natürlich nicht. Wenn sie aber keinen Vertrag mit der BerlinHyp abschließen, droht »AUBIS« unkontrolliert in die Pleite zu driften. Die Folgen für die Bank könnten fatal sein. Da ist es doch besser, man einigt sich. Und das sieht dann so aus: Für den Nießbrauch erhält »AUBIS« rund 560 Millionen Mark, obwohl er doch weit weniger wert ist. Das kritisieren auch Mitglieder des Berliner Banken-Untersuchungsausschusses. Die Grünen-Abgeordnete Barbara Oesterheld: »Nach Einschätzung des Ausschusses ist der Preis für den Nießbrauch nie sauber berechnet worden. Im Gegenteil. Rein zufällig erhalten Wienhold und Neuling genau soviel Geld wie nötig ist, um sämtliche ihrer Verbindlichkeiten abzulösen.«

Über einen zu hohen Kaufpreis können Wienhold und Neuling also auf wundersame Weise alle Kredite ablösen. Und es gibt noch eine wertvolle Zugabe: Die BerlinHyp stellt »AUBIS« zusätzliche siebzig Millionen Mark zur Abdeckung weiterer Verbindlichkeiten von »AUBIS«-Gesellschaften zur Verfügung. Alles, was aus den »AUBIS«-Geschäften an Rechnungen und Verbindlichkeiten aufgelaufen ist, zahlt bis zu siebzig Millionen Mark die Bank. Darin enthalten sind auch die sogenannten »Landungskosten«.

Dieser Begriff umfaßt folgendes: Damit die »AUBIS«-Unternehmer und ihre Firmen weich landen, gibt die Bank ihnen Geld für: 1. Die Mieten ihrer Firmensitze, insgesamt 4.000.000 Mark; 2. Leasingkosten (Mobiliar und Telefonanlagen) 494.000 Mark; 3. Personal- und Stillegungskosten, 7.079.000 Mark; Insgesamt: 11.573.000 Mark.

Und die »AUBIS«-Chefs selber können auch noch einmal kassieren: Werden weniger als siebzig Millionen Mark verbraucht, geht das Eingesparte bis zu einer Höhe von fünf Millionen Mark direkt an die Herren Wienhold und Neuling. Ein bißchen haften sollen die »AUBIS«-Chefs natürlich auch. Aber die entsprechenden Summe sinkt bis 2009 rasant auf nur noch vier Millionen Mark. Angesichts des »AUBIS«-Geschäftsvolumens dürften dies für Wienhold und Neuling die sprichwörtlichen »Peanuts« sein.

Mit entspannter Unschuldsmiene können Wienhold und Neuling nun verkünden, daß sie der Bank nicht einen Pfennig schuldig geblieben sind. »Kunststück«, könnte man sagen, aber das ist noch nicht alles. Teil des Deals ist noch etwas, was als »geduckte W-N-Rolle« in die Annalen Berlins eingehen könnte. Im Rahmen des Minus-Geschäfts mit den Platten befreit die BerlinHyp ihre beiden Großkunden auf elegante Weise auch noch von privaten Kreditlasten in Millionenhöhe.

Die Kunde davon erreicht am 20. Januar 2000 den gesamten Hyp-Vorstand. In einer E-mail schreibt Vorstandsmitglied Jürgen Noack seinen Kollegen: »Mit den Herren Wienhold u. Neuling konnten nunmehr folgende Vereinbarungen getroffen werden … 3. Die Privatdarlehen von N. u. W. werden aus dem Kaufpreis für den Nießbrauch mit abgedeckt.« Man ist voneinander abhängig, und man ist auch nett zueinander.

PDS-Fraktionschef Harald Wolf, Mitglied im »AUBIS«-Untersuchungsausschuß, kommentiert: »Diese privaten Darlehen hatten mit dem Plattenbaugeschäft gar nichts zu tun. Ihre Ablösung durch die Bank ist ein Geschenk.«

Das Wichtigste ist erst einmal gesichert. Jetzt kümmern sich die »AUBIS«-Chefs um ihre langfristige Versorgung. In Leipzig erhält der Wärmelieferant »ELPAG« einen neuen Geschäftsführer. Sven Asmus, im Zentrum der »AUBIS«-Gruppe zum Adlatus von Wienhold und Neuling aufgestiegen, übernimmt das Zepter. Er ist jetzt Herr über Geschäfte, Konten und Dokumente. Ausgerechnet in jenem Unternehmen, das »AUBIS« über fragwürdige Wärmelieferungsverträge bis 2013 Millionensummen in die Kasse spülen soll.

Ein Ex-Adlatus beim Goldesel: Mit dieser Personalie haben Wienhold und Neuling nach eigenen Angaben überhaupt nichts zu tun. Sie bestreiten jede Einflußnahme. Das wiederum glaubt die Staatsanwaltschaft überhaupt nicht. In dieser für »AUBIS« kritischen Phase im Jahr 2000 fließen von der »Dr. Ch. Neuling KG« schon mal gut eine Million ins Ausland. Am 14. März und am 4. April jeweils 500.753,03 Mark, am 15. Mai rund 600.000 Mark.

Das ist noch nicht alles. Wie die Staatsanwaltschaft feststellt, fließt Geld vom Wärmelieferanten »ELPAG« über Umwege direkt zu Wienhold und Neuling oder zu Firmen aus deren Einflußbereich. Hinweise darauf finden sich in Kontobelegen des Wärmelieferanten »ELPAG« und mehrerer »AUBIS«-Unternehmen, etwa der »Alpha Immobilien- und Beteiligungen KG«. Daraus ergibt sich, daß zwischen Mai und September 2000 knapp 1.967.662,00 DM von der »ELPAG« an die »Alpha« und vor dort auf die Konten von Wienhold und Neuling überwiesen wurden.

Ein Beispiel von vielen: Am 4. Mai 2000 gingen auf dem Konto der »Alpha« 592.782 Mark ein. Noch am selben Tag wird das Geld weitergeschoben. An jene beiden Geschäftsmänner, die in Bezug auf »ELPAG« »jede wirtschaftliche Beteiligung« abstreiten. Trotzdem landen auf den Konten der Unbeteiligten, Wienhold und

Neuling, jeweils 200.000 Mark. Und exakt 192.782,00 DM erreichen das Konto der »Wienhold/Dr. Neuling GbR«.

Immer wieder fließt auch Geld aus dem »AUBIS«-Reich ins Ausland. Solche Bewegungen tauchen später in einer Verdachtsmeldung der Zürcher Bank »Julius Bär & Co.AG« wegen »Verdachts der Geldwäsche betreffend die Firmen der ›AUBIS‹-Gruppe« auf. Aber nicht nur dort. Auch Lars Oliver Petroll sieht sich solche Daten regelmäßig mit wachsendem Interesse an. Ganz ordentlich legt er sich Streamer-Bänder an – Sicherungsbänder also, auf denen Firmen ihre wichtigsten Information abspeichern.

Wie es sich gehört, arbeitet Petroll ganz systematisch. Die Bänder werden professionell, wie auch bei Banken üblich, nach Wochentagen sortiert: »Montag, Dienstag, Mittwoch …«, dazu noch eine Beschriftung, die erklärt, worum es geht: »AUBIS«.

Für den jungen Aufsteiger hat die Immobiliengruppe keine Zukunft mehr. Außerdem juckt es ihm in den Fingern. Gut zwei Jahre war er fest angestellt. Jetzt, in der »AUBIS«-Krise, ist der Zeitpunkt gekommen, an dem Petroll sich Gedanken über seine Zukunft macht.

Den Wunsch, sich selbständig zu machen, hat er nie aufgegeben. Aber was tun? Der Geistesblitz kommt Petroll, als er aus seiner Wohnung in der Osnabrücker Straße auf die gegenüberliegende Seite guckt. Da sieht er Telefonzellen, vor denen Türken Schlange stehen. »Das muß doch unheimlich teuer sein«, denkt Petroll und: »Man müßte etwas anbieten, mit dem die Türken billiger in die Heimat telefonieren können.« Der Grundgedanke einer Geschäftsidee formt sich. Er könnte versuchen, übers Internet billig Telefonanlagen zu kaufen. Dann könnte er eine Mischung aus einem Internet-Café und einem günstigen Telefonservice anbieten. Noch ist es nur eine Idee. Der Name aber steht von Beginn an fest: »Pashatel«. Der Gedanke läßt ihn von nun an nicht mehr los. Bei »AUBIS« ist immer weniger zu tun. Er hat Zeit zum Nachdenken, zum Planen. Petroll erkundigt sich nach der nötigen Technik, sucht im Internet schon mal nach Schnäppchen. Seinem Computer-Freund Carsten Risken erzählt er von der Idee. Die allerdings habe einen Haken: »Türken kaufen nur bei Türken.« Er wird einen türkischen Partner brauchen.

Immer deutlicher setzt sich Petroll von seinem Arbeitgeber ab. Noch einmal macht er um den Jahreswechsel 2000/2001 einen Umzug mit. »AUBIS« ist deutlich kleiner, nachdem es mit dem Nießbrauchdeal die Nutzung und Vermarktung der Plattenbauten an Tochterfirmen der Bankgesellschaft abgetreten hat. Die Gruppe hat weniger Geld, braucht weniger Platz. Sie zieht aus dem »Airport Bureau Center« am Saatwinkler Damm wieder aus. Der Rückschritt ist nicht zu übersehen. Es geht zurück an den Anfang, in die »Linde«, die großzügige Villa in Neu-Westend. Auch hier ist Petroll für einen Großteil der Technik zuständig. Vor allem aber kümmert er sich um die Sicherheit. Petroll richtet Zugangscodes an Türen und Alarmanlagen ein.

Danach hat er zunehmend weniger mit »AUBIS« zu tun. Er arbeitet zwar noch für die Gruppe. Aber er hat jetzt eine besondere Vereinbarung: Petroll muß nicht mehr täglich zum Dienst. Er arbeitet nur noch auf Anforderung. Ansonsten kann er tun und lassen, was er möchte – bei voller Bezahlung. Ein gutes Leben. Doch die Dinge, die er bei »AUBIS« gesehen hat, lassen Petroll nicht los. Und er hat noch immer Schlüssel für die »Linde« – die er auch benutzt. »Lars ist noch öfters nachts in die ›Linde‹ gegangen, um sich um Dateien zu kümmern«, erinnert sich eine Bekannte. Klaus Wienhold und eine Partnerin wohnen schräg gegenüber, doch die Warnung, er solle sich dabei nicht ertappen lassen, wischt Petroll mit einer überzeugenden Antwort weg: »Wie sollen die mich erwischen. Ich habe die Sicherheitsanlagen doch selber eingebaut.«

Klaus-Rüdiger Landowsky hat schon bessere Jahreswechsel erlebt. Anfang 2001 ist der aufkommende Skandal mit den Plattenbaugeschäften Wienholds und Neulings nicht mehr zu vertuschen. Das Bundesamt für das Kreditwesen hat monatelang die Baufinanzierungsdeals der BerlinHyp geprüft, besonderes Augenmerk gilt dem »AUBIS«-Engagement. Schon im Januar sickern erste Gerüchte über die Prüfungsergebnisse durch: Rund 150 Millionen Mark an Wertberichtigungsbedarf droht der Bank als Folge der »AUBIS«-Geschäfte. Jetzt steigen auch die Medien groß in den Fall ein. »Das Plattenbau-Fiasko des Bankers Klaus-Rüdiger Landowsky« titelt die »Berliner Zeitung« am 30. Januar und ergänzt: »CDU-Fraktionschef verhalf Nachwuchsfunktionären zu Krediten in Millionenhöhe – das Projekt platzte«. Der »Tagesspiegel« meldet unter der Zeile »Der doppelte Landowsky«, daß die Opposition im Abgeordnetenhaus die Kreditvergabe an »AUBIS« prüfen will. Hat der CDU-Politiker und Banker seine beiden Positionen miteinander verquickt? Nur einen Tag später ist klar: Die SPD, im Berliner Senat Koalitionspartner der Christdemokraten, fordert einen Untersuchungsausschuß.

Das »AUBIS«-Karrussel nimmt Fahrt auf. Der führende Grünen-Politiker Wolfgang Wieland fordert das Bundesamt für das Kreditwesen auf, wegen des »Verdachts von schwerwiegenden Bilanzmanipulationen« einige Bankgesellschafts-Geschäfte zu prüfen. Die Presse schreibt über den »Einsturz des »AUBIS«-Imperiums«. Als Bündnis90/Die Grünen am 1. Februar eine Aktuelle Stunde zum Thema »Die Geschäfte der Bankgesellschaft – Milliardenverluste für das Land« durchsetzt, wird das Chaos offiziell. Finanzsenator Peter Kurth (CDU) bestätigt, daß die BerlinHyp Wertberichtigungen für »faule Kredite« in Höhe von 200 Millionen Mark vornehmen muß. Ein Großteil betrifft das »AUBIS«-Geschäft. Dennoch heißt es zu den kritischen Berichten gleich am nächsten Tag aus der Bankgesellschaft: Nichts als eine »Kampagne von links«.

Für die »AUBIS«-Chefs Wienhold und Neuling droht die öffentliche Aufarbeitung ihrer Unternehmungen zu einem Desaster zu werden. Es ist unübersehbar, daß die Umstände, unter denen sie ihre Kredite erhalten haben, schwerste politische Konsequenzen haben werden. Lars Oliver Petroll verschlingt in diesen Tagen die Tageszeitungen. Wie schnell stoßen die Recherchen auf den Kern jener fragwürdigen Geschäfte vor, zu denen er sich Daten beschafft hat? Und: Wieviel Unterstützung können die »AUBIS«-Chefs noch organisieren, wie viel Einfluß haben sie noch?

Mit großen Augen liest Petroll, was am 8. Februar ganz Berlin in ungläubiges Erstaunen versetzt: Der CDU-Machtpolitiker Klaus-Rüdiger Landowsky hat sich in seinem Vorstandsbüro in der Bank Geld geben lassen. Von »AUBIS«-Chef Klaus-Hermann Wienhold. 40.000 Mark in bar, in Tausendern. Das hat Landowsky zugegeben – und sich nach Mallorca verabschiedet, weil seine Frau sich dort eine Verletzung zugezogen hatte.

In diesen Tagen beginnt Petroll zu überlegen, was er mit seinen »AUBIS«-Unterlagen anfangen soll. Der Machtverfall seiner beiden Chefs und Landowskys macht es denkbar, das Material gegen »AUBIS« zu benutzen. Wienhold und Neuling kämpfen um ihren Ruf. In der »B.Z.« beteuert Wienhold: »Wir sind keine Hasardeure.« Daß ihre Sanierungskalkulationen unrealistisch niedrig angesetzt waren, wollen sie nicht wahrhaben. Entsprechende Berechnungen der Sanierungsgesellschaft S.T.E.R.N., die auf doppelt so hohe Kosten kommt, kommentiert Wienhold: »Die müssen besoffen sein.« Und dann sagt Dr. Christian Neuling etwas Erstaunliches zum Zustandekommen der Kredite: »Landowsky spielte zu keinem Zeitpunkt eine Rolle. Er war nicht zuständig, und wir haben ihn nie angesprochen.«

Trotz aller Medienarbeit, für die die »AUBIS«-Chefs sogar ihren alten Parteifreund, den Ex-Bundestagsabgeordneten Klaus-Joachim Kierey, einschalten, ist der Imageverlust unaufhaltsam. Landowsky und seine beiden Parteifreunde sind zum Stadtgespräch geworden – ihr Image bröckelt rasant. Auch das konservative Milieu der Stadt ist erschüttert. Der »Tagesspiegel« stellt fest: »In der CDU wächst die Unruhe über den CDU-Fraktionschef«. Landowsky merkt, daß es um alles geht. Um die Macht. Am 13. Februar kündigt der Banker Landowsky an, daß er seinen Posten als Vorstandschef der BerlinHyp aufgibt. CDU-Fraktionschef möchte er aber bleiben. Bei den Christdemokraten bricht der Kampf um die Nachfolge aus. Die Koalition treibt ihrem Ende entgegen.

Fast täglich fragen sich Bürger und Medien: »Wie konnte das geschehen? Solche Schulden? Solches Fehlverhalten?« Die »Welt« analysiert am 14. Februar nüchtern den Hintergrund. Unter dem Titel »Das Berliner Biotop – Bürgermeister, Baubranche, Banken« heißt es: »Vierzig Jahre war Berlin eine Insel. Die landespolitische Elite lernte sich in den sechziger Jahren beim Studium kennen … Nur, wer sich auf ein Netzwerk in einer der beiden Volksparteien stützen konnte, blieb in Berlin. Er machte dann Karriere entweder in der Politik oder in den Vorständen der landeseigenen Wohnungsbaugesellschaften, den Verkehrsbetrieben oder auch bei den Wasserwerken«. An diesem Tag beschäftigt sich erstmals der Bundestag mit der Affäre Bankgesellschaft Berlin.

Der Skandal entwickelt sich in rasendem Tempo. Die Grünen stellen Strafanzeige gegen Landowsky. Der Aufsichtsrat der Bankgesellschaft beschließt eine Sonderprüfung der »AUBIS«-Kredite. In diesem Moment muß Lars Oliver Petroll klar geworden sein, daß seine Informationen einmal entscheidende Bedeutung bekommen könnten. Er beginnt, die Dokumente noch einmal zu sichten und sich einen Überblick über die vorhandenen Daten zu verschaffen. Nebenbei arbeitet er an einem vielversprechenden Geschäftskonzept. Petroll will einen Internetservice aufbauen, dessen Vorbild er in den USA entdeckt hat. »Livehelper« soll Kunden per Internet Fragen zu allen möglichen Problemen beantworten: Vom angebrannten Blumenkohl und wie man ihn rettet, bis hin zu kompliziertesten Schwierigkeiten mit Computersystemen.

Carsten Risken, der alte Technik-Freund Petrolls, erlebt die Entstehung des Projekts mit. Er berät Petroll und bestätigt ihn in seinen Plänen. »Die Idee war Klasse und es war sehr wahrscheinlich, daß sich damit Geld verdienen ließe«, erinnert sich Risken. Wieder einmal ist Petroll mit seinen Ideen zum Einsatz modernster Technik weit vorne.

Währenddessen bestätigt ein »Tagesspiegel"-Interview vom 17. Februar mit den »AUBIS«-Chefs, wie wichtig sein Material auch für die strafrechtliche Bewertung des Falles ist. In dem Interview mit Ulrich Zawatka-Gerlach und Ralf Schönball geben sie die Opferrolle. Inhalt: Neu-Unternehmer machen mit Super-Idee Super-Geschäfte. Der Erfolg ist so groß, daß die in Schwierigkeiten steckende BerlinHyp nicht widerstehen kann. Sie entreißt ihren Kunden eine sprudelnde Geldquelle. Von wegen Probleme bei »AUBIS«! Von wegen Schieflage! Alles Quatsch! »Das Gegenteil ist der Fall«, sagt Klaus Wienhold. Das Unternehmen habe so lange gut verdient, bis die Bank die Auszahlung von Kreditsummen verzögerte und »AUBIS« so in die Klemme brachte. Auf 17 Millionen Mark hätten sich ihre »Forderungen« belaufen. Da fiel den Chefs etwas ein, was für Neuling »eigentlich ein ganz pragmatischer Vorschlag« war: Sie stoppten die Zinszahlungen für ihre laufenden Kredite. Warum die Bank die Zahlungen wohl eingestellt habe? »Ich weiß es nicht«, sagt Neuling, es sei eben »das übliche Spiel des Großen mit dem Kleinen« gewesen. Die Schuld für alles sehen die beiden Unternehmer offenbar bei den anderen. Warum das Bundesamt für das Kreditwesen Millionenrisiken bei den »AUBIS«-Wohnungen entdeckt habe? Klar: Diese Belastungen seien aufgetaucht, nachdem »AUBIS« seinen Bestand den Bankgesellschaftstöchtern übertragen habe. Nahezu unglaublich klingt es, wenn Neuling dazu sagt: »Auch uns war bereits aufgefallen, daß die Immoblientochter der Bankgesellschaft die halbfertigen Wohnblöcke unsaniert stehenließ. Jeder Wohnungswirtschaftler weiß, daß das einen enormen Schaden nach sich zieht.« Und das Duo betont wie so oft: »Wir haben keine Mark Schulden bei der BerlinHyp … Wir haben alles auf Heller und Pfennig zurückgezahlt.« Zweifellos glaubhaft ist eine Aussage Neulings, mit der er die Stärken der »AUBIS«-Chefs charakterisiert: »Da gibt es einen Typen Neuling, der sieht das analytisch und stringent. Dann gibt es einen Partner Wienhold, der sieht das emotionaler. Im geschäftlichen Leben gilt aber nur das Analytische.« Bemerkenswert, daß der Gefühlsmensch Klaus Wienhold großen Einfluß auf die »AUBIS«-Geschäftsabläufe hatte. Lars Oliver Petroll erkennt, daß es eine Beweisschlacht zwischen der BerlinHyp und »AUBIS« geben wird. Freunden erzählt er immer drastischer, wie schmuddelig bei »AUBIS« gehandelt werde – und wie hoch die »AUBIS«-Chefs im politischen Berlin angebunden sind.

Plötzlich ist »AUBIS« Teil des großen Minus-Spiels in Berlin. In der Öffentlichkeit kommen zu den Schreckensmeldungen über das Plattenbaugeschäft weitere Hiobsbotschaften: Die Bankgesellschaft insgesamt scheint wegen ungünstiger Geschäfte mit Immobilien-Fonds in schweres Wasser zu geraten. Finanzsenator Kurth verhängt eine Haushaltssperre. Der Grund ist das ausufernde Haushaltsdefizit von 700 Millionen Mark. Berlins Regierender Bürgermeister Eberhard Diepgen verlangt in der SFB-»Abendschau«, unter Streß und zur Freude vieler Zuschauer: »Bei der Bankgesellschaft und der BerlinHyp müssen die Hosen runter und alles auf den Tisch.«

Am 12. März 2001 wird endgültig unübersehbar, daß es für Landowsky um alles geht. »Diepgen und Landowsky lassen Geheimtreffen platzen. Namhafte CDU-Politiker wollen ihren Fraktionschef zum Rücktritt bewegen.« Einen Tag später durchsuchen Staatsanwälte und Kriminalbeamte die BerlinHyp. Medien berichten, daß Top-Manager der Bankgesellschaft in unternehmenseigenen Top-Villen – teilweise wurden sie auf Kosten der Bank nach Sonderwünschen umgebaut – zu Spottpreisen gewohnt haben. Der CDU-Ehrenrat empfiehlt in der »AUBIS«-Affäre einen scharfen Verweis gegen Klaus-Rüdiger Landowsky. Ende März orakelt die »Berliner Zeitung«: »›AUBIS‹ könnte für die BerlinHyp zur Falle werden«. Die Kreditrisiken aus dem Plattenbau-Geschäft addieren sich, so das Blatt, »auf 746 Millionen Mark«. Zwei Tage später, am 15. März, beschließt das Berliner Abgeordnetenhaus, zur Bankenaffäre einen Untersuchungsausschuß einzurichten. Schwerpunkt soll zunächst die Aufklärung des »AUBIS«-Komplexes sein.

Petroll sieht das Unternehmen vor dem Ende. Seiner Freundin Sabrina erzählt er später, wie er sich zum Schluß von den Geschäftspraktiken der Immobliengruppe abgestoßen fühlte. Gegenspieler der Firma würden unter Druck gesetzt. Dadurch sieht Petroll auch sich selbst in einer moralisch schwierigen Lage. Sabrina erinnert sich, daß er diffus mitteilt: »Ich habe Dinge getan, für die ich mich schämen müßte.« Und er hat große Datenmengen aus dem »AUBIS«-Bestand kopiert. Daß er den Wert des Materials richtig einschätzt, zeigt sich, als er Anfang 2001 prophezeit: »Die Staatsanwaltschaft wird denen auch noch auf die Füße treten.« Wann, darüber werde die politische Entwicklung entscheiden.

In diesen Tagen genießt Lars Oliver Petroll seine neue Freiheit in vollen Zügen. Zunächst fliegt er in die USA. Er will für »Livehelper« Kontakte aufbauen und sich ansehen, wie sich das Konzept in der Praxis umsetzen läßt, welche Probleme und Chancen es gibt. In den Vereinigten Staaten ist ein »Livehelper«-Service längst Standard. Kunden können sich zwischen verschiedenen Service-Paketen entscheiden, je nachdem ob sie Normalverbraucher sind oder es geschäftlich brauchen. Jedes Paket enthält Dutzende von Beratungs- und Kontaktmöglichkeiten. Die Preise liegen jeweils zwischen zehn und 200 Dollar im Monat. Eine ernstzunehmende und erfolgreiche Geschäftsidee. Petroll kalkuliert die Idee für Deutschland detailliert durch. Sein Ergebnis: Das Konzept wird laufen. Er beauftragt einen Juristen damit, seine Rechte an der Idee abzusichern und Vertragsentwürfe vorzubereiten. Der Rechtsanwalt ist beeindruckt: Er sieht, daß die Geschäftsidee modern und vielversprechend ist. Die US-Kontakte Petrolls überzeugen ihn. Für ihn ist klar, Petroll will sein Leben als Angestellter aufgeben und sich mit einer guten Geschäftsidee selbständig machen.

Nach seiner Rückkehr fährt Petroll zur »Cebit« in Hannover. Für ihn ist die Computermesse ein wichtiger Informationspool für »Pashatel« und »Livehelper«. Was ihn außerdem noch anzieht: Zu den Highlights gehören Neuheiten zum Aufbau von Netzwerken, innovative Systeme für Internet-Anbindungen von Firmen und für den permanenten Zugriff auf Daten via Internet. Für Petroll ist die Welt der »Cebit« faszinierend – und richtungsweisend für seine eigene Zukunft. Seine Idee, den Internet- und Telefonservice »Pashatel« für Türken aufzubauen, will er nun umsetzen – es soll neben dem »Livehelper«-Konzept ein zweites Standbein werden. Auf der »Cebit« informiert er sich über die Preise für Telefonanlagen und Internetlösungen. Den Blick für das Schöne verliert er dabei nicht. An einem Stand lernt er eine Studentin aus Israel kennen. Die beiden machen Späße, flirten, sie verstehen sich in diesen Tagen zwischen dem 22. und 28. März, sie verlieben sich. Maltea, eine Tochter aus dem gehobenen, intellektuellen Bürgertum, mag Petrolls Spontaneität, seine Lebenslust, seinen Humor. Beide empfinden die wenigen Tage als wunderschön. Doch mit dem Ende der Messe endet auch die Beziehung. Maltea soll allerdings später, in den dramatischen Herbsttagen des Lars Oliver Petroll, noch eine wichtige Rolle spielen.

Als er einige Tage später nach einem Abstecher zu Freunden in Hamburg wieder in Berlin eintrifft, ist »AUBIS« wieder groß in den Schlagzeilen. Der »Spiegel« berichtet am 2. April unter der Zeile »Dubiose Praktiken« darüber, daß die BerlinHyp auch dann noch zu »AUBIS« hielt, als sie über den internen Bericht der Wirtschaftsprüfer von »KPMG« längst von »dubiosen Geschäftspraktiken« wußte. Aus den Großkrediten der BerlinHyp sei die Verwendung von zwanzig Millionen nicht aufzuklären. Weitere 17,9 Millionen Mark hätten Wienhold und Neuling als »Provisonszahlungen« kassiert – aus ihrem eigenen Kredit. Geld, das nicht in die Platten geflossen ist. Die Wirtschaftsprüfer sprechen in ihrem Papier von einer »völligen Undurchschaubarkeit und Unkontrollierbarkeit des Beziehungsgeflechtes zwischen den verbundenen Unternehmen«.

Am gleichen Tag tauchen Berichte auf, nach denen die BerlinHyp ihre Kredite an »AUBIS« vergeben hat, obwohl Warnungen aus der eigenen Kreditabteilung vorlagen. Die Wertberichtigungen aus diesem Geschäft liegen jetzt bei 193 Millionen Mark. In den folgenden Tagen kommen immer mehr pikante Details über die Bankgesellschaft an den Tag. Zum Beispiel, daß Klaus-Rüdiger Landowsky eben doch persönlich an Kreditentscheidungen zugunsten von »AUBIS« beteiligt war. Dagegen hatte Landowsky in Über-

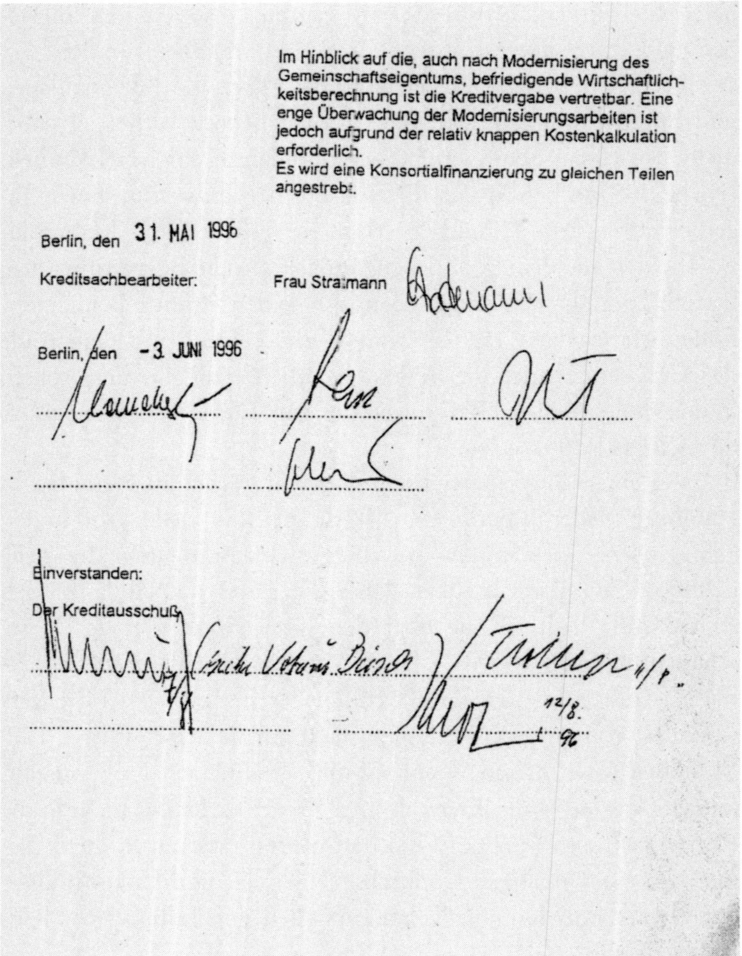

Im Hinblick auf die, auch nach Modernisierung des Gemeinschaftseigentums, befriedigende Wirtschaftlichkeitsberechnung ist die Kreditvergabe vertretbar. Eine enge Überwachung der Modernisierungsarbeiten ist jedoch aufgrund der relativ knappen Kostenkalkulation erforderlich.
Es wird eine Konsortialfinanzierung zu gleichen Teilen angestrebt.

Berlin, den 31. MAI 1996

Kreditsachbearbeiter: Frau Stratmann

Berlin, den -3. JUNI 1996

Einverstanden:

Der Kreditausschuß

7

Unterschrift von Klaus-Rüdiger Landowsky für eine Kreditvergabe über ein Darlehen von insgesamt 37 Millionen Mark einstimmung mit seinen Parteifreunden von »AUBIS« stets bestritten, jemals unmittelbar an Kreditvergaben zugunsten der Plattenbaugruppe beteiligt gewesen zu sein.

Lars Oliver Petroll hat sich inzwischen entschlossen, sein gesammeltes »AUBIS«-Wissen zu verkaufen. Es gibt keinen Zweifel mehr, wie wertvoll sein Material für die Staatsanwaltschaft, die Bankgesellschaft und auch für Medien ist. Bei einem seiner nächtlichen Streifzüge lernt Lars Oliver Petroll im »Delicious Doughnuts« die Kellnerin Sabrina Weiser kennen: »Olli war ein lieber Kerl und anhänglich. Und er war ein sehr sensibler Mensch«, berichtet sie. Sabrina hat den Eindruck, daß Oliver ab und zu ein wenig kokst. Ein kleines Vergnügen, das sich der ein oder andere Barbesucher gönnt. Petroll kommt häufiger in die Bar. Der Computerfreak mit dem strahlenden Lachen und die Kellnerin, sie verlieben sich. Was Sabrina Weiser schnell auffällt, sind die etlichen Handys, mit denen »Olli«, wie sie ihn nennt, ständig hantiert. Dazu ein Laptop und ein »Cassiopeia«, der etwa 2200 Mark gekostet hat. Weiser erinnert es so: »Er war verliebt in diesen Kram.«

Irgendwann in diesen Tagen erzählt er ihr von »AUBIS«. Er berichtet über »diese ganzen Geschichten mit den unsauberen Geschäften. daß es um sehr viel Geld ging, und daß die ›AUBIS‹-Leute mit den mächtigsten Männern in Berlin unter einer Decke stecken«. Petroll sagt ihr, daß er einen großen Plan hat. Von Beginn seiner Arbeit bei »AUBIS« an habe er von vielen wichtigen Dateien Kopien gezogen. Offenbar hat er das Gefühl, er müsse bei der Umsetzung seines Plans vorsichtig sein. Denn er erzählt ihr von einem wilden Gerücht, das bezeichnend für die ungesunde Stimmung innerhalb der »AUBIS«-Belegschaft ist: »AUBIS«-Mitarbeiter hätten angeblich in den vergangenen Monaten versucht, Angestellte von Fremdfirmen, die für »AUBIS« gearbeitet hatten, bzw. deren Familien, unter Druck zu setzen, da diese fragwürdigen »AUBIS«-Geschäften auf die Spur gekommen seien. Sabrina hält solche Geschichten für übertrieben. Was sie nicht weiß: Zumindest ein Mitarbeiter einer solchen Fremdfirma fühlte sich beobachtet. Der Mann erinnert sich, wie eines Tages ein Kastenwagen vor seinem Haus hielt, scheinbar ohne Anlaß. Als seine Frau an dem Wagen vorbeiging, habe der Fahrer betont deutlich in sein Handy gesprochen – und detailliert das Grundstück beschrieben: Ich bin jetzt vor dem Haus, der Zaun ist soundso hoch.

Außerdem sprechen Mitarbeiter von angeblichen Überwachungsaktionen. Selbst vor der BerlinHyp soll angeblich kontrolliert werden, wer bei der Bank ein- und ausgeht. Alles klassischer Flurfunk. Wenn er etwas ausdrückt, dann die Tatsache, daß zumindest ein Teil der »AUBIS«-Mitarbeiter stark verunsichert ist und der Unternehmensführung mißtrauisch gegenübersteht.

Auf jeden Fall bereitet Petroll seine Zukunft ohne »AUBIS« vor. Für seinen »Pashatel«-Telefonservice sucht er (»Türken kaufen bei Türken«) einen türkischen Partner. Jemanden, der die Kontakte zu den Türken, der »Pashatel«-Zielgruppe, aufbauen kann, den sie als Ansprechpartner akzeptieren. Jetzt, Anfang April, lernt er in Charlottenburg Cengiz, einen jungen Türken, in seinem Döner-Imbiß kennen. Es ist früh morgens, als Lars Oliver das kleine Restaurant betritt. Cengiz und er mögen sich sofort, sie unterhalten sich lange. »Ein sehr liebenswürdiger Mensch und sehr offen«, erinnert sich Cengiz. Lars Oliver Petroll kommt jetzt öfter. Immer gut angezogen, fährt er oft mit großen Autos vor, mit einem Jeep Grand Cherokee, einem Saab Cabrio oder einem BMW X5. Er ist großzügig, läßt Cengiz mit allen Wagen eine Spritztour machen: »Und er schenkte mir einfach so ein Handy. Lars hatte ja immer mindestens zwei dabei. Ein silbernes Siemens SL24, und ein Nokia 6210. Das Nokia fand ich Klasse. Da hat er mir auch eines gegeben.« Die beiden ziehen häufig gemeinsam los. Tagsüber hat Petroll nie viel Zeit. Aber eines Tages erzählt er Cengiz von seiner Geschäftsidee, von »Pashatel«. Der Türke ist überzeugt: »Das Konzept kann aufgehen.«

Lars Oliver Petroll, 2001

Obwohl er mit seinem eigenen Geschäft eigentlich ausgelastet ist, sagt Cengiz: »Ich mache mit.« Zufällig ist in der Osnabrücker Straße ein Laden frei: drei Räume mit Küche und WC. »Den nehmen wir«, beschließen die beiden. Der Laden ist rund achtzig Quadratmeter groß, vereinbarter Einzugstermin ist der 1. Juli 2001.

Lars Oliver stürzt sich in die Arbeit. Der Laden muß renoviert werden. Und er soll modern aussehen, einladend. Petroll besorgt Rigipsplatten, Glastüren, Leitern, Farbe. Er überzieht sein Konto. Dort geht zwar noch immer sein »AUBIS«-Gehalt ein, aber für diese Kosten reicht es nicht. Petroll ist klar, daß die technische Ausrüstung noch sehr viel mehr kosten wird. Er sucht im Internet nach günstigen Angeboten, bietet bei »eBay« um Computer mit. Nach und nach vervollständigt er die für seinen Internet- und Telefonservice notwendige Ausrüstung. Er bestellt fünf Computer, Monitore, Drucker, mindestens acht Telefonzellen und die dazugehörigen Telefone. Er legt sich Profigeräte zu. Unter anderem eine Siemens Hicom 150-Telefonanlage. Mit ihr kann er nicht nur die Anschlüsse einrichten; sie erfaßt auch automatisch die Gebühren der einzelnen Kunden und kann für die Abrechnung genutzt werden. Die Geräte und Anlagen sind teuer. Allein die Siemens-Anlage kostet Tausende von Mark. Das Konto Petrolls ist massiv überzogen. Um einen Kredit für die Unternehmensgründung zu bekommen, will er sich mit seinem Berater bei der Commerzbank in Hamburg treffen. In das Fenster des Ladens hängt Petroll ein Schild: »Hier eröffnet demnächst das Internetcafe ›Pashatel‹«.

Mit seinen engsten Vertrauten bei »AUBIS« hat Petroll weiterhin Kontakt. Am 10. Mai 2001 ist er offensichtlich mit Sven Asmus verabredet, dem Chef des wärmeliefernden Goldesels »ELPAG«. Von der Handynummer 0173 219 4850, unter der Asmus in diesen Tagen zu erreichen ist, erhält Petroll eine SMS: »Dauert noch, geh essen. Wir treffen noch wen.« Die Nähe zu Asmus fällt Freunden auf. Ihr Eindruck ist: Da sind zwei befreundet, aber das ist eher wie in einer Zweckehe. Man braucht sich, weil man gemeinsame Pläne hat.

Trotz seiner Zukunftsideen verfolgt Petroll die politische Entwicklung in Berlin genau. Der Bankenskandal bietet nahezu täglich neue, dramatische Schlagzeilen. Gerade wieder haben Zeitungen berichtet, daß Millionensummen aus den »AUBIS«-Krediten letztlich bei den Managern Wienhold und Neuling gelandet seien. Es haben anscheinend auch andere Interesse an sensiblen Daten aus der Bankgesellschaft. Innerhalb weniger Tage wird gleich zweimal bei deren Tochterfirmen eingebrochen. Erste Meldungen am 17. Mai besagen, daß die Einbrecher sich für Daten interessiert haben, die für den Untersuchungsausschuß wichtig sind.

In diesen Tagen mietet sich Sven Asmus, der ehemalige »AUBIS«-Mitarbeiter (er galt als rechte Hand der Chefs) und jetzige Chef der »ELPAG«, in Berlin eine Wohnung: in der Reichsstraße 87 in Neu-Westend in einem renovierten dreißiger Jahre Rundbau mit vierzig kleinen Unterkünften. Die Mini-Appartements sind nach vorne zur lauten Straße mit verglasten Laubengängen versehen, zum Hof hin sind neue Balkone angebaut. So ist man einer unter vielen und ganz in der Nähe der »AUBIS«-Zentrale an der Lindenallee. Diese Wohnung gilt offiziell als Betriebswohnung der »ELPAG«. Dort befinden sich allerdings nach Ermittlungen der Staatsanwaltschaft keine Geschäftsunterlagen der »ELPAG«. Dafür entdecken Ermittler später in den Räumen viele Akten der »AUBIS«-Gruppe sowie Kontounterlagen von »AUBIS«-Chef Wienhold.

Petroll konzentriert sich neben der Arbeit für »Pashatel« und »Livehelper« zunehmend auf den »AUBIS«-Komplex. Er ist mit seiner Festplatte unterwegs und mit seinem »Cassiopeia« und überlegt nach Erinnerung Sabrinas, wie er aus seinem Material Kapital schlagen kann. Zu dieser Zeit erlebt Berlin das vielleicht schwerste politische Beben der Nachkriegszeit.

Am 15. Mai tritt Klaus-Rüdiger Landowsky vom Fraktionsvorsitz der CDU-Fraktion im Abgeordnetenhaus zurück. Jahrzehntelang hat er gemeinsam mit Eberhard Diepgen den politischen Kurs Berlins maßgeblich gesteuert. Über seine Netzwerke konnte er weitgehend mitbestimmen, wer in Berlin welche Spitzenposten erhielt. Als Politiker, Banker, Mäzen, Mitglied im SFB-Rundfunkrat, Mitglied im Stiftungsrat der Deutschen Klassenlotterie, über die Millionenbeträge verteilt werden, als Mitglied etlicher Vereine und Stiftungen war Landowsky immer im Spiel, wenn in Berlin über wichtige, teure oder große Dinge entschieden wurde. Und nun gibt dieser Machtpolitiker, der über Schicksale entscheiden konnte, nach seinem Vorstandsposten in der BerlinHyp auch sein politisches Standbein auf! Er sitzt nicht mehr an der Geldquelle. Und er kann politisch nicht mehr selber mitspielen. Es ist absehbar, daß sein Bedeutungsverlust noch weiter gehen wird. Und auch sein alter Weggefährte, Bürgermeister Eberhard Diepgen, steht vor dem Fall. Im Parlament zeichnet sich eine breite Mehrheit aus SPD, Bündnis90/Grüne und PDS ab, die Diepgen stürzen will. Die konservativen Netzwerke sind erschüttert. Im Berliner Gesellschaftsspiel um Posten, Macht und irdische Güter ändern sich die Regeln. Wenn es einen Zeitpunkt gibt, an dem die Bereitschaft zum Aufräumen mit Filz, Absahnerei und zweifelhaften Vermögen vorhanden ist, dann jetzt. Wie sehr Landowsky selber sich bedroht fühlt, zeigt sich am 18. Mai vor dem »AUBIS«-Untersuchungsausschuß. Abgesehen von einigen Allgemeinplätzen verweigert Landowsky die Aussage. Die Nachricht verbreiten alle Sender, sie ist Stadtgespräch.

An diesem Tag trainiert Petroll zunächst im Fitness-Center »Elixia« am Borsigturm im Bezirk Tegel. Am Abend geht er dann in den Firmensitz, die »Linde«, nachdem die »AUBIS«-Mitarbeiter Feierabend gemacht haben. Er will seine »AUBIS«-Daten vervollständigen. Petroll schaltet die Alarmanlage aus, loggt sich in das EDV-Netz ein und beginnt, interne Daten zu kopieren. Während er sich durch die Zahlenwerke, Schreiben und Verträge kämpft, wird ihm offenbar die ganze Absurdität des Unternehmens »AUBIS« mit all seinem Prunk und Protz bewußt. Gegen 19 Uhr hat er auf dem Bildschirm einen Text für den Beratervertrag der »AUBIS-Konzept GmbH« mit ihrer Anwaltskanzlei vom 1. April 1998 vor Augen. Da ist von wichtigen Aufgaben, von Honoraren und Verschwiegenheit die Rede. Petroll macht sich einen Jux: Auf dem »AUBIS«-Computer entwirft er einen Vertrag für sich selbst, den:

HERR PETROLLVERTRAG

zwischen der Firma

Lindenallee
14050 Berlin

gesetzlich vertreten durch ihren Geschäftsführer
Herrn

- in folgenden Firma genannt -

und dem

Mustafa Pascha el Petrollo Ibrahim Garlet
Wohnhaft mal hier mal da, nirgendwo lange
Indien

wird nachfolgender Herr Petrollvertrag geschlossen:

§ 1
Vertragsgegenstand

1) Der Herr Petroll wird die Firma in den nachstehend aufgeführten Gebieten sachkundig beraten:

Die Beratung umfaßt vor allem folgende Gebiete:

Umgang mit Schußwaffen
Abhörtechniken
Plastiksprengstoffe
Benutzung von Frauen als Datenträger und Auskunftsterminals
Fahren und Trinken am Limit
„Sehen" von Gespenstern
Vernichtung von Geldern in unsinnigen Projekten
Schulung in absolut sicherem Auftreten bei grenzenloser Ahnungslosigkeit

2) Die Vertretung erfolgt durch Generalvollmacht, es sei denn, der Vollzug von Rechtshandlungen erfordert die Vorlage einer Einzelvollmacht.

§ 2
Ort und Zeit der Tätigkeit

1) Herr Petroll und die Firma werden Ort und Zeit der Tätigkeit von Fall zu Fall vereinbaren.

2) Liegt keine Vereinbarung vor, bestimmen sich Ort und Zeit nach pflichtgemäßen Ermessen.

§ 3
Vergütung

1) Herr Petroll erhält von der Firma ein Honorar in Höhe von DM 2000,00 pro Stunde zzgl. der gesetzlichen Mehrwertsteuer. Die Beratungsleistungen werden mündlich **(oral) !!!**, schriftlich oder telefonisch erbracht.

2) Herr Petroll steht der Firma vorläufig 1 Stunde pro Woche (zur Teilnahme an Besprechungen, Beratung, **Einspielung von Viren** u. ä.) zur Verfügung. Die monatliche Gesamtsumme von **DM 100.000,00 zzgl. der gesetzlichen Mehrwertsteuer** wird auch für den Fall vereinbart, daß die Firma die vereinbarte Stundenzahl nicht in Anspruch nimmt **oder Herr Petroll keinen Bock hat!!!**.

3) Außerhalb der Pauschalvergütung liegen Tätigkeiten, die ihrem Umfang oder ihrer Bedeutung nach so über den allgemeinen Rahmen einer laufenden Beratungstätigkeit hinausgehen, daß ihre Einbeziehung dem Charakter einer pauschalen Vergütung widersprechen würde.

4) Die Parteien werden die Angemessenheit des Honorars nach Ablauf von einem Jahr überprüfen und dieses gegebenenfalls neu festsetzen.

5) Außergewöhnliche Leistungen **(Marathontrinken, Kifferpartys, Orgien auf Betriebskosten, 24h durchgängiges Ferrarifahren)** werden besonders honoriert. Dieses Honorar wird indes nur bezahlt, wenn die Parteien sich über die gesonderte Honorierung und deren Höhe vor Erstellung der Leistung schriftlich geeinigt haben.

6) Soweit zur Erfüllung der Mandate besondere sowie andere Spezialkenntnisse erforderlich sind **(was in der Praxis wohl eher unwahrscheinlich ist)**, kann Herr Petroll nach Abstimmung mit der Firma Dritte zur Erfüllung heranziehen. In diesem Fall gilt als vereinbart, daß die Leistungen der Dritten durch die Firma direkt vergütet werden und das Honorar von Herrn Petroll sich lediglich nach dem erforderlichen Koordinierungsaufwand bemißt.

Auf Seite drei des Vertrages hat er ebenfalls einen bemerkenswerten Einfall: Das Geld geht auf das Konto 08/15 bei der »Schwarzkasse Schweizer Eidgenossen.« Herr Petroll darf sich Dritte zur Hilfe nehmen, falls für seine Arbeit Spezialkenntnisse erforderlich sind, »was in der Praxis wohl eher unwahrscheinlich ist«. Unterschrieben werden soll der Vertrag von Lars Oliver Petroll (Berater) und von Bruno Windig (Geschäftsführer).

Sein Spaßdokument kopiert er auf eine Diskette. Ebenso wie »AUBIS«-Geschäftsdaten und Zeugnisse, die Hannelore Pottmann einer Reihe von Mitarbeitern ausgestellt hat. Stundenlang sitzt Petroll in der »Linde«. Drei Jahre lang hat er für das Unternehmen gearbeitet. Doch angesichts der Datenmenge und der nahezu unüberschaubaren »AUBIS«-Struktur braucht selbst Petroll einige Zeit, um relevante Unterlagen und Dokumente herauszufiltern.

Auch an den folgenden Abenden wagt sich Petroll wieder in die »Linde«. Er kann sich zwar auch per Internet in das System einwählen. Doch besonders die Sicherungskopien lassen sich direkt am System schneller und zuverlässiger erstellen. Petroll speichert sich Informationen – und beginnt zu Hause, mit den auf Disketten gespeicherten Daten zu arbeiten und sie zu benutzen. Seine typische Vorgehensweise ist, daß er die wichtigsten Informationen sofort auf seine Wechselrahmen-Festplatte speichert. Zur Sicherheit, seine Festplatte hat er immer bei sich. Denn von seinen Schlüsseldaten über das Plattenbauunternehmen will er sich auf keinen Fall trennen. Er hofft, mit seinem Wissen Geld zu machen.

In diesen Tagen empfindet Petroll seine Lage offenbar als zunehmend unheimlich. Er sagt Freunden und Bekannten, daß er bedroht sei. Er habe Angst um sein Leben. Am 23. Mai erhält Petroll eine Antwort auf seine Sorgen, per SMS. Auf seinem Nokia 6210 erscheint die Frage: »Warum soll dich einer killen?« Wer diese SMS abgeschickt hat, läßt sich später nicht mehr rekonstruieren. Unter der angegebenen Absendenummer meldet sich niemand. Kurze Zeit später kommt eine Nachricht von 0173-2194650, –»ELPAG«-Geschäftsführer Sven Asmus. Im Befehlston heißt es: »Ruf Jörg an. Jetzt!«

Wie aus einer anderen SMS hervorgeht, soll Petroll an diesem Tag bei »AUBIS« Software programmieren. Doch er erscheint nicht. Der Grund ist einfach: Genau an diesem Tag hat Petroll seinen Termin bei der Commerzbank-Filiale am Stubbenhuk im Hamburger Hafen, um einen Raten-Kreditvertrag über 50.000 Mark zu unterschreiben. Sein Konto ist nach dem Einkauf der »Pashatel«-Ausstattung mit 46,458,77 Mark im Minus. Für den Sachbearbeiter der Bank kein Problem. Sein Kunde hat feste Arbeit. Die zur »AUBIS«-Gruppe gehörende »Protecta Hausverwaltung GmbH« (Geschäftsführer: Christian Neuling) bestätigt, daß sich Petroll »in einem ungekündigten Arbeitsverhältnis« befindet. Obwohl er in der »Linde« offiziell nur noch sehr selten präsent ist, verdient er für seine »Beratertätigkeit« 5000 Mark brutto. Den Kredit muß er in monatlichen Raten von 953 Mark zurückzahlen. Eine Investition in die Zukunft.

Trotz dieses Ergebnisses ist Petroll nicht in bester Stimmung. Er übernachtet einige Tage bei einem türkischen Freund namens Hakan im Randbereich von St. Pauli. Ihm deutet er an, daß er sich verfolgt fühlt: »Er hatte Angst vor jemandem aus seiner Firma.« Am 25. Mai meldet der »Sender Freies Berlin«: »›AUBIS‹-Millionen möglicherweise in dunkle Kanäle versickert.« Eberhard Diepgen bereitet die Stadt auf weitere Schulden als Folge der Bankenkrise vor. Lars Oliver Petroll fährt von Hamburg wieder zurück nach Berlin. Dort erreicht ihn am 30. Mai eine SMS von Sven Asmus. Petroll soll seine Nachricht wiederholen, Asmus habe seine Informationen »gelöscht«.

Noch mehrfach verständigen sie sich über ihre Handys. Die beiden jungen Männer sind gut miteinander bekannt. Sie haben beide intime Kenntnisse des »AUBIS«-Geschäftsgebarens. Petroll hat wie immer die brisantesten Daten bei sich. Auf dem Handy, auf seiner Festplatte oder gespeichert auf dem Chip seines »Cassiopeias«. Über den Umgang mit diesen Datenträgern gibt es offenbar eine Auseinandersetzung zwischen Asmus und Petroll. An diesem 30. Mai fragt Asmus um 16.34 Uhr per SMS: »Ich habe den Chip vom ›Cassiopeia‹?« Und einen Tag später erneut eine Nachfrage von Sven Asmus: »Ist bei dir alles noch okay? Ich habe noch keine mail.«

Die offiziellen Ermittlungen im Bankenskandal treten auf der Stelle. Die zu schlecht ausgestattete Staatsanwaltschaft ist mit dem riesigen Wirtschaftskomplex überfordert. Die Bankgesellschaft Berlin scheint zwischen rückhaltloser Aufklärung und Image-Restbewahrung zu schwanken. Der Untersuchungsausschuß stößt bei seinen Befragungen von Beteiligten und Zeugen schnell an rechtliche Grenzen. Im Saal 113 des Abgeordnetenhauses spielen sich absurde Szenen ab. Am 8. Juni um neun Uhr tritt der stellvertretende BerlinHyp-Vorstandschef Joachim Noack auf. Er gibt eine kurze Erklärung ab, deren Kern lautet: »Zum größten Teil des ›AUBIS‹-Komplexes kann ich schon deshalb nichts sagen, weil ich erst in den Vorstand kam, als wesentliche Teile des Kredit-Engagements bei ›AUBIS‹ schon beschlossen waren.« Ansonsten verweigert er die Aussage, um sich angesichts laufender staatsanwaltlicher Ermittlungen nicht möglicherweise selbst zu belasten.

Noack sagt nicht, wann genau er bei der BerlinHyp angefangen hat. Eigentlich will er auch nicht sagen, daß er überhaupt für die Bank gearbeitet habe. Allerdings gibt er zu: »Aus meiner vorherigen Äußerung läßt sich schließen, daß ich bei der Bank gearbeitet hatte oder habe.« Soweit der ehemalige Vize-Chef der BerlinHyp. Der Ausschuß-Vorsitzende Klaus Uwe Benneter nickt und formuliert süffisant: »Diese Logik teile ich.« Die anderen Mitglieder des Gremiums dagegen schäumen. PDS-Mann Bernd Holtfreter bekommt angesichts der Aussageverweigerung das Gefühl, es mit »einer Art kriminellen Vereinigung zu tun zu haben.« Und der Bündnisgrüne Wolfgang Wieland ergänzt: »Nur wenn es um mafiaähnliche Strukturen geht, kann es sein, daß die Beantwortung einfachster Fragen strafrechtliche Folgen für die Zeugen haben könnte.«

Ungeachtet aller Kritik: Die »Mauer des Schweigens« steht. Nicht ein einziger BerlinHyp-Vorstand sagt Erhellendes über das aus, was er in dem Berliner Geldinstitut getan hat.

Am Nachmittag dieses 8. Juni betritt der CDU-Politiker Landowsky das Abgeordnetenhaus. Er ist auf dem Weg zur Sitzung des

CDU-Landesvorstandes. Schon jetzt hat er alle Ämter verloren – den CDU-Fraktionsvorsitz, den Vorsitz der G-10-Kommission zur Kontrolle des Geheimdienstes, den Sitz im SFB-Rundfunkrat. Und auch den Posten im Stiftungsrat der Deutschen Klassenlotterie hat er aufgegeben. Jetzt ist er noch stellvertretender Berliner CDU-Parteichef. Doch er weiß, was er zu tun hat. Um 17.14 Uhr meldet er sich zu Wort: Es sei für ihn selbst und für seine Partei das Beste, wenn er sich zurückziehe. Sein jahrzehntelanger politischer Weggefährte Diepgen reagiert preußisch knapp: »Vielen Dank, Klaus Landowsky«.

Petroll und sein Freund Cengiz hören diese Nachricht, als sie im Laden an der Osnabrücker Straße renovieren. Petroll erzählt Cengiz, daß er über seine Kontakte zu »AUBIS« noch zwei Handwerker organisiert hat, die mithelfen werden. Aber noch sind die beiden alleine. Die Räume sind heruntergekommen, der Vormieter hatte sie nicht renoviert. Als erstes reißen sie die Tapeten von der Wand und mischen blaue Farbe an. »Leider hat das nicht so geklappt, die Komposition ist uns nicht ganz gelungen«, sagt Cengiz. Er muß neue Farbe besorgen und soll gleich anderes Baumaterial mitbringen. Petroll schickt ihn zum Baumarkt »Kluwe« in Charlottenburg – dort gebe es für »AubiBau« Prozente. Doch als Cengiz an der Kasse »AubiBau« sagt, hilft das wenig. Erst als er den Namen »Petroll« erwähnt, bekommt er die Prozente. Zurück in der Osnabrücker Straße, sind auch die beiden Handwerker da. Sie helfen einige Stunden mit, dann verschwinden sie wieder.

Petroll will den Fortschritt der Arbeiten im Laden festhalten. Wie immer hat er seine Digitalkamera dabei, eine »Canon G-1«. Das rund 1200 Mark teure Gerät ist die erste halbprofessionelle Digitalkamera, die auch für Amateure gut handhabbar ist. Stück für Stück fotografiert Petroll die Räume. Typische Baustellenszenen: herumstehende Leitern, Farbeimer, Bretter. Die Bilder sind Teil der tagebuchartigen Bildarchive, die Petroll sich anlegt. Auf dem 128-Megabyte-Chip seiner »Canon« ist Platz für 160 Aufnahmen. Die besten Bilder lädt er mit seiner Compactflashcard auf seinen »Cassiopeia«, um Platz für neue Aufnahmen zu haben.

Nachdem es anfangs gut vorangeht, zeigt sich, daß Cengiz sich übernommen hat. Seine Familie, die am Imbiß mitbeteiligt ist, drängt ihn, sich auf das eigene Geschäft zu konzentrieren. Mitte Juni setzen sich Petroll und Cengiz zusammen. Im Imbiß besprechen sie den Ausstieg Cengiz': »Wir sind ohne Streit oder schlechtes Gefühl auseinandergegangen. Lars Oliver machte alleine weiter.« Anschließend holt Cengiz seine Sachen aus dem Laden. Er betritt ihn danach nie wieder.

Petroll überlegt noch, wie er den »Pashatel«-Ausbau organisieren kann, als ihn eine Nachricht elektrisiert: »Staatsanwalt im Hause ›AUBIS‹« titelt die »Berliner Morgenpost« am 14. Juni. Ermittler hätten »an 16 Orten in Berlin und den fünf neuen Ländern umfassendes Beweismaterial sichergestellt.« Auch bei Christian Neuling tauchen um zehn Uhr Fahnder auf. Doch als die Beamten an der Tür des Reihenendhauses klingeln, öffnet eine angebliche Haushaltshilfe. Neuling ist nicht zu Hause. Die Dame weigert sich trotz des Durchsuchungsbeschlusses, die Ermittler ins Haus zu lassen. Sie ruft den Rechtsanwalt Neulings an. Erst als der eintrifft, kommen die Beamten ins Haus. Laut ihrem Bericht finden sie ausser wenigen »Hemden und ein wenig Unterwäsche in den Schränken« kaum etwas. Nur in einem Nebengelaß, »unterhalb eines dort angebrachten Waschbeckens« entdecken sie Bankunterlagen mit Daten zu drei verschiedenen Privatkonten.

Dann taucht Neuling persönlich auf und erklärt, er habe noch eine andere Wohnung. Mit den Ermittlern fährt er dorthin. Die Unterkunft »besteht aus zwei relativ spärlich möblierten Zimmern, Küche und Bad«. Neuling gibt an, diese Zweit-Wohnung habe er auch, um von dort als passionierter Langstreckenläufer am Schlachtensee gut trainieren zu können. Geschäftsunterlagen finden die Ermittler in keiner der Wohnungen. Die Durchsuchung verläuft ohne Zwischenfälle.

Der Eindruck, daß es Wienhold und Neuling an den Kragen geht, wird stärker. Doch dann sieht Petroll, worum es geht: Um Provisionsbetrug. Die »AUBIS«-Chefs sollen aus Krediten 4,1 Millionen abgezwackt und als Provision an eine Firma namens »Andex« überwiesen haben. Diese Firma, so die Ermittler, existiere nicht. Es bestehe der Verdacht der Untreue. Dieser Vorwurf erweist sich später als falsch. Petroll aber sieht sofort, daß »Andex« allenfalls ein Nebenschauplatz ist. Ein viel gravierenderer Schachzug der beiden Parteifreunde wird durch die Aktion nicht gefährdet, der millionenschwere Wärmelieferungsdeal mit »ELPAG«. Den Schlüssel zu diesem Fall, zur letzten großen Einnahmequelle der »AUBIS«-Chefs, hält Petroll in der Hand. Und er will ihn jetzt endgültig nutzen.

Der Zeitpunkt dafür scheint mehr als günstig. Die Bankenkrise und die deutlich werdenden politischen Verflechtungen in diesem Skandal zeigen Wirkung. Die SPD wagt es, sich gegen die CDU zu stellen. Am 16. Juni stürzt eine Koalition aus Sozialdemokraten und Grünen mit Hilfe der PDS den Regierenden Bürgermeister Eberhard Diepgen (CDU). In der Stadt flammt Hoffnung auf. Hoffnung auf ein Ende der politischen Lähmung. Und darauf, daß die Bankenkrise jetzt endlich energisch ausermittelt wird. Mit dem Grünen-Politiker Wolfgang Wieland wird ein kritischer Kopf Justizsenator und damit Chef der Ermittlungsbehörden. Kaum im Amt verkündet Wieland: Es wird eine »Sonderermittlungsgruppe Bankgesellschaft unter der Leitung eines Oberstaatsanwaltes« eingerichtet. Die Zahl der Ermittler werde aufgestockt. Ein großer bedeutsamer Komplex seien da auch »die Kredite an das Immobilienunternehmen ›AUBIS‹«. Die Macht der alten CDU-Seilschaften ist beschädigt. Diese Entwicklung macht Petroll Mut. Er geht davon aus, daß das Interesse an seinem Material jetzt deutlich wachsen wird. Denn vor dem Untersuchungsausschuß schweigen die Hauptverantwortlichen weiter.

Am 23. Juni sind gleich vier Bankmanager und Juristen vorgeladen. Unter ihnen auch ein ehemaliges Vorstandsmitglied der BerlinHyp. Die Manager verweigern alle die Aussage, einer erscheint gar nicht erst. Lediglich der Syndikus-Anwalt der BerlinHyp, Karsten Behlke, berichtete über bankinterne Vorgänge im Zusammenhang mit den »AUBIS«-Krediten. Obwohl auf dem Juristen ein gewaltiger Druck lastet, redet er vor dem Ausschuß Klartext. Am

Ende der nahezu dreistündigen Aussage in nichtöffentlicher Sitzung sagen Barbara Oesterheld (Grüne) und der – inzwischen verstorbene – Bernd Holtfreter (PDS) übereinstimmend: »Nach dieser spannenden Aussage ist es schon verständlich, warum die anderen Herren jede Aussage verweigert haben.« Der Ausschuß-Vorsitzende Klaus Uwe Benneter kündigt an, »das Wortprotokoll des Zeugen Behlke sowohl der Staatsanwaltschaft als auch der Steuerfahndung zu übergeben.« Und plötzlich ist auch das Thema »ELPAG« in der Öffentlichkeit ein Thema. Am 26. Juni berichtet die »Berliner Morgenpost« unter der Zeile »Die dreiste Masche« über die Verflechtungen bei diesem Fall.

In dieser Zeit versucht Petroll herauszufinden, wer bei der Bankgesellschaft Ansprechpartner für Insider-Informationen zum »AUBIS«-Komplex ist. Er stößt dabei auf den Namen eines in Bankerkreisen sehr bekannten Anwalts: Dr. Christian Lauritzen. Er ist eine der maßgeblichen Figuren in den Geschäften mit Immobilienfonds, bei denen die Bankgesellschafts-Tochter IBG Milliardensummen umsetzt. Schon dadurch gehört Lauritzen zu den wichtigen Gestalten im Umfeld der Bankgesellschaft und speziell der auf Immobiliengeschäfte ausgerichteten BerlinHyp. Auch im Zusammenhang mit dem »AUBIS«-Nießbrauch-Deal hat er eine maßgebliche Rolle auf Seiten der beteiligten Bankgesellschafts-Unternehmen gespielt. Lauritzen steckt also mitten im Geschehen. Petroll kann sich sicher sein: Er wird Informationen über »AUBIS«, vor allem zum umstrittenen Wärmedeal mit »ELPAG«, richtig einschätzen können.

Es ist Ende Juni. Lars Oliver Petroll fährt nach Hamburg zu einem wichtigen Termin. Er hat es geschafft, einen Kreis wohlhabender hanseatischer Geschäftsleute für seine »Livehelper«-Idee zu interessieren. Die zurückhaltende exklusive Runde hat Petroll eingeladen, sein Konzept in kleinem Kreise vorzustellen. Eine große Chance für jemanden, der sich selbstständig machen möchte. Aufgeregt fährt Petroll abends in den Nobel-Stadtteil Blankenese. Er weiß, daß er eine Chance hat. Er wirkt auf andere offen und angenehm. Das Konzept ist durchdacht. Doch einige Stunden später erlebt er einen Rückschlag. Die älteren konservativen Kaufleute können sich für sein modernes Internet-Konzept nicht erwärmen. Erst nach Mitternacht meldet sich Petroll bei seiner Jugendfreundin Jolana: Es hat nicht geklappt. Dann zieht er durch einige Bars und Clubs. Die »Livehelper«-Idee gibt er auch nach der Absage nicht auf. Er ist entschlossen, sein Konzept durchzusetzen.

Zwei Tage später, am 3. Juli 2001, besucht Petroll seinen Hamburger Freund Carsten Risken. Risken hat Geburtstag. Um 18.05 Uhr fährt Petroll in einem Ford Fiesta vor. Es ist ein schöner Sommertag. Petroll trägt eine beigefarbene Dreiviertelhose und ein Batik-T-Shirt, dazu schlichte sandfarbene Sandalen. In der Hand hält er sein silberfarbenes Siemens SL 40-Handy, andere Handys hat er in Gürteltaschen. Seine Festplatte hat er im Rucksack dabei, sicher verstaut in einem Leder-Organizer. Um den Hals trägt er ein langes Schlüsselband, daran hängt der Schlüssel aus dem »AUBIS«-Hotel auf Sylt. Zimmernummer 13. Für Freunde und Bekannte eben die typische Petroll-Ausrüstung. Das gilt auch für die Digitalkamera, mit der er sofort den fröhlichen Empfang festhält. Und es gilt für den »Leatherman«, ein Universalwerkzeug mit Schraubenzieher, Messer, Zange und ähnlichen Utensilien. Ein Werkzeug, daß Petroll immer am Gürtel hängen hat. Der Allroundtechniker ist jederzeit einsatzbereit, kann mit seinem Werkzeug jederzeit einen Computer auseinanderschrauben.

Der Auftritt ist ein typischer Petroll: »Er quatschte alle an, machte Späße, flachste herum. Lars Oliver war der Showman des Abends«, beschreibt Risken die Szenen. Es wird eine launige Grillparty im Garten. Irgendwann nachts, als alle anderen müde sind, beschließt Petroll, einige Straßen weiter bei einem Cousin Riskens zu übernachten. Der ist auch noch fit – die beiden sitzen stundenlang zusammen, reden, albern herum. Am nächsten Morgen kommt Petroll zu Risken. Er erzählt ihm von seinem »Livehelper«-Konzept. Daß er seine Idee weiter verfolgen und neue Geldgeber suchen will. Er selbst hat zuwenig Geld. Risken gibt ihm 6000 Mark: »Das war nichts Ungewöhnliches«, sagt Risken: »Lars hatte in seiner Vergangenheit immer wieder mal Schulden gehabt. Das war für ihn nie ein Problem. So etwas hat er als Herausforderung gesehen, nicht als Belastung.« Am 4. Juli verabschiedet sich Petroll von seinen Freunden. Er will zurück nach Berlin. Dort hat die Bankenkrise inzwischen eine neuen Höhepunkt erreicht. »Berlin Hyp in Not« heißt es in der Presse: »Kreditgeschäfte rissen neue Finanzlöcher – Milliarden-Kapitalspritze erforderlich.«

Einen Tag später ist »AUBIS«-Chef Klaus Wienhold in der Presse. Seine Vergangenheit als CDU-Wadenbeißer holt ihn ein. Der »Tagesspiegel« meldet: »Albert Eckert wird Senatssprecher.« Der homosexuelle Politiker war 1990 Parlaments-Vizepräsident gewesen und damals vor allem von Klaus Wienhold aus dem Amt gemobbt worden. Jetzt kehrt Eckert zurück. Für Insider ein Symbol der Machtverschiebung in der Hauptstadt. Petroll wendet sich endgültig von »AUBIS« ab.

Unter dem Pseudonym Schmidtmeyer ruft Petroll den Juristen Lauritzen an und teilt ihm mit, daß er »Erkenntnisse über ›AUBIS‹ habe«. Er brauche eine Kontaktperson. Seine Informationen seien »wirklich interessant«. Lauritzen bittet um Zeit. Er will die Sache mit der Bank abstimmen. Petroll soll noch einmal anrufen. Der »AUBIS«-Mann ist einverstanden. Er gibt offen zu, daß Schmidtmeyer nicht sein wirklicher Name ist. Den richtigen Namen will er nicht nennen. Lauritzen gibt sich damit zufrieden. Er spricht den Chef der »Risikobetreuung Immobilien« in der BerlinHyp, Kurt Holtmann, an. Holtmann hört sich die Schilderung des Telefongesprächs an. Dann entscheidet er sich: Lauritzen soll die Sache weiterverfolgen.

Petroll will der Bank offensichtlich ein Angebot machen und sein Wissen gegen die »AUBIS«-Chefs einsetzen. Dabei haben Wienhold und Neuling ihm einen großzügigen Vertrag in Aussicht gestellt. Bisher hat Petroll als offiziell bei der »Protecta Hausverwaltung« angestellter Mitarbeiter 5000 Mark brutto verdient – auf seinem Konto gehen monatlich 3000 Mark ein. Und das, obwohl er ja nur sporadisch, auf Zuruf, in der Firma erscheinen muß. Jetzt soll die Bezahlung noch besser werden: Ein neu ausgearbeiteter Vertragsentwurf enthält eine Gehaltserhöhung um sechzig Prozent. Nach »AUBIS«-Angaben lag dieser Vertrag vom 9. Juli an unterschriftsreif bereit. An diesem Tag gab es nach Angaben von »AUBIS«-Unternehmer Klaus Wienhold »unseren letzten Kontakt«. Der meldet sich laut Wienhold nur in den Urlaub ab.

Der ehemalige EDV-Leiter schildert seiner Freundin Sabrina das letzte Treffen mit »AUBIS«-Verantwortlichen als einen dramatischen Vorgang: Er sei in der »Linde« gewesen. Klaus Wienhold und dessen Tochter Tanja hätten von ihm verlangt, Informationen über einen Staatsanwalt zu sammeln. Er habe sich geweigert. Mit so etwas wolle er nichts zu tun haben. Der Vorgang erschüttert ihn offenbar sehr. Er berichtet auch einem anderen Freund über einen angeblichen Überwachungsauftrag. Einen Beweis für eine entsprechende Aufforderung gibt es nicht. Klaus Wienhold nimmt uns gegenüber, auch auf schriftliche Anfrage hin, keine Stellung zu dem Petroll-Besuch in der »Linde«.

Um diesen wichtigen 9. Juli herum trifft ein Bekannter Lars Oliver Petroll zufällig im Garten der »Linde«. Er wirkt erschüttert: »Petroll war völlig verstört und verschüchtert. So hatte ich ihn noch nie gesehen. Wir kamen nicht gut miteinander aus. Aber dort kam er auf mich zu. In der Hand hatte er zwei Datenbänder. Er sprach mich an, geriet dabei ins Stottern und wollte etwas zu den Datenbändern wissen. Aber plötzlich tauchte jemand aus dem engsten »AUBIS«-Kreis auf. Unvermittelt wechselte Petroll das Thema und fragte mich völlig belanglose Dinge über das Haus.« Warum er in der Firmenzentrale war, und wen er dort getroffen hatte, erzählte Petroll diesem »AUBIS«-Kollegen nicht.

An diesem Tag erhält Petroll wieder einmal eine SMS von der Handy-Nummer »0173-2194850«. Absender: Der von »AUBIS« zur »ELPAG« gewechselte Sven Asmus. Um 18.47 Uhr beschwert der sich über einen geplatzten Termin: »Was los? Sag' jetzt nicht, du hättest keine halbe Stunde warten trotz Ansage nötig.«

Petroll beginnt, säckeweise Unterlagen zu vernichten. Stundenlang stopft er Papiere in seinen C-3-Reißwolf. Auf das Gerät war Petroll stolz: »Es hat den Sicherheitsstandard des FBI«, sagt er Sabrina. Der Papierschredder läuft auf vollen Touren. Die Freundin versichert später gegenüber Staatsanwälten: »Ich weiß, daß es sich bei den vernichteten Unterlagen um Papiere der ›AUBIS‹-Gruppe handelte.« Petroll habe ihr erzählt, daß er von »AUBIS« Material erhalten habe, das er in der Firma vernichten sollte. Bevor er das getan habe, hätte er die Unterlagen kopiert und bei sich zu Hause versteckt.

Ebenfalls um dieses Datum herum wird, wie die Staatsanwaltschaft ermittelt, aus Richtung »AUBIS« Druck auf eine andere potentielle Zeugin gemacht. Petra Dombrowski, die Ehefrau des brandenburgischen CDU-Landtagsabgeordneten Dieter Dombrowski, hat eine Vorladung von der Kripo bekommen. Das Ehepaar Dombrowski hatte zeitweise einen engen Draht zu den »AUBIS«-Chefs und stand auch auf der Einladungsliste zu Wienholds 50. Geburtstag. Petra Dombrowski hat früher in Nauen für das Immobilienunternehmen gearbeitet. Jetzt soll sie zum »AUBIS«-Komplex vernommen werden. Christian Neuling erfährt davon und bedeutet ihr, so Dombrowski, daß es für alle besser sei, nicht zur Vernehmung zu gehen. Ihr Ehemann wird nach eigener Aussage ebenfalls von Neuling angesprochen: Wenn Petra Dombrowski zur Vernehmung ginge, dann stünden Neuling und die Dombrowskis auf unterschiedlichen Seiten. Dombrowski solle an seine politische Karriere denken.

Wenn die Aussage des CDU-Politikers stimmt, macht auch Klaus Wienhold Druck. Im Zusammenhang mit einem umstrittenen Vertrag aus dem Jahre 1995 kommt es nach Erkenntnissen der Ermittler zwischen den beiden Parteigenossen zu einem unangenehmen Gespräch. Wienhold erwähnt vielsagend, er könne sich an das Zustandekommen dieses Vertrages sehr gut erinnern, falls Petra Dombrowski bei den Ermittlern aussage.

In dieser Zeit ruft Petroll erneut bei dem Rechtanwalt Hans-Christian Lauritzen an. Diesmal vereinbart er ein Treffen mit dem Vertrauten der Bank. Es wird ein brisantes Gespräch. Lauritzen sagt nach Durchsicht seines Kalenders, es sei »mit hoher Wahrscheinlichkeit der 11. Juli« gewesen. Treffpunkt ist das gutbürgerliche »Restaurant Haußner« an der Budapester Straße, gleich neben der BerlinHyp-Zentrale. Hier haben sich die beiden Männer für den späten Nachmittag verabredet. Beide kommen allein. Als Petroll eintrifft, stellt er sich wieder als Schmidtmeyer vor. Er sagt, er fühle sich bedroht. Er sei im inneren Führungskreis der »AUBIS« gewesen, zuständig für die EDV. Nun habe »er sich gelöst und wolle sich ins Ausland absetzen«. Dann kam Petroll zur Sache: Er habe wesentliche Teile der Sicherungsdisketten aus der »AUBIS«-EDV. Einen Beleg dafür habe er dabei. Dann präsentiert Petroll eine Aktennotiz. Es ist nur ein einziges Blatt, aber für den Rechtsanwalt Lauritzen absolut überzeugend. Das Dokument geht an die Substanz der millionenschweren Auseinandersetzungen zwischen »AUBIS«, »ELPAG« und der BerlinHyp.

Die Bank greift den Vertrag an. Sie will beweisen, daß »ELPAG« über Strohmänner von »AUBIS« kontrolliert wird – was Wienhold, Neuling und der »ELPAG«-Chef Sven Asmus vehement bestreiten. Die BerlinHyp hat den »AUBIS«-Argumenten zu dieser Zeit nichts entgegenzusetzen. Der Rechtsanwalt Lauritzen formuliert das Problem gegenüber Ermittlern später so: »Die Herren Neuling und Wienhold ... bestritten jedoch energisch, irgendwelchen Einfluß auf die›ELPAG‹ zu haben, und erklärten, sowohl die Gesellschaft als auch die Wärmelieferungsverträge ständen außerhalb ihrer Disposition.«

Die BerlinHyp hat keine Argumente, mit denen sie diese Behauptungen widerlegen könnte. Noch einmal Lauritzen: »Meine Rückfrage bei der Bank, ob es ›harte‹ Beweise gäbe, wurde letztlich verneint.« Im Klartext: Die Bank hat keinerlei Handhabe, die fragwürdigen Geldflüsse zwischen »AUBIS« und »ELPAG« zu stoppen. Und ausgerechnet an diesem entscheidenden Punkt liefert Petroll der BerlinHyp einen eindeutigen Beleg.

Als Lauritzen das Papier in die Hand bekommt, muß der erfahrene Jurist schlucken: Es ist eine Aktennotiz über ein Gespräch in seiner eigenen Kanzlei. Geführt von ihm mit dem Geschäftsführer der »ELPAG«, Sven Asmus. Thema: Wärmelieferungsverträge der »ELPAG« mit »AUBIS«-Wohnungen. Die Aktennotiz angefertigt hatte Asmus. Empfänger sollten die »AUBIS«-Chefs sein, Wienhold und Neuling. Ein erstaunlicher Vorgang zwischen zwei Firmen, die doch angeblich völlig eigenständig und in keiner Weise miteinander verflochten sind.

Petroll bietet dies als Beweis dafür an, daß »ELPAG« von »AUBIS« abhängig sei, und daß die Geschäftspolitik des Wärmelieferanten mit Neuling und Wienhold abgestimmt wird. Lauritzen ist beeindruckt. Er findet diesen Vermerk sehr überzeugend. Und Petroll legt nach: Dies sei nur ein kleiner Ausschnitt. In Sachen »AUBIS« verfüge er über alle internen Informationen. Entsprechende Belege könne er liefern. Was Petroll anbietet, macht ihn praktisch zu einem Kronzeugen in einem Streit um mehrstellige Millionensummen. Sein Material kann den Streit zwischen der Bank auf der einen und »AUBIS«/»ELPAG« auf der anderen Seite kippen lassen. Zugunsten der Bank und damit letztlich der Steuerzahler.

Petroll betont, daß er sein Wissen verkaufen wolle. Er habe auch Kontakte zu Medien; dort bestehe ebenfalls Nachfrage nach seinen Informationen. Einen konkreten Preis nennt er nicht. Petroll macht klar, daß er erhebliche Angst vor den »Handelnden der ›AUBIS‹-Gruppe« hat. Das Geld müsse ausreichen, um sich im Ausland eine Existenz aufzubauen. Für Lauritzen steht fest: Es geht Petroll um ein Informationshonorar in siebenstelliger Höhe. Nach etwa 45 Minuten ist das Gespräch beendet. Lauritzen muß zunächst die Bank unterrichten.

Als Petroll seiner Freundin Sabrina über dieses Treffen berichtet, sagt er, daß er nur ein einziges Dokument übergeben habe. Ein einziges Teil aus dem Puzzle. Petroll sagt auch: »Es wird viel aus Richtung Leipzig kommen.« Von wem, sagt er nicht.

Petroll will offenbar verhindern, daß seine wichtigsten »AUBIS«-Informationen in falsche Hände geraten. Er packt eine große silberfarbene Reisetasche. In die hinein stopft er Disketten, Papiere und andere Informationsträger. Dieses Material hat er säuberlich nach Inhalt geordnet und in mehrere Päckchen verpackt. Sabrina erklärt er, daß er die Sachen jetzt auf verschiedene Verstecke verteilt. Und zwar teilt er die Informationen so auf, daß jedes Teil allein keinen Sinn ergibt: Es ist wie ein Puzzle. Erst wenn man alle

Teile zusammensetzt, ergibt sich das große Bild. Nach dieser Ankündigung verschwindet Petroll für zwei, drei Stunden. Als er zurückkommt, wirkt er unruhig und sagt: Ich muß verschwinden, untertauchen. Fluchtartig sucht er sich Kleidungsstücke zusammen und drängt Sabrina zum Aufbruch. Petroll hat einen seiner besten Anzüge an, einen »Armani«. Als das Paar die Wohnung verläßt, blickt er noch einmal zurück und stellt abschließend fest: »Hierher werde ich nicht mehr zurückkommen.« Sabrina ist überrascht und fragt nach. Petrolls Antwort ist eindeutig: »Hier würden sie mich finden!«

Noch in dieser Nacht fahren Lars Oliver und Sabrina in einem großen Sixt-Mietwagen über die Autobahn nach Hamburg. Im Morgengrauen erreichen sie die Hansestadt. Petroll weiß genau, wohin er will. Zu seinem Freund Hakan, der in der Nähe der Reeperbahn lebt. Bei dem Kleinunternehmer kommen die beiden unter. In der typischen türkischen Großfamilie mit vielen Verwandten fühlt Petroll sich sicher. Mit Hakan spricht Petroll darüber, daß er sich von seinen Chefs bedroht fühlt und deshalb nicht mehr in seine Wohnung zurückkehren kann. Er habe aber noch viele wertvolle Geräte in seiner Wohnung und in seinem Laden stehen, die solle Hakan ausräumen, zusammen mit Sabrina und einem weiteren Freund.

Für den geborenen Hamburger beginnt jetzt ein gehetztes Herumziehen durch die Hansestadt. Mal übernachtet er bei Hakan, mal in einer billigen Pension, dann wieder in dem Szene-Schuppen »Florida-The-Art-Hotel« auf der Reeperbahn. Einer der Geschäftsführer ist Thomas Granitz, ein alter Freund Petrolls. Granitz fällt auf, daß sein Besucher zwar versucht, fröhlich zu sein. Aber er wirkt sehr angespannt. »Lars Oliver hat mir gesagt, daß man ihm an den Kragen will«, erinnert sich Granitz. In dieser Zeit besorgt Petroll seiner Freundin eine Schreckschußpistole. Zur Sicherheit. Sabrina will die Waffe eigentlich nicht haben. Aber die Situation ist ihr unheimlich. Sie schläft mit der Pistole unter dem Kopfkissen.

Lars Oliver Petroll sorgt jetzt dafür, daß seine wertvollen Geräte aus seiner Wohnung und aus den »Pashatel«-Räumen in Sicherheit gebracht werden. Er ruft Sebastian Biermann an, einen Bekannten, den er auf einer Geburtstagsparty kennengelernt hat. Seine Sachen sollen nach Hamburg transportiert werden. Etwas später kommt Hakan mit einem Freund in einem Hochdachkombi vom Typ Renault Kangoo nach Berlin in die Osnabrücker Straße. Er hat eine Liste dabei, auf der die Gegenstände aufgezählt sind, die er mit nach Hamburg nehmen soll. Sebastian Biermann und Sabrina Weiser, die einen Schlüssel zur Wohnung hat, helfen den beiden beim Tragen. Sie schleppen Computer, Monitore, Telefone, Farbkopierer und etlichen Kleinkram in den Wagen. Petroll erzählt Freunden, er wolle gemeinsam mit Hakan ein Internetcafé in Hamburg eröffnen. In seiner Heimatstadt fühlt er sich offenbar sicherer als in Berlin. Außerdem versteht er sich nach einer schwierigen Phase wieder gut mit seinem Vater.

Petroll versteckt sich vor den »AUBIS«-Verantwortlichen und unterschreibt den in der Firma bereitliegenden Arbeitsvertrag nicht. Doch auf seinem Konto bei der Commerzbank tut sich Bemerkenswertes: Am 16. Juli 2001 gehen dort exakt 10.000 Mark ein. Das Geld kommt von »AUBIS«. Für Petroll ist dies keine normale Zahlung. Er gibt dem Transfer eine dramatische Deutung. Gegenüber Sebastian Biermann orakelt er: »Das ist der Judaskuß!« Biermann entdeckt später eine warnende SMS, die etwa zum Zeitpunkt der Überweisung auf Petrolls Nokia 6210-Handy einlief: Die Überweisung sei raus. Petroll solle demnächst vorsichtiger mit seinen Äußerungen sein.

Kurz darauf fährt Petroll noch einmal nach Berlin. Am 21. Juli hält er mit seinem gemieteten 7er-BMW auf dem Parkplatz am Flughafen Tegel. Als er aus dem Wagen steigt, nimmt er seine große Reisetasche mit. Er hat darin zwei Umschläge und Datenträger, die beschriftet sind. In großen schwarzen Buchstaben sind unter anderem die Wörter »Asmus« und »AUBIS« zu lesen. Mit dieser Tasche geht Petroll in das Flughafengebäude und gibt sie bei der Gepäckaufbewahrung auf. Er bekommt eine Quittung, einen kleinen weißen Zettel. Jetzt ist nahezu das gesamte »AUBIS«-Material sicher versteckt. Ein Päckchen hat er seiner Freundin Sabrina Weiser zum Aufbewahren gegeben. Es gelangt wenige Tage später in den »Pashatel«-Laden an der Osnabrücker Straße. Sabrina Weiser geht mit einem Freund zunächst in die im gleichen Haus liegende Wohnung Petrolls. Der hat ihr seinen Schlüssel gegeben. Sie darf sich Möbel, Geräte und andere Dinge abholen. Offenbar geht Weiser bei dieser Gelegenheit auch in den Laden. Dort legt sie das Beweis-Päckchen Petrolls in eine Ecke – und vergißt es.

Der Mann, den das von Petroll beiseitegeschaffte Material auch betrifft, »AUBIS«-Chef Klaus Wienhold, hat am Morgen des 26. Juli 2001 einen großen Auftritt. Gegen neun Uhr setzt sich im Abgeordnetenhaus der Banken-Untersuchungsausschuß zusammen. Der gefragteste Zeuge dieser Sitzung ist Wienhold. Er hat noch Tage vor dem Aussage-Termin vollmundig beteuert: »Ich habe mir gerade alle Unterlagen angeguckt wegen dem Untersuchungsausschuß. Ich gehe da hin, und wir sagen aus. Das ist klar.« Und so steht er dann im Saal 113 des Abgeordnetenhauses, der Mann, dem die stolzeste Bank der Hauptstadt, die BerlinHyp, Hunderte von Millionen Mark anvertraut hat: in weißem Anzug und weißen Lederschuhen, mit rosafarbenem Hemd, schwarz-grün-rosa Krawatte und Goldrandbrille. Selbstbewußt betritt der grauhaarige Immobilienunternehmer den Sitzungssaal. »Ich bin dankbar für die Möglichkeit einer zusammenhängenden Sachdarstellung«, fängt Wienhold an. Er erklärt in einem neunzig Minuten langen Monolog, wie sich Aubis grundsätzlich entwickelt habe – und verweigert auf sämtliche Fragen die Aussage. Er ist dem Gremium keine wirkliche Hilfe.

In diesen Tagen ruft Petroll mehrfach in Berlin bei Christian Lauritzen an, seinem Kontaktmann zur Bankgesellschaft. Lauritzen vertröstet ihn, die Bank könne sich nicht so schnell entscheiden. Das ist nicht die ganze Wahrheit. Intern hat sich die Bank nämlich entschieden, einen anderen Weg zu wählen. Kurt Holtmann, Direktor der Abteilung »Risikobetreuung Immobilien« der BerlinHyp, informiert die Staatsanwaltschaft. Es habe sich anonym ein ehemaliger »AUBIS«-Mitarbeiter gemeldet. Er besitze Sicherungskopien über das gesamte Rechenwerk der »AUBIS«-Gruppe. Dieses Material wolle er verkaufen. Die zuständige Staatsanwältin reagiert mit einer für Laien erstaunlichen Mitteilung: Gekaufte Beweismittel seien nicht verwertbar. Und ein Zeuge, der Beweise gegen Geld anbiete, sei ohnehin nicht glaubwürdig.

An dieser Stelle des Ermittlungsverfahrens gegen die Beschuldigten Wienhold und Neuling macht die Staatsanwaltschaft entscheidende Fehler. Sie mißachtet die Bedeutung des Beweismaterials und des potentiellen Zeugen. Denn sie muß nach ihren Informationen aus der BerlinHyp erkennen, daß der Unbekannte äußerst brisante »AUBIS«-Unterlagen besitzt. Trotzdem nutzt sie die Chance nicht, schnellstmöglich an die Beweismittel zu kommen. Die Ermittler versuchen nicht, Petroll sofort zu finden und ihn zu vernehmen. Im Zentrum des größten Bankenskandals Berlins macht die Staatsanwältin laut Aktenlage nur eines: Sie fertigt einen Vermerk. Die träge Reaktion in der Ermittlungsbehörde führt auch in der Bank zu einer folgenschweren Entscheidung: Sie will »den Vorfall nicht weiter verfolgen«.

Dann allerdings meldet sich Petroll erneut bei Rechtsanwalt Lauritzen. Diesmal stellt er ein Ultimatum: Sollte nicht innerhalb von 24 Stunden eine Entscheidung gefallen sein, werde er sich kurzfristig ins Ausland absetzen. Nach diesem Anruf wird die Bank doch noch einmal aktiv. Jetzt zeigt Kurt Holtmann den Staatsanwälten, wie es geht: »Ich habe daraufhin noch einmal im Kreis der ehemaligen ›AUBIS‹-Mitarbeiter recherchiert. Aufgrund der mir … genannten Personenbeschreibung sowie der Tatsache, daß offensichtlich ein ungehinderter Zugang auf die gesamte EDV der ›AUBIS‹-Gruppe bestand, kann es sich m.E. nur um Herrn Lars Oliver Petroll, Osnabrücker Straße 30, 10589 Berlin, Tel. 030/34502424, Mobil 0172 / 754 7888, handeln.«

Und er findet noch viel mehr heraus. Ein Insider habe ihm bestätigt, »daß Herr Petroll der ›Macher‹ für EDV-Belange bei der ›AUBIS‹ war. Er soll ein ehemaliges Mitglied des ›Chaos Computer Clubs‹ in Hamburg sein und angabegemäß auch dafür gesorgt haben, daß ab Ende 1999 sämtliche Festplattenlaufwerke der ›AUBIS‹ über Nacht unbrauchbar waren.«

Auf einem Briefbogen der Bank informiert der Direktor der BerlinHyp-Risikoabteilung, Kurt Holtmann, Oberstaatsanwalt Jürgen Dorsch über seine »Ermittlungsergebnisse«. Und nun macht auch Holtmann für die Staatsanwaltschaft einen offiziellen Vermerk darüber, wie die Kontaktaufnahme zu dem Zeugen abgelaufen ist: Unter dem Betreff »Kreditengagement ›AUBIS‹ (›ELPAG‹) – Ermittlungsverfahren gegen Klaus Wienhold u.a.« berichtet er per Fax vom 1. August, 8.23 Uhr, offiziell über das Treffen zwischen Petroll und Lauritzen im »Haußner«: Der Unbekannte verlange eine eine größere Geldsumme. Er habe »erhebliche Angst vor den Handelnden der ›AUBIS‹-Gruppe, aufgrunddessen er sich kurzfristig ins Ausland absetzen wolle«. Erstaunlicherweise bemerkt Holtmann noch, daß Petroll sich nicht mehr in Berlin aufhalten soll, sondern sich bereits wieder in Hamburg befinde. Der Fluchtort des EDV-Experten ist nicht mehr geheim.

Spätestens mit diesen Informationen der Bank muß auch der Staatsanwaltschaft die Bedeutung Petrolls als Zeuge endgültig klargeworden sein. Nun prüft die Staatsanwaltschaft die von der BerlinHyp gelieferten Angaben. Und sie prüft, ob Petroll schon einmal polizeilich in Erscheinung getreten ist. Das einzige, was das zuständige Landeskriminalamt (LKA) 3111 melden kann, sind zwei Anzeigen. Petroll waren ein Handy und ein Flachbildschirm-Monitor gestohlen worden.

Holtmanns Schreiben landet unterdessen ordentlich in ihren Akten. Mitsamt Namen und Anschrift des möglichen Kronzeugen gegen »AUBIS«. Alles wird aktenkundig. Ungeschwärzt.

Die fatale Folge des Grundfehlers der Staatsanwälte in Sachen Petroll: Sie haben seine Bedeutung nicht erkannt. Sonst hätten sie ihn als besonders wichtigen Zeugen schützen und seinen Namen zumindest zeitweise aus den Akten heraushalten können – auch, um ihre eigenen Ermittlungen nicht zu gefährden.

Doch diese Vorsicht legen die Staatsanwälte nicht an den Tag. Sie belassen es bei einem Routinevorgang. Nach Ansicht von Experten ein in diesem brisanten Fall unverantwortliches Vorgehen. Denn die Daten des Zeugen inklusive seines Klarnamens sind nicht nur Ermittlern zugänglich. Auch die Anwälte derjenigen, gegen die ermittelt wird, haben ein Recht auf Akteneinsicht. Der mögliche Zeuge Petroll wird von den Ermittlern »verbrannt«. Sicherheitsexperten schütteln über diese Nachlässigkeit nur den Kopf: »Das ist einfach abenteuerlich, eine unglaubliche Schlamperei. Den Mann hätte man mit der Sänfte abholen und ihm Personenschutz geben müssen.«

Der Kronzeuge Petroll hat bisher geduldig gewartet und sich offenbar weiter um sein »Livehelper«-Konzept gekümmert. Einem ehemaligen Arbeitskollegen, der ebenfalls nicht mehr für »AUBIS« arbeitet, erzählt er, daß er neue potentielle Investoren für seine Geschäftsidee gefunden habe. Gegenüber der Bank aber macht er jetzt genau das, was er angekündigt hat: Nachdem Rechtsanwalt Lauritzen ihm gesagt hat, daß die BerlinHyp die Informationen nicht kaufen will, zieht er sich zurück. Es gibt ja noch andere Kunden.

Zunächst einmal aber fährt er zu einem Musikfestival. In Putlitz, zwischen Hamburg und Berlin, läuft vom 3. bis 5. August das »Voov«-Festival. Eine Treffen von Fans der sogenannten Goa-Trancemusik. In diesem Jahr wird in Putlitz das zehnjährige Jubiläum dieses Festivals gefeiert. Rund zehntausend Besucher aus ganz Europa reisen an. Unter ihnen auch Petroll und Sebastian Biermann. Die beiden treffen sich in Putlitz. Petroll hat einen kleinen Rucksack dabei, in dem er sein Geld aufbewahrt. Am Ledergürtel trägt er seine Handys, die Akkus, er hat seinen »Cassiopeia« und seine Festplatte dabei – und seine Digitalkamera. Unendlich viele Bilder schießt er auf diesem Festival, manche löscht er sofort wieder, erinnert sich Biermann.

Als »Voov« zuende geht, fahren sie gemeinsam Richtung Berlin. Sebastian weiß, daß Petroll sich nicht in seine eigene Wohnung traut. Er hat ihm von seiner Angst vor den »AUBIS«-Verantwortlichen erzählt. Darum bietet Sebastian seinem Freund an, einige Zeit bei ihm zu wohnen. Petroll ist einverstanden. Das Angebot verschafft ihm Ruhe. Er kann sich seine nächsten Schritte überlegen. Ihn beschäftigt die Frage, was er mit den »AUBIS«-Daten machen kann. Als die Freunde auf der Autobahn etwa vierzig Kilometer vor Berlin die Raststätte »Linumer Bruch« passieren, zeigt Lars Oliver auf die Gebäude und sagt: »Von da kann man Faxe ohne Kennung abschicken. Da habe ich alles losgeschickt.« Eine bemerkenswerte Feststellung. Wem hat Petroll anonym Nachrichten zukommen lassen? Bei der Bank sind keine entsprechenden Faxe eingegangen. Zu der Institution hatte Petroll ja auch den Kontakt über Lauritzen. Auch bei der Staatsanwaltschaft sind keine Faxe eingegangen, die auf den Absender »Petroll« hinweisen. Dort hätte sich Petroll auch kaum anonym melden müssen.

Im August gibt es in Leipzig ein Gespräch ehemaliger »AUBIS«-Mitarbeiter, das einen ziemlich direkten Hinweis auf die Faxempfänger zu geben scheint. Dort treffen sich in dem Barfußgäßchen im italienischen Restaurant »Bellinis« der »ELPAG«-Chef Sven Asmus und Michael Manke, ein Mann, der bei »AUBIS« Kontakt zu Petroll hatte. Manke erinnert sich an eine ungewöhnliche Begegnung. Bei vorherigen Treffen habe Asmus sich stets positiv über Petroll geäußert, ihn als Freund bezeichnet. Dieses Mal dagegen hören sich die Äußerungen ganz anders an: »Er erzählte mir, Petroll würde Wienhold mit seinem umfangreichen Wissen über betriebsinterne Vorgänge erpressen und drohe damit, kopierte Daten der Bankgesellschaft und den Strafverfolgungsbehörden zuzuspielen.« Asmus habe gesagt: Petroll will uns also ›hochgehen lassen‹. Und wörtlich: »Wenn er das durchzieht, könnte es sein, daß er das nicht überlebt.« Laut dieser Aussage spricht Asmus in der Gegenwartsform. Der beschriebene Erpressungsversuch ist danach im August hochaktuell. Sven Asmus bestreitet, jemals etwas Derartiges gesagt zu haben. Er habe auch nichts von irgendwelchem Material gewußt, mit dem Petroll seinen Ex-Chef Wienhold hätte erpressen können.

Zurück in Berlin machen sich Petroll und Biermann schöne Tage. Sie sind viel unterwegs. Petroll ist oft großzügig. Holt immer wieder Geld aus Bankautomaten und lädt Sebastian ein. Teure

Mietwagen benutzt Petroll jetzt nicht mehr. Er fährt mit der BVG, manchmal nimmt er sich ein Taxi. Gekleidet ist er locker, freizeitmäßig. Er trägt oft Turnschuhe, Jeans und Batikhemd. Zusammen mit Biermann überlegt er, was sie in Zukunft wohl machen werden. Biermann ist arbeitslos und sucht einen neuen Job. Petroll denkt über sein Lieblingsprojekt »Livehelper« nach. Eine Internetadresse mit der Kennung »livehelper.de« hat er sich schon zugelegt. Die Seite ist Teil des »Profi-Pakets 3.0« von Internet-Adressen (Domains), das sich Petroll bei dem Domainanbieter »Puretec« unter der Vertragsnummer 660498 zugelegt hat. Unter ihnen gibt es »pashatel.de«, »lostcall.de«, »callektive.de«, »notimetoloose.de« oder »wohnunsinn.de«. Etliche dieser Domains stehen für eine Geschäftsidee. Wie kreativ Petroll als Internet-Freak ist, zeigt ein Klick auf die Seite »delicious-doughnuts.de«. Es erscheint das, was heute in Szenekreisen als »turntable« bezeichnet wird. Ein Klick – und von rechts entfaltet sich ein Tonabnehmer. Kaum setzt er auf dem »turntable« auf, erklingt ruhige Hintergrundmusik – es bauen sich Innenansichten einer edeleingerichteten Bar auf. Eine leichte Bewegung mit dem Cursor ermöglicht einen Rundblick durch die Räume. Der Auftritt ist witzig und skurril.

Seine eigenen Seiten gestaltet Petroll mit Vorliebe besonders cool. Wer zum Beispiel die Internet-Adresse www.undercover.de anwählt, landet auf einer schwarzen Seite. Mit dem Cursor können Nutzer wie mit einem Suchscheinwerfer darüberfahren. Dann erscheint aus dem schwarzen Nichts der gelbweiße Schriftzug: »Undercover soon come«. Etwas weiter unten die Frage: »You are undercover?« Was sich hinter dieser Seite verbirgt, zeigt in der Kopfleiste hinter »Undercover.de« der Hinweis »Sicherheit im Internet.« Es war eine alte Idee Petrolls, den oft viel zu sorglosen Internetbenutzern Software für die Absicherung sensibler Datentransfers zu verkaufen.

Die Berliner Staatsanwälte haben inzwischen doch gehandelt. Als Reaktion auf die Bank-Mitteilung, daß Petroll Beweise zum »AUBIS«-Komplex besitze, beantragen sie am 7. August zumindest einen Durchsuchungsbeschluß für die »Wohn-, Geschäfts- und

Nebenräume« Petrolls an der Osnabrücker Straße 30. Zwei Tage später ergeht »in dem Ermittlungsverfahren gegen Klaus-Hermann Wienhold u.a.« (3 Wi Js 745/01) der Beschluß am Amtsgericht Tiergarten, »da Tatsachen vorliegen, aus denen zu schließen ist, daß die Durchsuchung zur Auffindung von Beweismitteln, insbesondere von auf Disketten oder sonstigen Datenträgern gespeicherten Sicherungskopien von Dateien aus der EDV der ›AUBIS‹-Unternehmensgruppe führen wird«. Es geht im Zusammenhang mit dem »ELPAG«-Komplex um den Verdacht, daß »die Beschuldigten Wienhold und Dr. Neuling« betrügerisch gehandelt haben«. Die Bedeutung der Informationen, die Petroll besitzt, ist erkannt. Der Durchsuchungsbeschluß liegt vor. Doch nun geschieht etwas völlig Unerklärliches. Obwohl es um einen Kernzeugen im wichtigsten Ermittlungskomplex der Berliner Nachkriegsgeschichte geht, nimmt der Durchsuchungsbeschluß seinen schlurfrigen Gang durch die Behörden. Offenbar gibt es niemanden, der aufs Tempo drückt.

In der Wohnung am Prenzlauer Berg findet Sebastian Biermann am 15. August einen Zettel vor: »Vielen Dank für alles.« Petroll ist auf dem Weg nach Hildesheim. Er hat wieder Kontakt zu Maltea, der Studentin, in die er sich im Frühjahr bei der »Cebit« verliebt hatte. »Wir haben uns wunderbar verstanden. Es waren tolle Tage, völlig verliebt«, beschreibt sie diese Zeit, die mit viel Liebe, Wein und mit viel Reden ausgefüllt ist. Die beiden sprechen über eine gemeinsame Zukunft. Sie sprechen über Heirat, über gemeinsame Kinder. »Das hat Lars Oliver sehr ernst gemeint«, versichert Maltea. Er möchte noch einmal eine Familie gründen. Der Zeitpunkt für solche Zweisamkeit, wie Petroll und Maltea sie genießen, ist nicht günstig. Maltea studiert und muß wichtige Arbeiten fertigschreiben. Petroll muß sich von »AUBIS« endgültig lösen. Und er will sich um neue Investoren für sein »Livehelper«-Konzept kümmern. Die jungen Leute treffen eine pragmatische Vereinbarung: Sie nehmen sich drei Monate Zeit, um ihre Angelegenheiten zu ordnen. Lars Oliver wollte sich melden, »wenn das ganze Theater vorüber ist«. Aber spätestens im November – in dem Monat hat

Maltea Geburtstag – wollen sie wieder zusammenkommen. Petroll freut sich auf seine Zukunft.

Nach sechs verliebten Tagen in Hildesheim macht der EDV-Experte einen Abstecher nach Hamburg. Er besucht seinen Vater und einige Freunde. Danach geht es wieder nach Berlin. Am 25. August steht er bei Sebastian Biermann vor der Tür. Er weiß, daß er hier unterkommt. Auf Biermann macht Petroll in diesen Tagen einen normalen, ruhigen, oft auch fröhlichen Eindruck. Wieder gehen die beiden Freunde aus. Dabei fällt Biermann auf, daß Petroll die Rykestraße unter allen Umständen meidet. Er fürchte sich vor dem »AUBIS«-Rechtsanwalt Liesken, der dort wohnt.

An einem dieser Abende spielt sich eine merkwürdige Szene ab. Petroll und Biermann sind mit einigen Freunden unterwegs. Lars Oliver geht einige Schritte hinter ihnen. Plötzlich juchzt er. Als die anderen sich umdrehen, sehen sie Petroll in einem kleinen Konfettiregen stehen. Er hat einen weißen Zettel in kleine Stücke gerissen und sie in die Luft geworfen. Dabei ruft er: »Das ist die Nummer vom Gepäckfach am Flughafen Tegel, in dem meine zwei Millionen Mark liegen. Uuund tschüss.« Dann lacht er, tänzelt fröhlich vor sich hin – und sein Freund versteht kein Wort. Petroll vernichtet offenbar den Beleg für die Gepäckaufbewahrung in Tegel – den Schlüssel zum großen Geld. Er beginnt die offenbar Neuordnung seines Lebens, so wie er es mit Maltea verabredet hat. Der einzige Zeuge dieses wichtigen Schritts Ende August ist Sebastian Biermann.

Inzwischen hat der Durchsuchungsbeschluß für Petrolls Wohnung nach fast vier Wochen seinen Gang über diverse Schreibtische erfolgreich beendet. Es ist der vierte September. Gegen zehn

Uhr treffen drei Beamte an der Osnabrücker Straße 30 ein. Sie klingeln an der Tür mit dem Namensschild »Dr. M.A. Buse«. Da niemand öffnet, rufen sie den Schlüsseldienst. Gegen 10.35 Uhr wird die Tür geöffnet. Detailliert beschreiben die Beamten später die Wohnung. Überall liegen Papiere und Post an Petroll. Sie finden Disketten, die offen herumliegen. Im Flur entdecken die Beamten einen Safe – der wird beschlagnahmt. Sie bemerken, daß Schuhe und Kleidungsstücke in der Wohnung sind und daß einige Fenster »auf Kipp« stehen. Deshalb gehen sie davon aus, »daß der Betroffene dort auch noch wohnt«. Um elf Uhr, nach 25 Minuten, »ist die Maßnahme am Ort beendet«. Die »Pashatel«-Geschäftsräume im Erdgeschoß sehen sich die Ermittler nicht an.

Am selben Tag sind bundesweit wieder einmal Ermittler von Staatsanwaltschaft, Landeskriminalamt und Steuerfahndung in Sachen »AUBIS« unterwegs. An 18 Orten durchsuchen sie unter anderem Geschäftsräume der »AUBIS«-Gruppe, des Wärmelieferanten »ELPAG« sowie die Wohnungen von Neuling und Wienhold. »Justiz ermittelt gegen ›AUBIS‹-Chefs« berichtet die »Berliner Zeitung«. Der »Tagesspiegel« meldet: »Großeinsatz der Kripo gegen ›AUBIS‹-Gruppe«. Es geht darum, »die Tatvorwürfe der Untreue und des Betrugs gegen die ›AUBIS‹-Gruppe zu erhärten«. Die Chefs der Unternehmensgruppe sind angeblich unbeeindruckt. Ihre Anwälte erklären, bei den Durchsuchungen handle es sich um einen »völlig normalen Vorgang«.

In dieser ersten Septemberwoche zieht sich die Schlinge um »AUBIS« zu. Petroll fährt nach Hamburg. Er besucht seinen Freund Thomas Granitz vom »Florida-The-Art-Hotel«. Wieder hatte er seine Handys, seinen »Cassiopeia«-Organizer und seine Digitalkamera dabei. Granitz erlebt seinen Freund tief verängstigt und verunsichert. »Lars war unglaublich nervös«, erinnert sich Granitz. Petroll habe »Sachen gesehen, die er nicht sehen sollte. Trotzdem hat er immer noch einige Ecken weitergeguckt«. Petroll habe sich aus dem Verhältnis zu »AUBIS« lösen wollen, »aber dafür war es eigentlich schon zu spät. Daß man ihm massiv drohte, das hat ihm wirklich Angst gemacht.«

Die Freunde überlegen, was Petroll tun könne. Abends sitzen sie zusammen an der Bar. Die letzten Gäste sind schon gegangen, es ist ruhig. Während draußen die bunten Neonreklamen der Reeperbahn-Clubs leuchten, diskutieren die Freunde stundenlang eine entscheidende Frage: Ist es richtig, sich an die Polizei zu wenden? Doch genau diesen Schritt wagt Petroll nicht: »Die Verstrickungen reichten bis in die Behörden hinein. Darum traute er sich nicht, zur Kripo zu gehen. Er dachte auch an ein Zeugenschutzprogramm. Aber das hat er dann auch nicht gewagt«, erinnert sich Granitz. Am 11. September sitzen die beiden noch einmal zusammen. Erschüttert sehen sie im Fernsehen die Nachrichten aus den USA, das Zusammenstürzen des World-Trade-Centers. Eigentlich will Petroll an diesem Tag noch Videokameras anbringen, die den Eingangsbereich des Hotels überwachen sollten. Granitz hat ihn darum gebeten, weil er nicht den ganzen Tag über alle Räume im Blick haben kann. Nach dem Schock über den Terroranschlag verschieben sie den Einbau. Granitz sagt zu Petroll: »Das kannst du auch beim nächsten Mal machen.«

Petroll macht sich an diesem Tag auf den Weg zurück nach Berlin. Er hat inzwischen entschieden, was er mit seinen Informationen machen will. Mitte September meldet er sich anonym bei Günther Brinker, dem Vorsitzenden des Bundes der Steuerzahler in Berlin. Das Gespräch ist ein ersten Abtasten. »Er fragte mich, ob wir uns für Informationen zum Bankenskandal, zum Fall ›AUBIS‹ interessieren würden. Natürlich habe ich ihm gesagt, daß wir Interesse hätten«, erinnert sich Brinker. Der Anrufer habe betont, daß er wirklich sehr gute Informationen habe. Brinker fragt nach, wie er an diese Informationen gekommen sei. Der Anrufer sagt: »Ich war hoch in der EDV bei ›AUBIS‹.« Noch einmal fragt Brinker nach: »Dann haben Sie dort also Daten kopiert?« Petroll erwidert kryptisch, er habe so seine Möglichkeiten. Abschließend sagt er, daß er noch einmal überlegen wolle, ob und wie er mit dem Bund der Steuerzahler oder anderen zusammenarbeiten könne. Er werde sich wieder bei Brinker melden. Von Geld ist keine Rede.

Doch nach diesem Gespräch entwickeln sich die Dinge dramatisch. Am 19. September, einem Mittwoch, erhalten die Anwälte von Klaus-Hermann Wienhold und Christian Neuling Einsicht in die Ermittlungsakten. In diesen Akten steht ungeschwärzt der Name des vielleicht wichtigsten Zeugen im »AUBIS«-Komplex: Lars Oliver Petroll. Damit wissen die Anwälte, denen Wienhold und Neuling vertrauen, daß Petroll der Bank brisante Informationen über »AUBIS« anbieten wollte. Die Lebenserfahrung legt nahe, daß sie in dieser für Wienhold und Neuling dramatischen Phase mit ihren Mandanten über den Inhalt der Ermittlungsakte sprechen. Und darüber, was oder wer sie in einer Verhandlung belasten könnte.

Am gleichen Tag fällt den Angestellten der Gepäckaufbewahrung in Tegel die silberfarbene Reisetasche Petrolls auf. Sie ist länger als sechs Wochen dort und gilt als überfällig. Deshalb wird sie zum Zentralen Fundbüro in Tempelhof gebracht und unter der Karteinummer 134-32-01 Position 17 registriert. Dort öffnen die Angestellten die Tasche. Zuerst stoßen sie offenbar auf zahlreiche kleine Kassetten, auf denen mit schwarzem Stift die Begriffe »Volksbank«, »H. Pottmann« sowie Wochentage notiert sind. Die sogenannte Verliererermittlung wendet sich an die Volksbank – doch ohne Erfolg. »H. Pottmann« erweist sich als Sackgasse. Die Ermittler versuchen anders weiterzukommen. In der Tasche sind neben den Kassetten noch zwei Umschläge. Darin finden sich Zettel mit den Namen »Hölz«, »Asmus« und »Fa. AUBIS«.

Die Fundbüro-Mitarbeiterin ruft bei »AUBIS« an und teilt mit, daß bei ihr eine Fundsache zu den beiden Herren Hölz und Asmus vorliegt. Bei »AUBIS« weiß man, wer gemeint ist. Hölz ist ein langgedienter Mitarbeiter. Asmus ist die frühere rechte Hand der »AUBIS«-Unternehmer und jetzt Chef der »ELPAG« in Leipzig. Man werde die beiden Herren informieren. Am 25. September meldet sich Asmus bei der Fundsachenstelle und sagt, daß er der »Eigentümer der Fundsache« sei. Er kann den Inhalt der Tasche auch genau beschreiben. Er möchte, daß sie Herrn Hölz ausgehändigt wird. Hölz war lange Zeit bei der »Aubitec« für die Betriebskostenabrechnungen (dazu gehören auch die Wärmekosten) zuständig. Unter seiner Federführung entstanden jahrelang Abrechnungen für den Standort Leipzig. Seit dem Jahr 2000 arbeitet er für die »Protecta Hausverwaltung«. Dort war Hölz ein Kollege von Petroll. Sitz der »Protecta« ist die »AUBIS«-Zentrale an der Lindenallee.

An diesem Dienstag hat Petroll eine Verabredung in Charlottenburg. Er sagt Sebastian Biermann nicht, wen er treffen will. Nur soviel: Er müsse dort mit jemandem etwas klären. Später ruft er seinen Freund an: Das Treffen sei geplatzt. Am nächsten Tag, dem 26. September, holt Hölz die Tasche im Fundbüro ab. Sven Asmus hat ihn per Fax bevollmächtigt und ihm mitgeteilt, daß es sich um seine Sachen handelt. Der Abholer blickt in die Tasche und sieht, daß darin neben Dokumenten auch sogenannte Sicherungsbänder liegen, auf denen Firmen wichtige Geschäftsdaten speichern. Auf den Bändern steht teilweise der Name »AUBIS«. Genau dorthin, in die Zentrale an der Lindenallee, bringt Hölz die Tasche. Dort übergibt er die Tasche der Tochter des Chefs, Tanja Wienhold.

An diesem Mittwoch telefoniert Petroll mit seiner Bekannten Carola Clement, der früheren »AUBIS«-Sekretärin. Sie hat auch nach ihrem Ausscheiden aus dem Unternehmen im August noch Kontakt zum »AUBIS«-Kern. Die beiden reden intensiv.

Irgendwann später am Tag beginnt Petroll, unruhig nach jenem Beweis-Päckchen zu fragen, das er Sabrina Weiser anvertraut hatte. Weiser sagt ihm, daß sie es in der Osnabrücker Straße liegen gelassen hat. Als Petroll das hört, wird er nach Aussagen Sebastian Biermanns wütend. Er will nicht, daß das Material in falsche Hände gerät.

Nachdem Petroll den Donnerstag ruhig verbracht hat und früh schlafen gegangen ist, frühstückt er am Freitag, den 28. September, mit seinem Freund. Biermann hat Schrippen geholt. »Die Stimmung war ganz normal, gelöst«, erinnert sich Biermann. Die Freunde unterhalten sich über Wohnungsprobleme, mit denen Biermann zu kämpfen hat. Über »AUBIS« verlieren sie kein Wort.

Das Frühstück dauert bis etwa 14 Uhr. Dann verabschiedet sich Biermann. Er hat einen Termin in der Stadt.

Es ist nicht bekannt, was Lars Oliver Petroll in den nächsten Stunden macht. Nur, daß er seinem Vater eine SMS schickt. Inhalt: »Mir geht es gut. Alles in Ordnung.« Erst zwischen 18 und 19 Uhr ruft er von seinem Siemens-Handy aus Sebastian Biermann an. Das Gespräch dauert nicht lange. Petroll sagt seinem Freund: »Ich treffe mich mit Carola in Charlottenburg, nur daß du Bescheid weißt.« Es ist das letzte bekannte Lebenszeichen von Petroll.

Der Tod im Grunewald

Der Morgen des 29. September ist mild. Es ist 9 Uhr. Im Grunewald sind zu dieser Zeit nur wenige Menschen unterwegs. Auf dem Königsweg, der vom Auerbachtunnel an in Richtung Süden parallel zur Avus verläuft, quälen sich einige Jogger über den Asphalt. Der Rentner Kurt Saager ist auf seinem Fahrrad unterwegs auf dem Grenzweg zwischen den Waldabschnitten 58 und 59. Der Weg geht etwa 1,5 Kilometer vom S-Bahnhof Eichkamp rechts vom Königsweg ab. Er ist Pilzsammler, sein Blick ist nach unten gerichtet. Doch dann bemerkt er aus den Augenwinkeln etwas Ungewöhnliches. Als er hochschaut, bekommt er einen Schreck. Wenige Meter von ihm entfernt, an einer Eiche, hängt eine Gestalt. Saager springt vom Rad und rennt zu dem Baum. Er faßt die Person an – sie ist kalt. Tot, denkt Saager. Per Handy ruft er die Polizei.

Saager wartet. Beim Blick auf den Toten wundert er sich. Er hängt direkt über einer merkwürdigen Holzkonstruktion aus Birkenscheiten. Die Basis bilden einige Schichten, bei denen die Scheite ein Quadrat bilden. Weiter oben formen die Holzstücke jeweils Dreiecke. Saager kennt sich im Grunewald gut aus. Seit Jahren ist er immer wieder hier unterwegs. Aber so einen Stapel hat Saager noch nie gesehen. »Vielleicht hat ihn der Förster gebaut«, denkt er. Dabei schaut er auf die Einzäunung der an den Fundort grenzenden Schonung: »Vielleicht sollte das ja auch eine Art Treppe werden, um leichter in die Schonung zu kommen«, überlegt Saager.

Zwanzig Minuten steht Saager alleine im Wald. Dann kommen endlich Wagen der Feuerwache Wannsee und der Polizei. Die Einsatzkräfte erkennen sofort, daß es für jede Hilfe zu spät ist. Sie bestellen den bereits gestarteten Rettungshubschrauber »Christoph 31« ab. Um 9.45 Uhr stellt laut Bericht die Berufsfeuerwehr offiziell den Tod des Unbekannten fest. Es treffen zwei Kriminalpolizisten der Direktion 2 am Jagen 58/59 ein.

Die Kripoleute fotografieren den Toten und das Umfeld der Eiche mit einer Kleinbildkamera. Dann holen die Feuerwehrmänner den Toten vom Ast. Den Strick lassen sie am Hals. Das noch am Ast befindliche Seilende schneiden sie ab. Der Tote ist 25 bis 30 Jahre alt. Er hat keinerlei Papiere bei sich. Nichts, was auf seine Identität schließen läßt. Keine Quittungen, keine Notizzettel, keine BVG-Karte. Lediglich in seiner linken hinteren Hosentasche finden die Beamten drei Telefonkarten, eine zu 6, zwei zu je 12 Mark. In der vorderen rechten Hosentasche hat der Unbekannte Münzen im Wert von 6,69 Mark. Am rechten Handgelenk trägt er ein braunes Lederarmband mit blauen Kreuzstichen. Der Tote ist nach Angaben der Polizisten 1,76 Meter groß.

Den Fundort der Leiche beschreiben die Beamten detailliert: Die Eiche ist etwa 15 Meter hoch, der Ast, an dem der Tote hing, befindet sich in einer Höhe von drei Metern. Den Holzstapel erfassen sie in ihrem Bericht als einen »ca. 85 Zentimeter hohen, sorgfältig aufgeschichteten, stabilen Holzstapel, bestehend aus jeweils schräg und längs übereinander gestapelten Birkenstämmen«. Was ihnen auffällt, ist die Position der Füße des Toten. Sie hängen frei in der Mitte der Konstruktion. Etwa vierzig Zentimeter über dem Waldboden. Die Polizisten suchen die nahe Umgebung sorgfältig ab, um irgendetwas zu finden, was auf die Identität des Unbekannten und die Umstände seines Todes hinweisen könnte. Laut Polizeibericht finden sie nichts. Hundert Meter vom Fundort entfernt allerdings finden die Beamten ein zerissenes Stück Papier. Es ist ein »Kündigungsrückzug», ausgestellt auf die Personalien von Okan Özmen, Siegfriedstraße 37, 12053 Berlin.

Für die Beamten ist der Fund zunächst nichts Besonderes. Sie stellen den Zettel erst einmal sicher. Die Umstände des Leichenfundes sind für sie nicht auffällig. Sie gehen davon aus, daß es sich bei dem Toten um einen Selbstmörder handelt. Im Bericht heißt es trocken: »Hinweise auf ein Fremdverschulden ergaben sich zum derzeitigen Ermittlungsstand nicht.« Es ist Sonnabend in Berlin. Da rückt bei einem Selbstmord kein Staatsanwalt aus.

Routinemäßig kommt das »Landesinstitut für gerichtliche und soziale Medizin Berlin« und bringt den Toten zur Leichenbesichtigung in die Gerichtsmedizin in der Invalidenstraße 52. Auf dem Leichenbegleitschein steht als Grund der Einlieferung: »Suizid durch Erhängen.« Den Beamten scheint der Fall klar zu sein. Im Institut müssen sie einige Zeit warten, bevor sie sich weiter mit der Leiche beschäftigen können. »Da die Gerichtsmedizin zwischenzeitlich aufgrund der Auftragslage unbesetzt war, konnte eine Leichenbesichtigung erst um 13.25 Uhr durchgeführt werden«, heißt es in den Akten.

In der Gerichtsmedizin betrachten die zwei Kriminalpolizisten den Toten genauer: »Die Bekleidung machte einen sauberen, ordentlichen Eindruck.« Er trägt eine schwarze »Nike«-Windjacke mit Reißverschluß, einen taubenblauen Fleece-Kapuzenpullover der Firma »Levis«, ein lindgrünes T-Shirt von »Hugo Boss«, einen dunkelblaue »Levis« und hellbraune »Mountain-Athletics«-Ledersportschuhe. Er hat einen dunklen Dreitagebart, ist schlank, 1,76 Meter groß und wiegt 73 Kilo. Die Leichenstarre ist bereits ausgeprägt. Auch das Seil haben sich die Kripobeamten genau angesehen. Es hat einen Durchmesser von 0,8 Zentimeter, bestehend aus Kunststoffasern. Es handele sich um »eine Art ›Henkersknoten‹, mit sechsfacher Umschlingung«.

Weiter passiert mit der Leiche erst einmal nichts. Die Polizei dagegen versucht herauszufinden, wer der Tote sein könnte. Der einzige Hinweis ist der zerissene Zettel mit dem Namen Okan Özmen. Noch am selben Tag, dem 29. September, bittet die Kripo den Abschnitt 53 um Hilfe: Wird Özmen vermißt? Paßt auf ihn die Beschreibung des Toten? Ein Polizeiobermeister klingelt gegen 19 Uhr bei Özmens. Okan, ein 29jähriger Schlosser, ist zu Hause. Er ist erstaunt über die Nachfrage der Polizei. Einer der Beamten sagt ihm so nebenbei: »Wenn Sie nicht der Tote sind, dann könnten Sie ja auch der Täter sein.« Dann gehen die Polizisten wieder. Okan Özmen wundert sich.

Am nächsten Tag, dem 30. September, sehen sich drei Kripo-Mitarbeiter noch einmal den Fundort an. Dabei finden sie »zwischen dem Zaun der Schonung und der Eiche Reste des vermutlichen Strangmaterials«. Also direkt dort, wo der Tote an einem drei Meter hohen Ast hing. Die Seilstücke von jeweils etwa dreißig Zentimeter Länge waren am Vortag liegengeblieben. Offenbar hatte sie niemand bemerkt. Auch jetzt messen die Ermittler ihnen keine besondere Bedeutung bei. Als die Polizisten zu dem Ast hochblicken, sehen sie, daß dort »eine Einkerbung in der Baumrinde vorhanden ist. Es dürfte sich hierbei um die handeln, an der das Strangmaterial befestigt war«. Dabei belassen sie es und suchen die umliegenden Waldwege noch einmal nach weiteren Spuren und Hinweisen ab. Vergeblich. Bei einer weiteren Besichtigung stellen sie lediglich fest, daß der Tote »Schmutzanhaftungen an den Händen« hat. Die könnten nach Meinung der Beamten »durch das Aufstapeln des Holzes hervorgerufen sein« worden. Daß die Kripo die Todesursache dennoch für nicht eindeutig hält, geht aus einem Vermerk vom 1. Oktober 2001 hervor. Darin heißt es: »Es wird von hier aus eine Obduktion angeregt, da aufgrund der Auffindesituation der Leiche ein Fremdverschulden nicht mit Sicherheit ausgeschlossen werden kann.«

Als die Polizei noch versucht, den unbekannten Toten zu identifizieren, meldet sich plötzlich Okan Özmen. Er will wissen, warum erneut zwei Polizisten bei ihm zu Hause waren und nach ihm gefragt haben. Wird nach ihm gefahndet? Bei der Befragung Özmens am Dienstag, den 2. Oktober, zeigen ihm die Beamten sein nahe des Fundorts gefundenes Kündigungsrückzugsschreiben an die »Fitness-Company«. Ob er erklären könne, wie das Papier in den Jagengrenzweg gekommen ist? »Nicht genau. Aber ich bin im Sommer dieses Jahres, also im Juli und im August, öfters mal die Avus entlanggefahren. Ich war auch ab und zu mal am Wannsee im Bereich des S-Bahnhofs Wannsee. Und ich habe mit einer Freundin eine Bootstour gemacht. Mehr kann ich dazu nicht sagen.« Als er ein Bild der toten Person sieht, sagt er: » Den kenne ich nicht.« Für die (nie exakt ermittelte) Todeszeit des unbekannten Toten hat er ein Alibi. Er war mit einem Cousin und mit Freunden bis weit in die Nacht unterwegs. Damit endet die Befragung.

Ebenfalls an diesem Dienstag trifft Sabrina Weiser den »AUBIS«-Anwalt Andreas Liesken. Eigentlich geht es um einen Unfall, den Weiser Wochen zuvor mit einem Mietwagen Petrolls verursacht hat. Es gibt noch einige Formalitäten wegen der Versicherung zu klären. Dann aber nimmt das Gespräch plötzlich eine Wende. Nach Erinnerung Sabrina Weisers sei Liesken »stinksauer« auf Petroll gewesen, weil »er es wirklich getan hat«. Seit rund zehn Tagen sei klar, daß Petroll der Bank Dokumente verkaufen wollte. Liesken bestreitet auf unsere Nachfrage, daß es ein solches Treffen jemals gegeben hat.

An diesem Dienstag wird einer von Petrolls Berliner Freunden aktiv. Sebastian Biermann hatte sich bisher ebenso wie Sabrina Weiser keine Sorgen um ihn gemacht. Die beiden haben vermutet, daß er spontan wieder einmal nach Hamburg gefahren ist. Doch jetzt wird Biermann unruhig. Sein Freund hat nicht einmal angerufen, um Bescheid zu sagen, wo er steckt. Besorgt ruft Biermann bei Petrolls Vater in der Hansestadt an. Doch der hat auch nichts von seinem Sohn gehört.

Am vierten Oktober, fünf Tage nach dem Leichenfund, wird der Tote obduziert. Das Ergebnis faßt ein Kripomann knapp zusammen: »Als Todesursache wurde Tod durch Erhängen festgestellt. Spuren für eine Fremdeinwirkung bzw. andere Verletzungen waren nicht vorhanden.« Bei der Staatsanwaltschaft wird der Fall am 10. Oktober vorerst abgeschlossen: »Selbsttötung«. Der Fall wird als Freitod eingeordnet, obwohl noch nicht einmal die Identität des Toten geklärt ist. Daß der Mann zum Todeszeitpunkt nicht in einem Rausch war, stellen die Gerichtsmediziner zweifelsfrei fest: Der Unbekannte stand weder unter dem Einfluß von Medikamenten, noch hatte er Drogen genommen. Er war auch nicht alkoholisiert.

Unterdessen hat Vater Petroll versucht, seinen Sohn vermißt zu melden. Zweimal in Hamburg, einmal telefonisch in Berlin. Doch Lars Oliver ist erst wenige Tage verschwunden. Und er ist volljährig. Deshalb bekommt sein Vater zu hören: Ihr Sohn ist erwachsen. Der kann auch mal einige Zeit unterwegs sein, ohne sich abzumelden.

Um den verschwundenen Petroll sorgen sich auf besondere Weise auch zwei Personen, die engen Kontakt zum »AUBIS«-Kern haben. Rechtsanwalt Andreas Liesken und Carola Clement, die frühere Sekretärin. Sie stehen um den 20. Oktober plötzlich vor der Wohnung des Petroll-Freundes Sebastian Biermann. Sie wollen mit Biermann reden. Die erste Frage, die sie stellen, lautet: »Weißt du, wo Lars Oliver ist? Hat er Notizen hinterlassen!« Auch von einem Päckchen ist die Rede.

In Päckchen hatte Petroll seine Beweismittel verpackt, bevor er sie versteckte. Biermann weiß von nichts. Dann sagen die beiden, sie seien eigentlich aus Sorge um Lars Oliver gekommen. Es hätte sich jemand vom Reichstag gestürzt und sie fürchten, daß es Lars Oliver war. Weshalb sie die Idee erwähnen, daß Petroll sich umgebracht haben könnte, ist völlig ungeklärt. Der Tote vom Reichstag jedenfalls ist identifiziert. In den Zeitungen steht, daß es sich um einen 36jährigen Künstler handelt. Und der Anwalt weiß ebenso wie Petrolls Bekannte: Lars Oliver ist erst 32. Und er ist EDV-Techniker.

Inzwischen ist auch Petrolls alter Technik-Freund Carsten Risken beunruhigt. Er hat längere Zeit nichts mehr von Lars Oliver gehört. Am 1. November versucht er von seinem Büro aus, Petroll in Berlin vermißt zu melden. Doch auch er hat damit keinen Erfolg: Als Freund könne er das nicht, teilt ihm ein Beamter mit. Kurzentschlossen fährt Risken noch am gleichen Tag nach Berlin, um Petroll zu suchen. Abends kommt er in der Osnabrücker Strasse an. Um in den Hausflur zu kommen, drückt er auf alle Klingeln. Irgendjemand öffnet. Risken sieht sofort die Reihe der Briefkästen. Die beiden Briefkästen Petrolls, der private und jener für »Pashatel«, quellen über.

Risken steigt die Treppen bis in die dritte Etage hoch. Er klingelt – doch in der Wohnung rührt sich nichts. Risken bemerkt, daß der Türspion fehlt. Er blickt durch das kleine Loch und sieht, daß die Wohnung ziemlich leer ist. Aus irgendeinem Grund beunruhigt ihn dieser Zustand – die Szene wirkt verlassen und unbelebt. Risken ruft den Vater Petrolls an und fragt ihn, ob er etwas

Neues gehört hat. Hat er nicht, aber er will sich noch einmal an die Polizei wenden.

Bewegung in den Fall kommt erst am 12. November 2001 – als unbeabsichtigte Folge der Wohnungsdurchsuchung bei Petroll Anfang September. Dort hatten die Ermittler das Schloß aufbrechen und ein neues einsetzen lassen. Der Schlüssel liegt beim Polizeiabschnitt 28. An Petrolls Tür klebt ein Hinweis, daß er ihn dort abholen könne. Als er das nicht tut, schreibt die Wache ihn an. Der Brief kommt allerdings postwendend zurück: Briefkasten überfüllt. Deshalb ruft ein Beamter beim Landeskriminalamt 3111 an, das bei der Durchsuchung federführend war. Über diese Nachfrage erfahren die Kripo-Leute, daß der Vater auf ein Lebenszeichen seines Sohnes wartet und vergeblich versucht hat, eine Vermißtenmeldung aufzugeben. Und daß er sämtliche Freunde seines Sohnes befragt hat, aber keiner wußte, wo er sich aufhält.

Jetzt klingeln bei einer Polizistin offenbar die Alarmglocken. Sie denkt sich: Da Petroll für sie nur ein Zeuge zum Verfahren ist und nicht als Beschuldigter gesucht wird, hat er eigentlich keinen Grund unterzutauchen. Deshalb ist sein Verschwinden merkwürdig. An ein Untertauchen aus Furcht denkt sie offenbar trotz der aktenkundigen Vorgeschichte des EDV-Leiters nicht. Diese Logik ermöglicht schließlich, was der besorgte Vater nicht erreichen konnte: An diesem Tag, dem 12. November, gibt die Kripo eine Vermißtenmeldung raus. »Betr: Vermißter Erwachsener«. Die Personenbeschreibung lautet: 32 Jahre alt; 1,80 Meter groß; schlank; dunkelbraune, eher kurze Haare; braune Augenfarbe; keine besonderen Kennzeichen wie Narben oder Tätowierungen.

Drei Tage später, am 15. November, gehen erneut zwei Kommissare in die Wohnung Petrolls. Deren Zustand wirkt auf sie chaotisch. Sie finden einige unbezahlte Rechnungen. Aus herumliegenden Verträgen geht hervor, daß Petroll im selben Haus ein Internet-Café eröffnen will. Dann entdecken sie einen alten Personalausweis und ein Foto. Zu sehen ist jeweils dieselbe Person. Um sicherzugehen, daß es sich um Petroll handelt, fragen sie in einer Nähstube im Erdgeschoß nach. Die Besitzerin erkennt Petroll auf den Fotos wieder. Sie erzählt, daß sie in den vergangenen Monaten für ihn einige Post-Pakete angenommen hatte. Die seien aber schon im September von einer Freundin Petrolls abgeholt worden.

Mit den Fotos Petrolls fahren die Ermittler zurück in ihre Dienststelle und setzen sich an die Vermißtenkartei. Sie werden schnell fündig und notieren: »Bei einem Vergleich des Fotos des Vermißten mit einem Lichtbild einer am 29. September 2001 im Jagen 59, 14193 Berlin, Königsweg, aufgefundenen erhängten Person konnte eine sehr hohe Ähnlichkeit festgestellt werden. Der Vermißte ist nach hier vorliegenden Erkenntnissen Zeuge in einem Wirtschaftsprozeß, Az. 3 WI Js 745/01.« Bekannt ist auch, daß es in dem Verfahren um Millionenbeträge geht.

Jetzt sucht die Kripo nach Bekannten Petrolls, um ihn zu identifizieren. Fotos des Toten zeigen sie Bewohnern des Mietshauses, der Nähstubenbesitzerin und Bekannten Petrolls, deren Namen sie in seiner Wohnung gefunden haben. Karin Gerken, eine Nachbarin erkennt ihn. Sie erinnert sich, Petroll noch Anfang August getroffen zu haben. Er sei wie immer sehr freundlich gewesen und hätte überschwenglich von der Eröffnung seines Internet-Cafés erzählt. Die Mitarbeiterin einer Technikfirma gibt den Ermittlern einen besonderen Hinweis: Petroll solle für ein Unternehmen namens »Aubiprom« in der Lindenallee 33 gearbeitet haben. Die Beamten gehen dem Hinweis erfolgreich nach. »Eine Firma namens »Aubiprom« gab es laut Telefonbuch 1999/2000 und sie hatte ihren Sitz in der Lindenallee 33 in der Nähe des Theodor-Heuss-Platzes in Charlottenburg.« Bei dieser Notiz bleibt es, eine Verbindung zur »AUBIS«-Gruppe stellen sie nicht her.

Auch Cengiz vom Imbiß am Mierendorffplatz suchen die Beamten auf. Der Türke hat keinen Zweifel: Der Tote ist Lars Oliver. Cengiz berichtet, daß er ursprünglich gemeinsam mit Petroll ein Internet-Café aufbauen wollte. In den Geschäfträumen hat sich inzwischen ein Ermittler umgesehen. Nüchtern stellt er fest: »Das Ladengeschäft … befindet sich im Stadium der Renovierung. Es liegen Baumaterialien und Werkzeuge herum.«

Trotz der Zeugenaussagen fehlt der Polizei noch ein echter Beweis dafür, daß der Tote wirklich Petroll ist. Sie bittet ihre Hamburger Kollegen am 20. November um Amtshilfe: Ist über den Vater Petrolls ein Zahnarzt ausfindig zu machen? Hatte der Sohn eine Freundin? Hat er Kontaktlinsen? Die Antwort liegt zwei Tage später vor: Petroll trägt Kontaktlinsen.

Inzwischen haben allerdings Beamte in der Wohnung an der Osnabrücker Straße nach Fingerabdrücken Petrolls gesucht. An einer Vase, die in der Küche steht, werden sie fündig. Der Vergleich mit den Abdrücken der unbekannten Leiche bringt die letzte Gewißheit. In ihrem Bericht heißt es: »Aufgrund der Übereinstimmungen im Untersuchungsmaterial steht nach den Grundsätzen der Daktyloskopie fest, daß der am 29.09.2001 gefertigte Vergleichsabdruck des rechten Daumens der Leiche Nr. 1845/01 mit der … gesicherten daktyloskopischen Spur übereinstimmt.« Damit ist es am 21. November amtlich: Der Tote aus dem Grunewald ist der frühere »AUBIS«-EDV-Chef Lars Oliver Petroll.

In Hamburg rufen Polizisten beim Vater Petrolls an und teilen ihm mit, daß sein Sohn tot ist. Wenige Tage später meldet der Vater sich bei der Polizei. Er berichtet den Beamten von der SMS, die er von seinem Sohn direkt vor dessen Tod erhalten hat: »Mir geht es gut. Alles in Ordnung.« Einen Selbstmord seines Sohnes hält er schlichtweg für kaum vorstellbar. Was er jedoch auch sagt: Sein Sohn habe sich bedroht gefühlt. Die »AUBIS«-Chefs hätten ihn unter Druck gesetzt, weil sein Sohn »von deren Unregelmäßigkeiten gewußt« habe. Der Vater erinnert sich auch an den Namen einer Freundin: Sabrina Weiser. Und noch einen Hinweis gibt er: Früher sei sein Sohn mit einer Carola Clemer oder Blemer zusammen gewesen. Ein Rechtsanwalt namens Liesken müsse mehr darüber wissen. Liesken sei Anfang Oktober in Hamburg gewesen und habe sich bei ihm nach seinem Sohn erkundigt. Liesken bestreitet diese Darstellung des Vaters.

Der Vater berichtet den Ermittlern von einem weiteren Geschehen, das sich später noch als sehr wichtig herausstellen soll. Carola Clement habe ihm etwas von einer Reisetasche erzählt. Diese Tasche habe sie Lars Oliver gegeben – darin seien Liebesbriefe des »ELPAG«-Chefs Sven Asmus und verschiedenen Disketten gewesen. Und diese Tasche mit Briefen und Disketten sei in Tegel deponiert worden, in einem Schließfach. Im Zuge von Sicherheitsmaßnahmen nach dem 11. September sei das Schließfach geöffnet worden. Der Inhalt sei an den Besitzer der angeblichen Liebesbriefe, Sven Asmus, gesandt worden. Interessanterweise fügt sie nach Erinnerung des Vaters noch hinzu, woher sie diese skurrile Geschichte weiß: von Tanja Wienhold, der Tochter des »AUBIS«-Chefs.

Dem Vater ist die Brisanz der Schilderung Clements nicht bewußt. Er weiß nicht, daß es in Tegel gar keine Schließfächer gibt. daß nach dem 11. September keine Tasche in einem Schließfach gefunden und geöffnet worden ist. Es ist lediglich in der Gepäckaufbewahrung eine Sporttasche als überfällig aussortiert und an das zentrale Fundbüro weitergeleitet worden. Von dieser Sporttasche spricht die ehemalige Sekretärin. Der Vater weiß nicht, daß diese Tasche in Wirklichkeit einen völlig anderen Inhalt hatte. Er weiß nicht, daß sein Sohn Beweismaterial gegen »AUBIS« versteckt hatte. Vater Petroll gibt diese Geschichte einfach an die Polizei weiter.

Die zuständige Komissarin ergänzt danach noch: »Zu Sven Asmus ist bekannt, daß er der Geschäftsführer der ›ELPAG‹ GmbH ist und längere Zeit eine Geschäftsführer-Position in der ›AUBIS‹-Gruppe inne hatte. Im Zusammenhang mit der ›ELPAG‹ und der ›AUBIS‹-Gruppe wird hier zum Verfahren 3 WI Js 745/01 ermittelt. Es wurde inzwischen bekannt, das L.O. Petroll am 13.07. 2001 von dem gemeinsamen Konto der im obengenannten Verfahren Beschuldigten Klaus-Hermann Wienhold und Dr. Christian Neuling einen Betrag von 10.000 DM überwiesen bekam. Aus dem Verfahren ist weiterhin bekannt, daß vermutlich Lars Oliver Petroll sich an einen Anwalt im Juli/August 2001 gewandt hat, um seine Unterlagen für eine größere Geldsumme anzubieten. Nach Angaben dieses Anwaltes wollte L.O. Petroll sich ins Ausland absetzen, da er erhebliche Angst vor den Handelnden der ›AUBIS‹-Gruppe habe.«

Am selben Tag sprechen Kripobeamte mit Sebastian Biermann, Petrolls Mitbewohner. Auch Biermann schildert Petroll als jemanden, der große Angst gehabt habe. Er wird laut Vernehmungsprotokoll auch konkret: Petroll habe ihm gesagt, daß er von »Leuten der Firma ›AUBIS‹« bedroht wurde, und daß er unbedingt untertauchen müsse. Darum habe er auch bei ihm, Biermann, gewohnt. Aus seiner Sicht kann Petrolls Verhältnis zu seinen Arbeitgebern kein ganz gewöhnliches gewesen sein. Denn Petroll hat ihm auch erzählt, daß er durch seine Arbeitgeber den Auftrag erhalten habe, ein Haus zu überwachen. Das habe er abgelehnt.

Dann berichtet Biermann den Ermittlern ein hochspannendes Detail. Petroll hat ihm an seinem letzten Abend gesagt, wen er noch treffen wollte. Ein möglicher Hinweis auf die letzte Person, die Petroll lebend gesehen hat: Zwischen 18 und 19 Uhr habe Petroll ihn auf dem Handy angerufen und gesagt: »Ich treffe mich jetzt mit Carola in Charlottenburg, nur daß du Bescheid weißt.« Er plante demnach, die frühere Sekretärin von »AUBIS« zu treffen. Biermann selbst kennt Carola nicht.

Für die Ermittler ist Biermann ein Glücksfall. Er beantwortet ihnen einige der wichtigsten Fragen. Zum Beispiel erfahren sie von ihm auch, wo ein Teil der technischen Geräte Petrolls geblieben ist. Darunter auch Datenträger: Ex-Freundin Sabrina Weiser habe mehrere Rechner und andere Geräte aus Petrolls Wohnung geholt. Sie hatte einen Schlüssel zu der Wohnung. In Biermanns eigener Wohnung ist nur wenig zurückgeblieben. Ein Rucksack mit Bekleidung, der Ausweis Petrolls und ein Handy vom Typ Nokia 6210. Die Beamten sehen sich den Rucksack nicht an. Auch das Handy interessiert sie nicht. Die gespeicherte Kontaktnummern, die letzten Telefonanrufe oder möglicherweise hinterlassene Nachrichten scheinen ihnen offenbar nicht wichtig zu sein. Bevor sie gehen, gibt ihnen Biermann noch etwas mit auf den Weg: Lars Oliver Petroll muß sein anderes Handy und seinen »Leatherman«, ein Multifunktionswerkzeug, bei sich gehabt haben, als er am Abend vor seinem Tod die Wohnung verließ. Mit diesen Informationen ziehen die Polizisten ab.

Am nächsten Tag versuchen sie, Petrolls Ex-Freundin Sabrina Weiser zu vernehmen. Doch Weiser fühlt sich nicht wohl. Sie erzählt ihnen lediglich bereits bekannte Dinge: Daß Petroll sich aus Angst nicht mehr in seine eigene Wohnung getraut habe, er fürchtete, daß man ihm auflauern und ihn umbringen wolle.

Jetzt faßt die Kripo ihre Erkenntnisse zusammen. In einem Zwischenbericht vom 28. November heißt es: Petroll galt als Zeuge im Wirtschaftsstrafverfahren gegen »Klaus Wienhold u.a.«. Er hatte tiefe Einblick in das »AUBIS«-Geschäftsgebaren. Er müßte gewußt haben, so der Bericht, daß es »zu großen Unregelmäßigkeiten mit der Energiefirma ›ELPAG‹ aus Leipzig kam, da dort überhöhte Energierechnungen abgerechnet wurden«. Er hatte am 13. Juli von Wienhold und Neuling 10.000 Mark überwiesen bekommen. Und er hatte sein Wissen der BerlinHyp zum Kauf angeboten. Schließlich hatte er mehreren Freunden gegenüber erwähnt, daß er durch »AUBIS«-Mitarbeiter bedroht werde. Am Tag, bevor er gefunden wurde, wollte er Carola Clement, die ehemalige Sekretärin, treffen. Und er schickte seinem Vater die positive SMS. Aus all dem zieht man im Landeskriminalamt den Schluß: »Aufgrund der bisher vorliegenden Erkenntnisse ist ein Fremdverschulden nicht mehr auszuschließen.«

Auch die im Verfahren wegen Betruges und Untreue gegen Wienhold und Neuling ermittelnden Staatsanwälte sehen einen Zusammenhang zu dem Toten. Seine Arbeit bei der »AUBIS«-Gruppe, sein Angebot an die Bank, seine Sicherungskopien zu verkaufen und die Akteneinsicht der Anwälte der Beschuldigten zehn Tage vor Petrolls Tod, alle diese Vorgänge erfordern eine enge Zusammenarbeit der Ermittler.

Eine Woche später, am 5. Dezember, schickt der zuständige Staatsanwalt ein Schreiben (Geschäftsnummer 1 Kap Js 2150/01) an das Landeskriminalamt 4116. Das ist die Mordkommission. Unter »Vermerk« heißt es: »Es wird um Aufnahme der Ermittlungen gebeten.« Die Staatsanwaltschaft liefert der Kripo Akten mit 146 Seiten. Von jetzt an sollten die Ermittlungen intensiviert werden. Von jetzt an geht es um einen möglichen Mord.

Wie ist Lars Oliver Petroll ums Leben gekommen? Auf der Suche nach einer Antwort wenden sich die Kripo-Beamten zunächst an die Gerichtsmedizin. Sie wollen Teilaspekte des Obduktionsberichtes noch einmal genauer erläutert bekommen. In der Antwort vom 12. Dezember betont der renommierte Rechtsmediziner Prof. Dr. Dr. Volkmar Schneider, daß sich die Befunde im Fall Petroll mit Selbstmord »in Einklang bringen lassen. Befunde, die zwingend an eine andere Deutung denken lassen, sind nicht erkennbar«. Auch bei einer erneuten Durchsuchung der Wohnung Petrolls stoßen die Ermittler auf Dinge, die ins »Schema F« für Selbstmorde zu passen scheinen. In der Wohnung herrsche ein großes Durcheinander. Sie wissen allerdings nicht, »inwieweit der Zustand der Wohnung durch vorangegangene Maßnahmen« der Polizei beeinflußt wurde. Dann finden sie Rechnungen und Bankunterlagen, aus denen sie schließen, daß Petroll mit gut 35.000 Mark im Minus war. Von nun an taucht in den Ermittlungsakten die Möglichkeit eines Selbstmordes wegen »hoher Schulden« auf.

Dann kümmern sich die Ermittler um den Fundort. Sie haben die Akten der Kollegen vorliegen, die am 29. September in den Grunewald gerufen worden waren. Die Unterlagen sind unzureichend. Vor allem die Bilder vom Tatort: Es wurden »insgesamt sechs Fotos von der Auffindesituation gefertigt, die eine beschränkte Aussagekraft haben«, heißt es trocken in einem Bericht mit dem Betreff: »Überlegungen/Rekonstruktion bezgl. des Erhängens.« Die Mordermittler sehen sich den Ort des Geschehens noch einmal selber an. Mit einer Haushaltsleiter und einem Zollstock haben sie sich in den Wald aufgemacht, um das mögliche Geschehen zu rekonstruieren. Aus dem Bericht wird deutlich, daß das Team innerlich bereits von einem Freitod ausgeht. Schon in der ersten reinen Beschreibung schildern sie Lars Oliver Petroll als Handelnden: »Der Ast, an dem Petroll das Strangmaterial befestigte, befindet sich ca. 3 Meter über dem Boden«, heißt es beispielsweise. Und bald nach der Beschreibung des drei Meter hohen Astes und der Seilfurche an diesem Ast, bemerkt der Verfasser: »Die bisherigen Ermittlungen sprechen eindeutig für eine Selbsttötung Petrolls durch Erhängen.« Seine Thesen: »Petroll gelangte über den Jagentrennweg 58/59 zu der Eiche, an der er sich erhängte. Er fand die zirka achtzig bis hundert Zentimeter langen Birkenholzrollen zum Stapeln der Steighilfe vermutlich unmittelbar neben dem Baum vor. Die Birkenholzrollen stapelte er in insgesamt acht Lagen übereinander.

Abschließend kann mit großer Wahrscheinlichkeit gesagt werden, daß Petroll sich zunächst die Steighilfe aufstapelte und dann auf ihr stehend das Strangmaterial am Ast befestigte. Dafür spricht u.a. seine gering beschmutzte Kleidung.«

Soweit die Überlegungen. Die Tendenz zur Selbstmordthese erscheint schon in diesen ersten Tagen der Ermittlungen überdeutlich. Es dürfen Zweifel erlaubt sein, ob die Ermittlungen nach dieser Festlegung noch ergebnisoffen geführt werden können.

Doch die Untersuchung geht weiter. Zunächst will einer der Beamten wissen: Was ist eigentlich aus den Asservaten geworden? Vor allem aus den Kleidungsstücken? Die Antwort vom Leichenschauhaus ist ernüchternd: Die Gegenstände wurden alle an ein Bestattungsunternehmen in Hamburg-Rahlstedt übersandt. Dort wiederum sind alle Kleidungsstücke einschließlich der Schuhe mit dem Leichnam eingeäschert worden. Eine Panne, die zu verhindern gewesen wäre. Denn Petroll wurde erst Tage nach dem offiziellem Beginn der Mordverdachts-Ermittlungen eingeäschert. Die Nachfrage der Ermittler vom 17. Dezember kam schlichtweg zu spät.

Zu spät kommen die Kripoleute auch am 18. Dezember in Leipzig. Dort wollen sie mit einem Beschluß des Amtsgerichts Tiergarten die Räume des Wärmelieferanten »ELPAG« durchsuchen. Als das Team um zehn Uhr bei »ELPAG« klingelt, ist nur die Sekretärin anwesend. Chef Sven Asmus ist unterwegs. Immerhin ist er über sein Autotelefon zu erreichen. Und so kann Asmus die Kripoleute über Umstände aufklären, die ihren Durchsuchungsbeschluß wertlos erscheinen lassen: »ELPAG« habe seinen Sitz seit dem 1. August nicht mehr in Leipzig, sondern in Norderfriedrichskoog. Ein interessanter Firmen-Sitz. Der nordfriesische Ort auf der Halbinsel Eiderstedt hat 45 Einwohner, 17 Häuser und 360 ansässige Unternehmen. Die Gemeinde ist eine Steueroase, verlangt weder Gewerbe- noch Grund- oder Hundesteuer. Das zieht allerlei Arten von Firmen an. Nach Norderfriedrichskoog hat auch schon die ursprünglich an der Kanalstraße in Berlin ansässige Firma »Neuling Oel+Chemie Gesellschaft mbh« ihr Domizil verlegt.

Aus dem Gespräch mit Asmus ergibt sich, daß »ELPAG« seinen Sitz dort an der Koogstraße 8 hat. In dem Büro und bei seiner Steuerberaterin lägen die meisten Geschäftsunterlagen. Den Ermittlern ist die Adresse bekannt. Genau dort haben sie am 26. November schon einmal nach Geschäftsräumen einer zur »AUBIS«-Gruppe gehörenden Kommanditgesellschaft gesucht. Als die Beamten eintrafen, standen sie auf einem Bauernhof. Der Hofbesitzer half ihnen gerne. Ob denn zum Beispiel ein Herr Neuling ein Büro oder eine Firma hier habe? Die Antwort ist eindeutig: »Jau, dat het hei. De het doa een Melkkammer.» Die Melkkammer sollte in ein Büro umgebaut werden. Das wollte Neulings Firma selbst in die Hand nehmen. Passiert ist bis jetzt nichts. Und die Firma habe dort auch keine Gegenstände aufbewahrt.

Der Bauer kann sich über die Mieter nicht beschweren. Sie lassen sich zwar nicht sehen und auch nichts von sich hören. Ein Firmenschild haben sie am Büro in spe auch nicht angebracht. Aber sie bezahlen ihre Miete.

Und auf diesem Bauernhof hat jetzt angeblich auch das Millionenunternehmen »ELPAG« seinen Sitz. Noch einmal machen sich Ermittler auf den Weg. Wieder ist der Hofbesitzer zu Hause. Ja, »ELPAG« habe ein Büro bei ihm. Die Kripo-Beamten werden diesmal richtig fündig. Es gibt ein Schild mit der Aufschrift »ELPAG«. Und ein einzelnes Zimmer mit eigenem Eingang. In dem Zimmer allerdings erinnert wenig an einen Firmensitz. Der Computer ist nicht angeschlossen. Die Aktenordner sind nicht beschriftet. Aber es findet sich ein Briefumschlag mit einem Schreiben von »ELPAG«.

In dem Umschlag liegen auch etliche Briefmarken. Der Bauer weiß, wofür die Marken gedacht sind: Er soll Post für die Firma »ELPAG« nach Leipzig weiterleiten.

Hat »ELPAG« seine Firmenzentrale doch noch in Leipzig? Nicht, wenn es nach Sven Asmus geht. Er behauptet, die ehemaligen Firmenräume werden jetzt von einer »CoCo 10 Management GmbH« genutzt. Firma weg, Räume mit anderen Nutzern. Damit stimmen die Angaben im Durchsuchungsbeschluß nicht mehr. Die Beamten dürfen nach diesen Auskünften nicht mehr durchsuchen. Dann allerdings macht Asmus einen Fehler. Er erwähnt, daß nur noch ein paar Unterlagen in den alten Räumen lägen. Das wiederum reicht den Ermittlern. Mit der Begründung es bestehe »Gefahr im Verzug« durchsuchen sie und stellen immerhin noch einige Ordner mit Geschäftsunterlagen sicher.

Zum Fall Petroll wollen die Kripo-Mitarbeiter vor allem eines wissen: Hat Asmus noch die Liebesbriefe und Disketten, die angeblich in dem Päckchen vom Flughafen Tegel waren? Die Antwort ist wenig überraschend: Hat er nicht. Er hat alles vernichtet. Auch die Datenträger. Warum Asmus ein ganzes Päckchen Liebesbriefe an Petroll gibt und der sie angeblich in einem Schließfach eines Flughafens lagert, fragt ihn niemand. Auch nicht, was denn auf den Disketten gespeichert war. Und auch nicht, warum er eigentlich alles vernichtet habe.

An diesem 18. Dezember ist die Aktion in Leipzig kein Einzelfall. Auf der Suche nach Beweismitteln dringen Ermittler auch in die Wohnung von Petrolls Ex-Freundin Sabrina Weiser ein. Sie ist nicht zu Hause. Doch die Beamten haben einen Durchsuchungsbeschluß. Die klare Begründung des zuständigen Richters lautet: Es würden vermutlich »Computer, auf Disketten oder sonstigen Datenträgern gespeicherte Sicherungskopien von Dateien, sonstige Gegenstände oder Schriftstücke über Geschäftsvorfälle aus der ›AUBIS‹-Unternehmensgruppe« gefunden. Außerdem sind auf der Suchliste Kalender oder Adreßbücher. Von ihnen erhoffen sich die Kripo-Leute Hinweise auf einen Hamburger Freund Petrolls, der in der Wohnung des EDV-Technikers »Schriftstücke vernichtet und Computer abtransportiert hat«. Die Ausbeute der Aktion ist kärglich. Die Ermittler stellen ganze sechs Disketten (beschriftet mit »Notfall«, »AUBIS 1«, »Liste IV Kopie Petroll«, »Aubiwist 1021« oder »Imation Aubitech1«) sowie eine Videokassette Fujifilm »1710333601 AUBIS 1 Daten« sicher. Aber schon auf diesem Material finden die Fahnder Informationen, die, so ein interner Vermerk, »für die weiteren Ermittlungen von Bedeutung« sind.

Ganz andere Ausmaße dagegen hat das Material, daß die Fahnder schlichtweg übersehen. Sie lassen etwa 125 Disketten in der Wohnung liegen. Neben Software-Programmen waren darauf auch Daten mit Kern-Kalkulationen der »AUBIS«-Chefs – und damit Beweismittel. Einen Schlüsselbund, den Petroll als »Generalschlüssel« für die »AUBIS«-Zentrale an der Lindenallee in Charlottenburg bezeichnet haben soll, nehmen sie nicht mit. Und sie ignorieren Unterlagen für eine Bankverbindung Petrolls. Eine erstaunliche Panne in einem Fall, in dem der Verkauf von Informationen, mögliche Erpressungsaktionen und Geldflüsse eine erhebliche Rolle spielen.

Im Laufe des Tages berichten Nachrichtenagenturen über die Neuigkeiten in Sachen »AUBIS«. So meldet ddp unter Berufung auf eine Pressemitteilung der Senatsverwaltung für Justiz eine ganze Reihe von Durchsuchungen in Berlin, Leipzig und Dallgow: »Die Aktionen erfolgten im Rahmen des Ermittlungsverfahrens, das gegen zwei Verantwortliche der ›AUBIS‹-Unternehmensgruppe wegen des Vorwurfs des Betrugs anhängig sei … Die Durchsuchungen wurden erforderlich, nachdem bekannt geworden war, daß sich ein ehemals im EDV-Bereich von ›AUBIS‹ tätiger Mitarbeiter Ende September im Grunewald erhängt hat … Der Mann habe nach eigenen Angaben über Datenträger des Unternehmens verfügt und sich durch die Verantwortlichen der Unternehmensgruppe bedroht gefühlt. Er sei bereits seit mehreren Monaten als Zeuge im vorliegenden Ermittlungskomplex gesucht worden.«

Obwohl mit der Meldung der Eindruck vermittelt wird, Petroll hätte sich zweifelsfrei erhängt, reagiert »AUBIS«-Chef Klaus Hermann Wienhold wütend. Er schreibt einen empörten Brief an den für den »AUBIS«-Wirtschaftskomplex zuständigen Oberstaatsanwalt Hans-Jürgen Dorsch. Mit »erheblicher Verwunderung und nicht geringer Verärgerung« habe man bei »AUBIS« die Pressemitteilung zur Kenntnis nehmen müssen. Es handele sich um eine Verknüpfung von gesicherten Tatsachen und bloßen Vermutungen: »Wir sehen uns … in unseren Rechten verletzt und in unserer persönlichen Ehre beeinträchtigt.« Wienhold will disziplinarrechtliche Schritte prüfen lassen. Es sei der Eindruck erweckt worden, daß die »Selbsttötung unseres ehemaligen Mitarbeiters, die uns tief getroffen hat, da wir über vier Jahre vertrauensvoll mit ihm zusammengearbeitet haben, darauf zurückzuführen ist, daß sich dieser durch uns oder durch Mitarbeiter von uns bedroht gefühlt habe. Eine einfache Nachfrage bei uns hätte für sie ergeben, daß dies nicht der Fall gewesen sein kann.« Der letzte Kontakt habe nämlich am 9. Juli 2001 stattgefunden und mit einem Einvernehmen über eine vertragliche zukünftige Zusammenarbeit geendet. Das gegenseitige Verhältnis sei völlig ungetrübt gewesen. Der Vertrag »war unterschriftsreif«. An dieser Stelle erwähnt Wienhold nicht, ob Petroll den Vertrag unterzeichnet hat – wie es bei einem ungestörten, vertrauensvollen Verhältnis zu erwarten gewesen wäre. Petroll habe sich in den Urlaub abgemeldet und nie wieder Kontakt mit »AUBIS« aufgenommen. »Zu keiner Zeit« habe es »einen Grund für eine Bedrohung gegenüber Herrn Petroll gegeben« und »niemand von uns hat ihn jemals bedroht«.

Kurz vor Weihnachten laden die Mordermittler dann Okan Özmen vor. Er hat sich offenbar in der Nähe des Fundortes aufgehalten. Am 27. Dezember erscheint Özmen bei der Kripo. Die Kernfrage lautet: Wie ist sein Kündigungsschreiben an den Fundort gelangt? Diesmal erzählt Özmen eine andere Geschichte. Er sei mit einem Mädchen dort gewesen, sagt er und druckst herum: »Wie soll ich Ihnen das erklären? Ich habe keine eigene Wohnung, wohne bei meinen Eltern … Ich habe nach meinem Türkeiaufenthalt, also nach meinem Urlaub, dort an dieser Nebenstraße Sex mit einem Mädchen in meinem Auto gehabt.« Der Wagen hätte am Beginn des Jagentrennwegs gestanden. Plötzlich hätte ein Polizeiwagen gehalten und jemand mit einer Taschenlampe ins Innere geleuchtet. Dann seien die Beamten zwar weitergefahren. Aber das Mädchen und er hätten einen großen Schreck bekommen und sich schnell angezogen. Dabei sei er aus dem Wagen ausgestiegen und habe vermutlich den Zettel verloren. Der Kripo-Mann hat vor allem eine Frage: »Wer ist denn bitte das Mädchen, von dem Sie die ganze Zeit sprechen?« Özmen kann nur bedingt weiterhelfen: »Sie heißt Nadine. Den Nachnamen weiß ich leider nicht.« Aber er hat ihre Handynummer und gibt sie dem Ermittler.

Am nächsten Tag meldet die »Deutsche Presseagentur«, dpa, um 15.08 Uhr: »Verdacht auf Tötung eines früheren ›AUBIS‹-Mitarbeiters.« Grundlage der Meldung ist ein Vorabbericht des »Spiegel«. Darin heißt es, am Fundort seien Spuren gefunden worden, die auf eine verdächtige Person hinwiesen. Laut »Spiegel« hatte sich die Abteilung Wirtschaftsverbrechen der Berliner Staatsanwaltschaft von Petroll Informationen in einem Betrugsverfahren gegen die »AUBIS«-Unternehmer Klaus Wienhold und Christian Neuling erhofft.

Am 29. Dezember titelt der »Tagesspiegel«: »Der mysteriöse Tod des ›AUBIS‹-Belastungszeugen«. Das Blatt schreibt: »Insidern zufolge hätte der Computerexperte eine Schlüsselfigur für die Ermittlungen in der Bankenaffäre sein können.«

Die Ermittler erhalten zunehmend Informationen über Petroll. An diesem 28. Dezember vernehmen sie erneut Sabrina Weiser. Sie berichtet den Beamten ziemlich unstrukturiert über ihre Zeit mit dem EDV-Experten: daß er häufig in Leipzig war, daß ihr Ex-Freund im Juli nach Hamburg ging, bei welchen Freunden er unterkam, von welchen Hamburger Bekannten Petroll seine Wohnung ausräumen ließ. Auch, daß Petroll »säckeweise Unterlagen im Reißwolf vernichtet und die Festplatten aus seinen Computern ausgebaut« hatte. Und: »Er wollte aus den Unterlagen, die er über die ›AUBIS‹-Gruppe hatte, Geld machen.« Die Vernehmung muß den Beamten einen Eindruck davon geben, was Petroll wußte, was er plante und wie sehr er sich unter Druck gesetzt fühlte. Weiser erzählt ihnen auch von einem Päckchen, das sie für Petroll aufbewahren sollte. Leider wisse sie nicht, wo sie es gelassen habe. Aber er habe mehrere Päckchen irgendwo verteilt.

Irgendwo? Detaillierte Fragen zu den Päckchen, zu Informationen, die Petroll hatte, zu seinen Datenträgern, den Festplatten, dem »Cassiopeia«, den Handys stellen die Beamten nicht. Sie fragen nicht, ob Petroll die »AUBIS«-Informationen alleine verwerten wollte oder gemeinsam mit einem Partner. Was hatte er zu der Bedrohung gesagt? In ihr Protokoll nehmen sie allerdings einen Hinweis, der Petrolls Tod scheinbar erklären könnte: Unter anderem weiß Sabrina Weiser von Rechtsanwalt Liesken von einem Selbstmordversuch Petrolls. Dieser Hinweis taucht von nun an, von mehreren Zeugen vorgetragen, in verschiedenen Versionen in den Akten auf. Es entsteht der Eindruck, Petroll war selbstmordgefährdet.

Genauer überprüft wird die Geschichte nicht. Dabei hätten genauere Nachfragen zu einem bemerkenswerten Ergebnis geführt: Die verschiedenen Vermutungen über einen möglichen Selbstmordversuch haben dieselbe Quelle: Sie beziehen sich offenbar alle auf Angaben von Andreas Liesken, dem für »AUBIS« aktiven Juristen. Was Liesken wirklich wußte, ist aus dem Protokoll der Polizei zu entnehmen. Beschrieben wird ein Telefongespräch zwischen den Ermittlern und Liesken: »Zu Suizidabsichten des Herrn Petroll gab er an, daß dieser ihm gegenüber einmal geäußert habe, daß er vor zirka zwei Jahren leichtsinnigerweise auf einer Autobahnbrücke herumturnte. Ob er dies aus suizidaler Absicht oder aus Leichtsinn machte, konnte Herr Liesken nicht sagen.« Eine nichtssagende Angabe.

Doch bei mehreren anderen Zeugen hat die Schilderung Lieskens offenbar einen anderen Eindruck erweckt. Diese »gehörte« Kombination »Selbstmord/Autobahnbrücke/Leichtsinn« entwikkelt eine Eigendynamik. Der »Leichtsinn« verflüchtigt sich. Was bleibt ist der angebliche Selbstmordversuch, irgendwann an irgendeiner Autobahnbrücke in der Nähe von Hamburg. Die Freunde in der Hansestadt, die ältesten und engsten Freunde Petrolls, wissen von keinem Selbstmordversuch. Auch die Eltern schütteln nur den Kopf. Sie alle halten diese Gerüchte für völlig absurd.

Recherche ohne Ende

Ende des Jahres 2001 entschließen sich die Redaktionen der »Berliner Morgenpost« (Olaf Jahn und Jens Anker) und des ARD-Magazins »Kontraste« (Susanne Opalka und Ursel Sieber), den Fall Petroll weiter zu recherchieren. Zunächst unabhängig voneinander, dann aber gemeinsam suchen die Teams nach Informationen über Petroll. Ein schwieriger Anfang. Der Fall des toten »AUBIS«-EDV-Technikers ist erst seit wenigen Tagen überhaupt in der Öffentlichkeit. Bis zu diesem Zeitpunkt ist über seine Bedeutung im Bankgesellschafts-Skandal kaum etwas berichtet worden. Namen seiner Familienangehörigen, Freunde, Bekannten und Kollegen sind noch nicht bekannt, ebensowenig der letzte Wohnort Petrolls. Es sind kaum Anknüpfungspunkte zu finden. Nach Dutzenden von Telefonaten im »AUBIS«-Umfeld nennt endlich ein Gesprächspartner den Namen Sabrina Weiser. Wir rufen Weiser an. Sie ist bereit, sich mit uns zu unterhalten.

Wir treffen sie in ihrer einfachen Wohnung im Erdgeschoß eines Mietshauses im Prenzlauer Berg. Sie hat kurze, dunkle Haare, ist eher klein und schlank. Weiser ist nervös und raucht eine Zigarette nach der anderen. Sie berichtet, daß Lars Oliver lange mit dem Gedanken gespielt hatte, aus seinem Wissen Kapital zu schlagen. Sie betont, wie leicht ihm der Zugang in die »AUBIS«-Zentrale war. Er hatte ja die Schlüssel und kannte alle Sicherheitscodes. Und daß Petroll immer wieder nachts in das Gebäude gegangen sei, um seine Datensammlung zu vervollständigen. Sie erzählt von seiner Flucht nach Hamburg, dem Untertauchen bei seinem Freund Hakan und von einem Treffen Petrolls mit einem Kontaktmann zur Bankgesellschaft.

Weiser erinnert sich auch an Tage, an denen Petroll in Hamburg große Geldbündel bei sich hatte. Woher das Geld stammte? »Ich weiß es nicht. Er hatte es einfach von der Bank geholt«, sagt Weiser und zieht eine Kundenkarte Petrolls von der Commerzbank in Hamburg hervor: »Da hatte er sein Konto.« Auf der Karte steht neben dem Namen Lars Oliver Petroll: »Ihre Kontonummer bei uns lautet: 3737053«. Ein durchaus spannender Hinweis in einem Fall, in dem es unter anderem um viel Geld geht. Wir wundern uns, daß die Ermittler kein Interesse daran hatten. Gut für uns. Dann zeigt Weiser uns noch einen Raum, in dem sie Computer, Monitore, Plastiktüten mit Disketten und technischem Gerät stehen hat. Die Sachen stammen von Petroll. »Es ist alles durcheinander. Ich muß es erst durchsehen. Vielleicht ist etwas Interessantes dabei«, sagt sie. Auch für diese Sachen hat sich kein Polizist interessiert. Mit der lockeren Verabredung, demnächst wieder zu telefonieren, verabschieden wir uns. Die Informationen von Weiser sind ein guter Ansatzpunkt für weitere Recherchen. Wir wissen, wie seine Ex-Frau heißt, wie wir seine Eltern erreichen. Mit ihnen müssen wir zuerst sprechen.

Bei den Ermittlern der Polizei laufen neue Hinweise zu Petroll nach dem Jahreswechsel ein. Zunächst erscheint am 7. Januar ein ehemaliger »AUBIS«-Kollege Petrolls bei ihnen. Der Mann hat in einer Zeitung von dem Tod Petrolls gelesen und erinnert sich an ein Treffen mit ihm, das er den Ermittlern schildern möchte. Als Kollege kannte er den Toten sehr gut, zwischen beiden war immer wieder auch mal Zeit für ein persönliches Gespräch. Ende 1999 habe er Petroll im »Café Cralle« im Wedding getroffen. In dem Gespräch habe Petroll zunächst über seinen Aufstieg bei »AUBIS« gesprochen, über sein Verhältnis zu den Chefs. Dann ging es auch um die »die Pleite von ›AUBIS‹« und die Zukunft der Gruppe. Petroll habe ihm unter anderem erzählt, daß er Sachen mit nach Hause genommen habe, mit denen er die Chefs ins Schwitzen bringen könne. Und noch etwas habe er betont: »daß auch Herr Asmus über diese Informationen verfügen würde. Er meinte dazu, daß sie beide zusammen soviel über die Firma wüßten, um die Chefetage ins Schwitzen zu bringen.«

Beide zusammen?! Der »AUBIS«-EDV-Chef und der Chef des umstrittenen Wärmelieferanten »ELPAG«?! Eine Nachfrage zu dieser bemerkenswerten Äußerung findet sich im Vernehmungsprotokoll nicht. Lediglich die eher lustlos wirkende Standardformel:

»Gibt es zu diesem Gespräch in dem Lokal noch mehr zu sagen?« Ob und inwieweit Petroll und Asmus zusammengearbeitet haben, interessiert die Ermittler offenbar nicht. Auch anderes bleibt offen: Wie ist Petroll nach eigener Darstellung die Karriereleiter hinaufgefallen? Und warum? Hat er außer seinen EDV-Aufgaben noch andere Dinge für die Chefs erledigt? Was waren denn das für Aufgaben, mit denen er offenbar nicht einverstanden war? Hat Petroll etwas darüber erzählt, warum »AUBIS« in Bedrängnis gekommen war? Zu alldem keine Frage.

Dann beschreibt der Zeuge den Beamten, wie er den Menschen Petroll wahrgenommen hat: »Er war ein sehr aufgeweckter, intelligenter und sympathischer Zeitgenosse. Er war durchaus ein Mensch, der im Chaos lebte, bei ihm stapelte sich alles auf dem Schreibtisch und sein Büro sah völlig anders aus, wie bei allen anderen. Aber selbst seine Unordnung fand ich ganz sympathisch.« Er habe den Eindruck gehabt, daß Petroll mit dem, was er bei »AUBIS« machte, nicht einverstanden war: »Soweit ich weiß, wollte er sich selbständig machen, und ich kann dazu sagen, daß das genau das Richtige für ihn gewesen wäre«. Er würde seinen früheren Arbeitskollegen »keinesfalls als Selbstmörder einschätzen«. Damit endet die Vernehmung. Ihre »Intensität« soll sich bei den Ermittlungen wegen eines möglichen Mordes im Fall Petroll als Standard erweisen.

Einen Tag später übergibt die Mordkommission ihre Ermittlungsakten an die Staatsanwaltschaft. Der für den Fall Petroll zuständige Oberstaatsanwalt Willi Wiedenberg hat sie angefordert. Er erhält sie mit dem Vermerk: »Die bisher geführten Ermittlungen erbrachten keinerlei Hinweise auf ein Fremdverschulden am Tod des Lars Oliver Petroll.« Außer den gerichtsmedizinischen Untersuchung gab es allerdings auch kaum Ermittlungen, die entsprechende Hinweise hätten ergeben können. Ob Petroll die »AUBIS«-Chefs erpreßt hat, ist ungeklärt. Ebenso die Rolle des Sven Asmus. Ob Petroll einen Mittäter hatte. Was eigentlich genau in dem Päckchen am Flughafen war. Petrolls Flucht wurde nicht hinterfragt, seine Aufenthaltsorte nicht gesucht. Und: Mit wem hatte er Kontakt? Hat er irgendwo Material deponiert? Und dann gibt es ja noch den offiziell als »Beschuldigten« geführten Türken Okan Özmen. Dessen Alibi konnten die Beamten noch nicht überprüfen. Seine »Nadine«, mit der er sich im Grunewald vergnügt haben will, haben sie noch nicht gesprochen. Im Grunde ist der Fall Petroll noch ein weites dunkles Feld für die Ermittler. Lediglich die Gerichtsmediziner bestätigen am 9. Januar noch einmal: Auch nach weiteren mikroskopischen Nachuntersuchungen lasse sich aus den Befunden nichts ableiten, was auf ein Fremdverschulden hinweisen würde. Das bezieht sich allerdings allein auf die pathologischen Untersuchungen. Die Kleidungsstücke waren ja verbrannt worden. Dennoch will Willi Wiedenberg die Akte schließen. Für ihn ist der Fall trotz vieler offener Fragen anscheinend klar.

Parallel zu Wiedenberg beschäftigt sich auch der für Wirtschaftsstraftaten zuständige Obertstaatsanwalt Jürgen Dorsch weiter mit Petroll. Er hält einen Zusammenhang zwischen dem Wirtschaftsfall »AUBIS« und dem Tod Petrolls für möglich. Schließlich hatte der EDV-Techniker ja Beweismaterial gegen die Immobiliengruppe versteckt. Und Dorsch erhält Anfang Januar einen anonymen Hinweis auf Petrolls Konto bei der Commerzbank in Hamburg. Und darauf, daß er dort ungewöhnlich große Geldsummen abgeholt haben soll. Zwei Staatsanwaltschaften ermitteln auf verschiedenen Schienen. Dorsch will die finanziellen Verhältnisse Petrolls klären und läßt ein offizielles »staatsanwaltschaftliches Auskunftsersuchen« an die Commerzbank Hamburg richten. Er möchte Petrolls Konto einsehen.

Am Morgen des 10. Januar hat Justizsenator Wieland eine Besprechung mit gut einem halben Dutzend Staatsanwälten und Kripo-Beamten angesetzt. Thema ist der Fall Petroll: War es Selbstmord oder ein vorgetäuschter Freitod? Unter den Anwesenden sind auch Generalstaatsanwalt Karge (Landgericht), Generalstaatsanwalt Neumann (Kammergericht) und Oberstaatsanwalt Willi Wiedenberg, der führende Mann bei den Petroll-Ermittlungen. Er gilt im Kollegenkreis als jemand, der an einmal gefaßten Meinungen gerne festhält. Wiedenberg will den Fall Petroll als Selbstmord einstellen. Doch ausgerechnet an diesem Morgen erscheint in der »Berliner Morgenpost« das erste Ergebnis unserer Recherchen bei Familienangehörigen, Freunden, Ex-Kollegen Petrolls und im weiten Raum der Ermittlungsbehörden. Die ganzseitige Reportage auf der Seite drei hat die Schlagzeile: »Chronik eines rätselhaften Todes«. Und darunter: »Lars Oliver P. sammelte belastendes Material über die ›AUBIS‹-Gruppe. Er wollte damit Geld verdienen. Dann wurde er tot im Grunewald gefunden. Mord oder Selbstmord?«

Der Report gibt einen ersten groben Eindruck von der Situation, in der Petroll sich zu seinem Todeszeitpunkt befunden hatte. Die Beweispäckchen, seine Skepsis gegenüber dem Immobilienunternehmen, seine Flucht, seine Hinweise auf Druck aus Richtung »AUBIS«, Hinweise auf den Wärmelieferanten »ELPAG«. Der Bericht stellt Fragen und zitiert die Aussage eines Ermittlers: »Hinter jedem Türchen, das wir öffnen, stinkt es ein bißchen. Wir kommen aber nicht entscheidend weiter.« Der Bericht liegt an diesem Donnerstagmorgen auf dem Tisch, als Wieland die Staatsanwälte im »Nordsternhaus« der Justizverwaltung trifft. Eine unangenehme Situation für die Ermittler. Generalstaatsanwalt Neumann ist sauer. Er will wissen, wie soviel Informationen an die Presse gelangen konnten. Die an einem alten, abgenutzten Tisch sitzenden Ermittler heben die Hände: Von uns nicht.

Für besondere Verwunderung sorgt das in der »Morgenpost« reproduzierte große Foto mit den »AUBIS«-Chefs Wienhold und Neuling, mit Petroll und dem »AUBIS«-Aufsichtsrat, Ex-Bundesminister Jochen Borchert. Wo kommt das her? Diese Frage steht beinahe bedrohlich im Raum. Die erste Frage des Justizsenators bezieht sich auf den Report: »Stimmt das, was da drin steht?« Die Staatsanwälte nicken. Willi Wiedenberg verteidigt seine Selbstmordtheorie. Er betont, daß er mit dem Gerichtsmediziner Schneider einen der renommiertesten Experten überhaupt an seiner Seite habe. Dem Justizsenator Wieland allerdings reicht das nicht. Er sagt den Staatsanwälten: Dieser Fall sei vergleichbar mit dem Fund des toten schleswig-holsteinischen Ministerpräsidenten Uwe Barschel in der Badewanne eines Genfer Hotelzimmers. Wenn hier nicht klar sei, daß die Staatsanwälte jeden möglichen Ermittlungsschritt getan hätten, dann werde dies ebenso wie im Fall Barschel zwanzig Jahre lang Thema sein.

Für Wieland sind die geschilderten Umstände Grund genug, auf weiteren Ermittlungen zu bestehen: Der Fall muß ausermittelt werden. In einem Vermerk findet sich kurz darauf die Bemerkung: Die Mordermittler sollen bedeutsame Ergebnisse in Sachen Petroll oder »AUBIS« unverzüglich an die Ermittler in Sachen für Wirtschaftsstraftaten weiterleiten. Für den Fall Petroll wird eine Frist gesetzt: In zwei Monaten soll er abgeschlossen werden.

Die Beamten versuchen nun, Nadine ausfindig zu machen, jenes Mädchen, mit dem sich der verdächtige Türke Okan Özmen nahe des Fundortes aufgehalten haben will. Über ihre Handynummer können sie das Mädchen nicht ermitteln. Sie hat einen E-plus-Prepaid-Anschluß. Ihre persönlichen Daten sind nirgendwo gespeichert. Sie versuchen, über Okan Özmen weiterzukommen. Und Sebastian Biermann, Petrolls Mitbewohner, muß noch einmal zur Vernehmung erscheinen. Das Gespräch vom 16. Januar ist bezeichnend für den Gang der Ermittlungen und für die Einschätzung des Falles durch die Ermittler. Biermann schildert noch einmal die letzten Wochen mit Petroll. Daß er die 10.000-Mark-Überweisung im Sommer als »Judaskuß« bezeichnet habe.

Dann geht es um die Frage: »Hat Lars Ihnen gegenüber jemals Suizidabsichten geäußert?«

Biermann: »Mir persönlich gegenüber nicht.«

Frage: »Wem dann?«

Biermann: »Zwei bis drei Wochen nach seinem Verschwinden standen an einem Sonnabendabend Andreas [Liesken, d.A.} und Carola [Clement, d.A.] vor meiner Tür und wollten mit mir reden. Sie kamen mit der Aussage, daß ein Anfang 30-Jähriger vom Reichstag gesprungen sei, und sie würden sich Sorgen machen. Sie wußten offenbar, daß Lars schon Suizidversuche unternommen hatte.« Diesen Eindruck jedenfalls vermitteln sie Biermann. Und das findet den Weg in die Akten. Auf die Frage, was er von der Selbstmordvariante im Fall Petroll halte, sagt Biermann: »Wenn es denn stimmt, daß er schon Versuche hinter sich hat«, halte er einen Freitod für möglich. Dieses: »Wenn es denn stimmt«, geht in der Bewertung der Kripo eher unter. Wieder einer mehr, der einen Selbstmord nicht ausschließt. Und dessen Einschätzung auf einer Information beruht, die von Rechtsanwalt Liesken kommt.

In einem weiteren Punkt sehen die Ermittler ihre Annahme bestätigt, daß Petroll selbstmordgefährdet war. Biermann spricht von der Angst Petrolls vor seinen Chefs, und daß das wie ein Verfolgungswahn wirkte. Sein drastischstes Beispiel: »Als er in Hamburg war, muß er wohl bei Freunden, wo er gewohnt hat, Kameras installiert haben, um so sein Umfeld ständig unter Kontrolle zu haben.« Das klingt zunächst wie ein Zeichen für Paranoia. Ist es aber nicht. Wie wir später erfahren, sollte Petroll für seinen Freund Thomas vom »Florida-The-Art-Hotel« Überwachungskameras installieren. Der Grund ist völlig unverdächtig. Thomas ist häufiger alleine im Hotel. Er kann den Eingangsbereich nicht ständig unter Kontrolle halten. Deshalb bat er seinen Freund, ihm die Kameras einzurichten. Ein Umstand, den die Polizei nie ermittelt. Der angebliche »Verfolgungswahn« landet in den Akten. Und damit paßt plötzlich noch etwas ins Paranoia-Schema: Petroll habe die Straße gemieden, in der »AUBIS«-Anwalt Liesken wohnte.

Dem Vernehmungsbeamten entgeht noch mehr: Biermann erzählt ihm, daß Petroll am 15. August verschwunden war. Er hatte einen Zettel hinterlassen auf dem stand: »Danke für alles, Ollie.« Soweit Biermann weiß, »ist er zu einer Freundin nach Hildesheim gefahren.« So ein Besuch wenige Wochen vor Petrolls Tod müßte Interesse wecken. Doch es kommt an dieser Stelle keine Nachfrage. Sonst wäre Biermann vielleicht doch noch eingefallen, das Petroll seine neue, große Liebe Maltea besucht hat. Daß sie über Heirat und Kinder gesprochen haben. Und dann würde vermutlich auch nicht das Nachtrauern seiner früheren Liebesbeziehung zu Sabrina Weiser als möglicher Freitod-Grund in den Akten stehen. Doch die Ermittler erfahren nichts von der neuen Liebe. Und so taucht in ihren Berichten das Motiv »Liebeskummer« auf. Es scheint alles ins Bild zu passen.

Am nächsten Tag geht es in gleicher Manier weiter. Diesmal sagt die Ex-Sekretärin Carola Clement aus, die Petroll am letzten Abend vor seinem Tod treffen wollte. Das jedenfalls hatte er Sebastian Biermann extra noch am Telefon gesagt.

Frage: »War dem nun so?«

Clement: »Er war nicht bei mir.«

Frage: »Waren Sie denn verabredet?«

Clement: »Nein.«

Frage: »Wann hatten Sie den letzten persönlichen oder telefonischen Kontakt?«

Clement: »Mitte Juni habe ich ihn mehrfach in der Firma gesehen ... Das definitv letzte Telefongespräch hatte ich mit ihm am 27. September.«

Frage: »Warum können Sie sich an dieses Datum so genau erinnern?«

Clement: »Weil ich eine Art Tagebuch führe.«

Frage: »Gab es anläßlich des Telefonats vom 27. September eine Verabredung?«

Clement: »Nein, von einem Treffen oder einer Verabredung war keine Rede.«

Damit ist diese Kernfrage für den Ermittler laut Aktenlage erstaunlicherweise endgültig abgeschlossen. Er fragt nicht, wo Clement eigentlich an den Tagen um Petrolls Todestag war. Er wirft keinen Blick in das Tagebuch. Und es wird auch nie der Telefonanschluß Clements überprüft. Und die Frage: »Gab es vielleicht ein zufälliges Treffen ohne Verabredung?« stellt er auch nicht.

Was den Ermittler eher interessiert, ist die seelische Verfassung Petrolls. Clement schildert ihm, daß Petroll sich nach dem Ende ihrer Freundschaft verändert habe. Er habe arrogant gewirkt, als ob er sich wie jemand Besseres fühle. Er habe diverse Ideen gehabt, die er umsetzen wollte. Beim letzten Telefonat, kurz vor seinem Tod, habe Petroll angedeutet, daß er seine Projekte nicht umsetzen konnte.

Frage: »Welchen Eindruck hatten Sie – wie ging es ihm?«

Clement: »Ich hatte den Eindruck, daß es ihm gut geht, und ich hatte den Eindruck, daß er auf den Boden der Tatsachen zurückgekommen ist. Er war nicht mehr so abgehoben wie früher. Er hat eben halt gesagt, daß diese Projekte gescheitert sind. Auf meine Frage, was er nun tun will, sagte er mir, daß er sich erst mit der Polizei in Verbindung setzen will, um zu klären, warum seine Wohnung durchsucht worden ist.«

An einem anderen Punkt kann der Ermittler wegen der eingeschränkten Vorarbeit bei der Biermann-Vernehmung nicht gezielt nachhaken. Er teilt Clement mit, daß Petroll angeblich Datenmaterial der »AUBIS« beiseite geschafft habe: »Was sagen Sie dazu?«

Clement: »Entzieht sich meiner Kenntnis. Ich habe das auch nur aus der Presse und daher kann ich zu diesem Thema überhaupt nichts sagen.«

Der Kripo-Beamte ist nicht auf einem Wissensstand, der exakte Nachfragen ermöglicht. Er kennt offenbar seine eigenen Akten nicht. Denn dort existiert ein interessanter Vermerk (»Telefax. Bitte sofort vorlegen!«) zum Thema »Datenmaterial«. Darin steht: Carola Clement habe Petrolls Vater über Material berichtet, das Petroll am Flughafen Tegel deponiert hatte. Nach ihren Angaben seien darin Liebesbriefe an »ELPAG«-Chef Sven Asmus und Disketten gewesen. Disketten sind Datenmaterial. Dieses Datenmaterial hat Frau Clement an diesem Punkt ihrer Aussage offenbar vergessen.

Schon dies allein wäre ein Grund zur Nachfrage. Aber die Merkwürdigkeiten um die Tasche gehen viel weiter. Nachdem der Inhalt der Tasche im September – kurz vor Petrolls Tod – an Asmus ausgeliefert wurde, will der »ELPAG«-Chef sowohl Liebesbriefe als auch Disketten vernichtet haben. Der Leser muß sich nach Zusammenstellung aller Aussagen also folgendes Szenario vorstellen: Carola Clement schreibt Sven Asmus Liebesbriefe. Die landen zusammen mit Disketten in einer Sporttasche. Mit Genehmigung von Sven Asmus bewahrt Petroll die Liebesbriefe und Disketten auf – und deponiert sie am Flughafen. Und als Asmus sie wieder zurückbekommt, verbrennt er alles.

Da bieten sich schon einige interessante Fragen an. Zum Beispiel: Wann hat sie Petroll die Tasche übergeben? Und wo und warum eigentlich? Woher weiß sie, daß die Tasche in Tegel gelandet ist? Und warum? Woher hatte sie eigentlich die Tasche? Und seit wann? War es ihre Tasche? Wem gehörte sie sonst? Warum waren neben Liebesbriefen auch Datenträger in der Tasche? Und kann sie sich vorstellen, warum Asmus die angeblichen Liebesbriefe erst so aufwendig an einem Flughafen aufbewahren läßt – und sie dann plötzlich vernichtet?

Doch all diese Fragen stellt der Ermittler nicht. Zusätzlich behindert in seiner Arbeit ist er durch frühere, wenig inspirierende Vernehmungen. Der Zeuge Biermann, Petrolls Mitbewohner, hat gegenüber der Polizei eine wichtige Szene erwähnt: Daß der »AUBIS«-Rechtsanwalt Andreas Liesken und Carola Clement rund drei Wochen nach Petrolls Tod vor seiner Tür standen. Aus reiner Sorge um den damals noch als vermißt geltenden Petroll. Der Ermittler stellt dazu keine einzige Nachfrage. Sonst hätte er etwas durchaus Entscheidendes erfahren. Die wichtigste Frage der überraschenden Besucher lautete nämlich: Hat Lars Oliver Notizen hinterlassen? Auch von Päckchen war die Rede.

Daraus könnte man durchaus den Schluß ziehen, daß auch Frau Clement etwas von Petrolls »AUBIS«-Beweismaterial wissen könnte. Da der Beamte von dieser Szene nichts weiß, kann er auch hier nicht nachhaken. Selbst dann nicht, als sie erzählt, daß sie mit Petrolls Mitbewohner geredet hat. Den Beamten interessiert es nicht, wann und warum sie mit ihm gesprochen hat.

Stattdessen spielt in der Vernehmung die Selbstmordfrage eine wichtige Rolle. Auf die Frage, ob sie sich einen Freitod Petrolls vorstellen können, sagt Clement: »Ja, wobei ich – wie gesagt – nicht so den Kontakt hatte in den letzten Monaten.« Eine Begründung zu ihrer Einschätzung folgt nicht. Nur die in diesem Zusammenhang eher überraschende Versicherung, daß es Petroll nach ihrem Eindruck wirklich gut ging. Später allerdings fügt Clement hinzhu: »Ich habe um drei Ecken gehört, daß er schon mal in Hamburg einen Suizid versucht hätte und letztlich davon abgekommen ist.« Was folgt, ist die schon bekannte Geschichte von einem Selbstmordversuch irgendwo in Hamburg, irgendwann, an irgendeiner Brücke. Und der Zusatz: »Ob das stimmt, weiß ich allerdings auch nicht.«

Die Ermittler in Sachen Mordverdacht kommen so nicht wirklich voran. Dafür erhalten die Staatsanwälte im Wirtschaftsverfahren gegen »AUBIS« eine interessante Lektüre ins Haus geliefert. Die Commerzbank Hamburg sendet ihnen eine Übersicht des Petroll-Kontos. Allerdings erhalten die Ermittler diese Unterlagen auch nicht deshalb, weil sie energischer ermittelt haben als die Kollegen vor Mordkommission. Nein, sie haben einen anonymen Hinweis erhalten, auf Petrolls Konto (samt Kontonummer und Angabe der zuständigen Filiale). Und darauf, daß er von dem Konto mehrfach große Geldbeträge abgehoben habe. Erst nach diesem Hinweis haben die Staatsanwälte die Kontounterlagen angefordert. Dabei wußten sie seit August 2001, daß Petroll ein möglicher Kernzeuge im Fall »AUBIS« war. Und es ist seit Monaten bekannt, daß Petroll im Sommer eine verdächtige 10.000-Mark-Zahlung von »AUBIS« erhalten hatte.

Immerhin: Am 17. Januar liegen die Kontobelege vor. Jetzt bekommen auch die Ermittler einen Einblick in Petrolls finanzielle Situation. Die Beamtenstellen fest: »Der letzte mitgeteilte Kontostand vom 31. November 2001 weist ein Soll von 5900 Euro aus.« Und die 10.000 Mark von »AUBIS« finden sich auch in den Auszügen.

Während die Ermittler sich über diese Unterlagen beugen, sorgt die Art und Weise ihrer Arbeit für Schlagzeilen. Unter der Überschrift »Geheimnisse, Legenden, Widersprüche« berichtet die »Berliner Morgenpost« über Spannungen innerhalb der Staatsanwaltschaft: Die für Wirtschaftsstraftaten zuständige Abteilung unter Leitung von Oberstaatsanwalt Hans-Jürgen Dorsch … sieht den Fall als Teil eines brisanten politisch-wirtschaftlichen Komplexes und drängt auf umfassende Ermittlungen. Die Spezialisten für Kapitalverbrechen dagegen ermitteln nach Einschätzung von Polizeiexperten aus dem eigenen Hause ›eher zurückhaltend‹. In einem

Zwischenbericht heißt es sogar, die Abteilung »verschließe sich regelrecht der Zusammenarbeit.«

Diesen Vorwurf läßt die gerade erst ernannte Justizsenatorin Karin Schubert vehement zurückweisen. Es werde mit unveränderter Intensität ermittelt. Berichte über mangelnde Koordinierung und Zusammenarbeit zwischen verschiedenen Abteilungen der Staatsanwaltschaft entsprächen nicht den Tatsachen. Sie weist extra daraufhin, daß die Ermittlungen im Fall Petroll bereits in enger Koordinierung »fortgeführt worden sind und auch fortgeführt werden«. Ein bemerkenswerter Umgang mit der Öffentlichkeit. Denn wie es innerhalb der Behörde wirklich zugeht, belegt ein interner Bericht der Staatsanwaltschaft. Darin beklagt Oberstaatsanwalt Dorsch: »Die von hier für erforderlich gehaltene enge Koordinierung mit den Ermittlungen in der Todessache ›Petroll‹ ist seitens der Kap-Abteilung [Abteilung für Kapitalverbrechen, d.A.] abgelehnt worden.« Dieser ehrliche Vermerk ist ein deutliches Zeichen für eine Desorganisation innerhalb der Ermittlungsbehörde. Dorsch wird dafür intern heftig kritisiert.

Währenddessen stoßen wir auf das vielleicht wichtigste Material. Es soll sich als entscheidender Ausgangspunkt für alle weiteren Recherchen erweisen – und für das Verständnis des Menschen Lars Oliver Petroll. Frühere Arbeitskollegen und Bekannte Petrolls nennen uns den Namen Sebastian Biermann (daß er vorher schon von der Kripo befragt wurde, erfahren wir erst später). Bei ihm habe Petroll zuletzt Unterschlupf gefunden. Einer der Bekannten hat sogar seine Handy-Nummer – und er kennt Biermanns Adresse. ein Mehrfamilienhaus in Mitte. Wir versuchen zuerst ihn über das Handy zu erreichen. Vergeblich. Immer wieder hören wir die Ansage: »Dieser Teilnehmer ist vorübergehend nicht erreichbar. Bitte versuchen Sie es später noch einmal.« Auch an der Wohnung Biermanns kommen wir nicht weiter. Mehrere Male am Tag schauen wir bei ihm vorbei. Doch auf unser Klingeln kommt immer nur die eine Reaktion: Hinter der verschlossenen Tür bellt ein Hund. Mehr nicht. Irgendwann, nach einigen Tagen, geht Biermann an sein Handy. Er ist kurz angebunden und hat überhaupt keine

Lust, mit uns zu reden: »Vielleicht später mal. Tschüss.« Später geht es uns noch zweimal so. Dann endlich ist er zu einem Gespräch bereit.

Wir treffen ihn abends gegen 19.30 Uhr in einem Café in Prenzlauer Berg. Biermann ist mißtrauisch. Die Gerüchte über den ungeklärten Tod seines Freundes haben ihn verunsichert. Gleich zu Beginn macht er klar, daß er seinen Namen unter keinen Umständen in irgendwelchen Medien sehen will. Er habe Angst: »Ich will nicht in einer Blechwanne enden.« Er schaut sich um. Und auf keinen Fall möchte Biermann während des Gesprächs mit uns gesehen werden. Er fürchtet sich vor den Mitarbeitern aus dem »AUBIS«-Umfeld. Das Gespräch beginnt sehr vorsichtig, Biermann will herausbekommen, ob er uns trauen kann, will wissen, ob wir mit »AUBIS« in Kontakt sind. Als wir verneinen, wird er langsam ruhiger und beginnt zu erzählen. Ziemlich schnell kommt er auf seine Vernehmung durch die Kripo zu sprechen. Er ist verwundert über die scheinbar desinteressierte Art und Weise der Befragung. Und dann wird er richtig sauer über die Tatsache, daß der Beamte Petrolls Handy nicht mitnehmen wollte. Ein Handy? Sehr spannend, wo ist es denn geblieben? Biermann hat es zu Hause auf dem Küchentisch liegengelassen, die Kripo wollte es ja nicht haben. Diese Erkenntnis erstaunt ihn immer noch, hat er doch nachgeschaut auf dem Handy und festgestellt, daß »ziemlich heiße Nachrichten gespeichert sind.« Mehr will er aber nicht verraten, er muß sich überlegen, wie er mit dem Telefon umgehen will. Wir verabreden einen neuen Treff und verabschieden uns nach einem einstündigen Gespräch. Ein wichtiger Kontakt ist geknüpft.

Auch die Staatsanwaltschaft kommt in diesen Tagen ohne eigenes Zutun weiter. Bei ihr meldet sich der frühere »AUBIS«-Mitarbeiter Eberhard Kranich. Er hat bisher geschwiegen, weil es für ihn bis zu Petrolls Tod »nur um Geld« ging. Als er von dem Tod erfährt, bekommt der Fall »AUBIS« für ihn eine neue Dimension. Jetzt will er auspacken. Er legt zahlreiche spannende Details über die wirtschaftlichen Verknüpfungen der »AUBIS« auf den Tisch. Dann schildert er ihnen eine Szene aus dem August 2001, einen

Monat vor Petrolls Tod. Eine Begegnung mit »ELPAG«-Chef Asmus, die Petrolls Ängste vor »den Handelnden der ›AUBIS‹-Gruppe« in einem dramatischen Licht erscheinen lassen: »Er erzählte mir, ohne danach gefragt zu werden, daß Petroll zur Zeit gerade den Versuch unternimmt, Wienhold zu erpressen und ihm droht, für den Fall, daß er nicht zahlt, die Bank und die Staatsanwaltschaft mit umfangreichen Datenmaterial zu versorgen. Asmus führte an, er will uns also »hochgehen lassen«. Außerdem fügte er noch wortwörtlich hinzu: » Wenn er das durchzieht, kann es sein, daß er das nicht überlebt.«

Und weiter sagt er: »Damals habe ich die Äußerungen des Herrn Asmus nicht sehr ernst genommen, doch als ich Anfang Januar erfuhr, was mit Petroll kurze Zeit nach meinem Treffen mit Asmus geschehen war, bekamen die Worte für mich eine ganz neue Bedeutung. Petroll kannte ich gut genug, um zu wissen, daß er kein Selbstmordkandidat war.« Asmus bestreitet diese Szene energisch.

Unterdessen versuchen wir, mehr über das Beweispäckchen, über das schon so viel geredet wurde, am Flughafen Tegel zu erfahren. Wir fahren zum Flughafen. Wir fragen bei der Information, wo denn die Schließfächer seien.

Die Antwort ist eindeutig: »Wieso Schließfächer? So etwas haben wir hier gar nicht.«

Erstaunlich, denn die Schließfächer sind ein fester Begriff in den staatsanwaltschaftlichen Ermittlungen. Aber es gibt hier gar keine. Die Begründung wird uns gleich noch mitgeliefert: »Schließfächer an Flughäfen sind ein unüberschaubares Sicherheitsrisiko!« Diese Feststellung leuchtet uns ein. Aber wo kann man am Flughafen sein Gepäck abgeben? In der Gepäckaufbewahrung bei einem Mitarbeiter gegen Quittung. Dort fragen wir nach, ob es eine Überprüfung des Gepäcks nach dem 11. September gegeben habe. An so etwas kann sich keiner der Mitarbeiter erinnern. Wieder eine erstaunliche Antwort, denn diese angebliche Sicherheitsüberprüfung geistert durch die Ermittlungsakten: Im Rahmen dieser Überprüfung seien die angeblichen Liebesbriefe und Disketten aufgetaucht. Die Ermittler haben sich auf vage Aussagen von Zeugen und Beschuldigten verlassen. Am Flughafen selbst sind sie nicht erschienen, um die Behauptungen zu überprüfen. Die Mitarbeiter der Gepäckaufbewahrung sagen klar: »Bei uns ist die Kripo nicht gewesen.«

Jetzt stehen wir zunächst etwas ratlos da: Wie reimt sich diese Geschichte zusammen? Aus einem nicht vorhandenen Schließfach ist bei einer nicht stattgefundenen Sicherheitsüberprüfung ein Beweispäckchen von Petroll aufgetaucht. Da stimmt nichts. Was also kann wirklich geschehen sein? Ausgehändigt werden darf das Päckchen nur gegen Gepäckschein. Und diesen könnte nur Petroll haben, und er ist tot. Es bleibt nur eine Möglichkeit offen: Das Päckchen kann nicht regulär abgeholt worden sein.

Die einzige Lösung, die uns einfällt: Es war überfällig und ist nicht bis zum bezahlten Zeitpunkt abgeholt worden. Dann landet es als Fundsache im Zentralen Fundbüro in Tempelhof. Wir rufen sofort dort an und fragen nach, ob die Namen »AUBIS«, Asmus oder Petroll in letzter Zeit bei einer Fundsache aufgetaucht sind – in Zusammenhang mit einem Päckchen.

Eine Mitarbeiterin schaut nach und sie wird fündig: Am 21. Juli ist eine silberfarbene Tasche in der Gepäckaufbewahrung am Flughafen Tegel abgegeben worden. Zwei Monate später wird sie ins Fundbüro gebracht. In der Fundsache (Kartei-Nr. 134-32-01 Pos.17) befanden sich etliche ungewöhnlich kleine Kassetten. Sie sahen aus wie Tonbänder für Anrufbeantworter. Auf ihnen waren Wochentage notiert, sowie die Begriffe »Volksbank« und »H. Pottmann«.

Tonträger? Wir recherchieren bei Fachleuten. Ein Telefonat und wir wissen: Es handelt sich um »Streamerbänder«. Das sind Sicherungsbänder, auf denen Firmen ihre Daten abspeichern, nach Wochentagen geordnet.

In der Tasche befinden sich noch zwei Umschläge, in denen sich Zettel mit den Namen »Asmus«, »Hölz« und »Fa. AUBIS« befinden. Die Mitarbeiterin ruft bei »AUBIS« an und fragt nach. Dort sagt man ihr zu, daß man die Herren informieren werde. Tatsächlich meldet sich kurz darauf Sven Asmus, der »ELPAG«-Chef. Er beschreibt die Tasche und behauptet, sie gehöre ihm. Er möchte die Fundsache abholen lassen. Er werde Herrn Hölz vorbeischikken und vorher eine Vollmacht faxen. Zwei Tage später bekommt der »AUBIS«-Mitarbeiter Hölz die Tasche, bringt sie zur Firma und übergibt sie Tanja Wienhold.

Von all diesen Abläufen weiß die Staatsanwaltschaft nichts. Sie erfährt davon erst durch einen ordentlichen deutschen Mitbürger. Und das geht so:. Wir wollen die Mitarbeiterin des Fundbüros für die »Kontraste«-Sendung interviewen und müssen aus diesem Grund bei ihrem Vorgesetzen, dem Bezirksbürgermeister, eine Drehgenehmigung einholen. Der Mann fragt nach, warum sich die ARD mit seinem politischen Magazin denn für eine Frau aus dem Zentralen Fundbüro interessiert. Als er den Hintergrund erfährt, setzt er sich sofort mit der Staatsanwaltschaft in Verbindung. In der Folge wird uns die Drehgenehmigung verweigert: Wir sollen uns nicht in laufende Ermittlungen einmischen!

Eine gewagte Interpretation der Abläufe, denn bis dato hatte sich kein Polizist oder Staatsanwalt für den wahren Inhalt des Päckchens interessiert.

Immerhin: Jetzt weiß die Staatsanwaltschaft Bescheid und sie hat die Chance zu erfahren, was wirklich in Petrolls Tasche war. Mit ihrem durch Zufall erlangten Wissen könnte sie die Beteiligten energisch befragen. Vor allem Sven Asmus könnte sie aufgrund der Widersprüche in seinen Aussagen vernehmen. Von wegen Liebesbriefe und Disketten! Was hat er da wohl vernichtet? Und warum? Doch der »ELPAG«-Chef wird nicht noch einmal verhört. Auch Tanja Wienhold wäre eine spannende Gesprächspartnerin. Doch leider wird nur der Abholer kurz befragt. Das war's.

Die Ermittler sind gerade auf der Fährte einer bestimmten Nacht im Grunewald. Sie suchen noch immer nach Nadine, der Geliebten des Türken Okan Özmen. Er steht noch immer unter Mordverdacht. Da geht bei der Staatsanwaltschaft ein Hinweis ein: Kurt Schulz, ein ehemaliger Kommissar und Kollege Wienholds, meldet sich mit einem Schreiben: Betr.: Hinweis zur bisher ungeklärten Todesursache des Herrn Lars Oliver P., Bezug: Ermittlungsverfahren gegen »AUBIS«-Gruppe. Der Pensionär weist darauf hin, daß Wienhold in seiner aktiven Dienstzeit auch bei der Mordkommission war: »Mit entsprechendem Fachwissen in Mordangelegenheiten dürfte es nicht schwierig sein, gegebenenfalls in eigener Sache zu handeln. Nach meinem Erachten erscheint eine Nachprüfung angebracht – Hochachtungsvoll und mit freundlichen Grüßen!«

Es ist Ende Januar. Und die Ermittler haben es nun nach rund sieben Wochen endlich doch geschafft, jenes Mädchen ausfindig zu machen, mit dem sich der »Beschuldigte« Okan Özmen in der Nähe des Fundortes Petrolls aufgehalten haben will. An einem Donnerstagmorgen um 9.14 Uhr erscheint Nadine zur Vernehmung. Das Ergebnis in Kurzform: Sie bestätigt Özmens Alibi mit der Geschichte vom Autosex. Für die Ermittler ist mit dieser Vernehmung der einzige, den sie als Verdächtigen im Auge hatten, aus dem Spiel. Und nach Aktenlage kommen damit die Ermittlungen praktisch zum Stillstand. Aktiv sollen die Staatsanwälte im Fall Petroll von nun an vor allem wegen unserer Recherchen werden.

Bei uns meldet sich Biermann, dieses Mal ein wenig entspannter. Wir verabreden uns für den Abend, an einem neuen Ort, wieder in einer Kneipe. Der Mitbewohner Petrolls kommt gleich zum Wichtigsten: Er legt das Handy des Verstorbenen auf den Tisch. Dabei sagt er uns: »Da sind viele SMS' drauf. Eine habe ich versehentlich gelöscht. Sie war von Mitte Juli. Der Inhalt lautete etwa: ›Die Überweisung ist raus. Sei in Zukunft vorsichtiger mit deinen Äußerungen.‹« Wir fragen Biermann noch einmal nach den letzten Tagen, an denen er Petroll erlebt hat. Wie schon bei früheren Treffen sagt Biermann, sein Freund sei im September in normaler, ruhiger bis fröhlicher Laune gewesen. Ihm sei nichts Besonderes aufgefallen.

Am Tag vor seinem Verschwinden sei Petroll früher als sonst schlafen gegangen. Das habe ihn gewundert. Am nächsten Tag hätten sie dann gegen Mittag gemütlich gefrühstückt. Die Stimmung sei einfach normal gewesen.

Dann gibt Biermann uns Petrolls Handy. Die Sache hat allerdings einen Haken: In dem Gerät ist keine SIM-Card. Wie also kommen wir jetzt an die Daten, die hoffentlich auf dem Nokia-Gerät gespeichert sind. Biermann hat einen Tip: Er selber habe einfach eine eigene SIM-Card eingesetzt und die dazugehörige PIN-Nummer eingegeben. So konnte er die SMS-Nachrichten abrufen und die Telefonnummern. Diesen Trick demonstriert er uns und sagt großzügig: »Die Card könnt ihr mitnehmen. Ich brauche sie nicht mehr.« Als wir uns von Biermann verabschieden, gibt er uns noch etwas mit auf den Weg: Er möchte seinen Namen nicht irgendwo in den Medien wiederfinden.

Auf der Rückfahrt in die Redaktion behandeln wir das Handy wie ein rohes Ei: Bloß keinen Fehler machen. Bloß nicht irgendwie die Nachrichten löschen. Zur Sicherheit bemühen wir einen Mitarbeiter für Kommunikationstechnik im »Sender Freies Berlin«. Als erstes rufen wir die Mailbox an. Ruhig sagt eine weiche, männliche Stimme: Lars Oliver Petroll. Erschrocken begreifen wir, daß wir ihn zum ersten Mal persönlich gehört haben. Das Handy mit der D2-Nummer 0172-7547 888 hat insgesamt siebzig Einträge im Nummernverzeichnis. Dazu sind noch 41 SMS gespeichert. Eine ganze Menge. Um die Telefonnummern möglichst schnell abzutelefonieren, teilen wir sie in zwei Gruppen auf. Einige der Anschlüsse sind inzwischen neu vergeben. Die Teilnehmer kennen Petroll nicht. Enge »AUBIS«-Mitarbeiter und Vertraute von Wienhold und Neuling sortieren wir aus, es macht zunächst wenig Sinn, sie anzurufen. Zuerst sprechen wir mit ehemaligen Kollegen. Bei den meisten Gesprächen erhalten wir die eine oder andere Information.

Viele Freunde und Bekannte zeigen sich noch immer entsetzt über Petrolls Tod. Sie wundern sich, daß wir anrufen und nicht die Kripo. Die Polizei habe noch nicht bei ihnen vorbeigeschaut. Im Verlauf der Gespräche stellen sich zwei Einschätzungen über ihren toten Freund als unumstritten heraus: Er war nie und nimmer ein Selbstmordkandidat. Und seine Charaktereigenschaften schildern alle übereinstimmend: ein fröhlicher, leicht verspielter

Frauentyp sei er gewesen. Und ein sehr intelligenter Kerl, der eine große Leidenschaft hatte: Computer, Handys, alles, was mit moderner Datenverarbeitung zu tun hatte. Ein Satz, der uns immer wieder begegnet, lautet: »Ohne seine Handys, seinen ›Cassiopeia‹, seine Digitalkamera, seine tragbare Festplatte und seinen ›Leatherman‹ wäre er nie losgezogen. Das ist schlichtweg unvorstellbar.« Und noch eines betonen sie immer wieder: Er liebte seine kleine Tochter über alles.

Unter den Telefonnummern ist auch eine, die Petrolls Freund Hakan gehört. Doch trotz mehrmaligen Anrufens meldet sich niemand. Nach mehreren Tagen und immer wieder vergeblichen Anrufen machen wir uns auf den Weg nach Hamburg. Hakan gehörte zu den engsten Freunden Petrolls. Er hat oft bei ihm übernachtet. Vielleicht hat er auch einiges von seinem Beweismaterial bei Hakan gelagert. Das kleine Familienunternehmen Hakans liegt in einer Nebenstraße der Reeperbahn. Als wir eintreten und Hakan sagen, daß wir mit ihm über Lars Oliver sprechen wollen, ist er zunächst nur erstaunt. Er hat zwar gehört, daß sein Freund tot ist. Er soll Selbstmord begangen haben. Aber er weiß nichts von den Ermittlungen der Staatsanwaltschaft wegen Mordverdachts. In dem Geschäftsraum sind außer Hakan noch drei weitere Türken und seine Mutter. Sie alle kannten Petroll. Nach einem Moment beginnt Hakan zu erzählen: Ja, Lars Oliver sei im Juni und im Juli bei ihm gewesen. Er wollte sich verstecken: »Lars hatte Angst vor jemandem bei ›AUBIS‹.« Alls wir Hakan fragen, ob er eine Festplatte oder andere Geräte für Petroll aufbewahrt hat, springt er wütend auf und zeigt mit dem ausgestreckten Finger auf uns: »Seid ihr Zivilfahnder oder was?« Die Stimmung im Laden dreht sich um 180 Grad. Die anderen drei Türken stehen hinter uns, im Halbkreis. Es kostet uns einige Mühe, den aufgebrachten Hakan wieder zu beruhigen. Wir verabschieden uns schnell. Viel erfahren haben wir nicht. Immerhin wissen wir, daß die Information, die wir von anderen Bekannten Petrolls bekommen haben, stimmt: Während seiner Zeit in Hamburg hat er sich zeitweise auch bei diesem Freund versteckt. Das reicht uns. Wir beschließen: Unter diesen Umständen sollen sich hier lieber Berufenere um mögliche Beweismittel kümmern.

Die Aussichten dafür erscheinen uns allerdings mit jedem Tag schlechter. Denn nicht einer derjenigen, die wir anrufen, ist vor uns von der Polizei befragt worden. Auch hier schält sich ein Standardkommentar heraus: »Das wundert uns auch.«

Parallel zu der Telefonrecherche sprechen wir auch noch einmal mit Petrolls Ex-Freundin Sabrina Weiser. Sie hat inzwischen den durcheinandergewürfelten Haufen aus Disketten, Festplatten, Computerteilen, Tastaturen und Papieren durchwühlt und einen Pappkarton voll Material für uns zusammengestellt. Mit dieser Ladung fahren wir zurück in die Redaktion und versuchen sofort, einige der Disketten zu öffnen. Gleich bei einem der ersten Datenträger erleben wir eine Überraschung. Als wir die darauf gespeicherten Dateien öffnen, blickt uns plötzlich Lars Oliver Petroll an. Es sind Bilder aus seiner Zeit in Hamburg. Petroll sieht genauso aus, wie seine Freunde und Bekannten ihn geschildert haben: Er hat kurzgeschorene Haare, einen Dreitagebart, lange Koteletten. Er trägt ein graues T-Shirt und Jeans. Auf seinem Schreibtisch liegen eine Packung Players-Zigaretten, eine Packung Philipp Morris, eine Thermoskanne, mehrere Teller mit Croissants, diverse Disketten und ein Taschenrechner. Im Hintergrund stehen mehrere Rechner, Bildschirme und ein Scanner.

Petroll sitzt auf den Bildern entweder konzentriert an einem Computer oder er agiert als Spaßvogel: Einmal hat er eine Baseballmütze mit seinen Initialen LOP auf, seine Nase ist rot geschminkt, er schielt künstlich und hält eine Bierdose ins Bild. Auch bei einer anderen Szene macht er Quatsch für den Fotografen: Er hockt bei offenem Fenster auf dem Fensterbrett und lacht. Nichts Bedrohliches, eine Ulknummer, typisch Petroll.

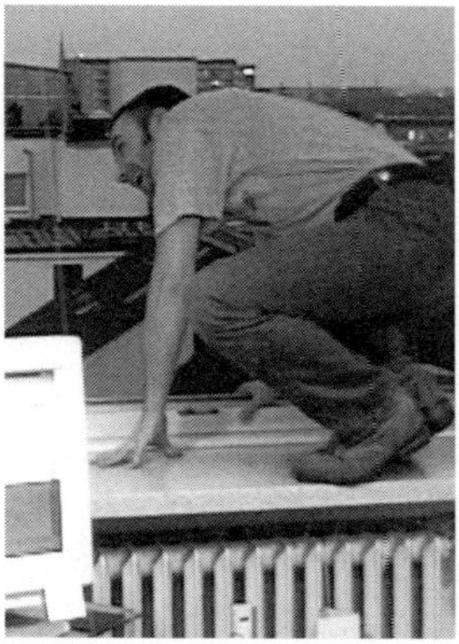

Lars Oliver Petroll, 1996

Bei einer anderen Diskette erleben wir unser blaues Wunder. Als wir sie anklicken, sehen wir für den Bruchteil einer Sekunde eine Excel-Tabelle und die Bezeichnungen »ELPAG« und »Kontostand Görlitz.xls« [Abb. Seite 74]. Dann wird der Bildschirm schwarz, der Computer stürzt ab. Wir sind ratlos. Hat Petroll wichtige Daten mit einem besonderen Schutzprogramm versehen? Auf jeden Fall läßt sich die Diskette nicht mehr öffnen.

Die Daten wollen wir aber unbedingt lesen. Deshalb wenden wir uns an professionelle Datenretter. Sie sind darauf spezialisiert, Daten, die aufgrund von Viren, Computerkriminalität oder ähnlichen Einflüssen nicht mehr verfügbar sind, wiederherzustellen. Diese Experten retten auch unsere Dateien. Was wir entdecken, sind Kernkalkulationen der »AUBIS«-Gruppe. Jetzt haben wir den ersten Beweis dafür in den Händen, daß Lars Oliver Petroll tatsächlich Beweismaterial gegen »AUBIS« kopiert und versteckt hat. Nach und nach finden wir immer neue Datensammlungen aus dem Zentrum der Immobiliengruppe: Tabellen zu Miet- und Kreditkalkulationen, Listen mit Leerstandstabellen zu einzelnen Wohnanlagen und Vorgänge aus dem Zahlungssystem »Genolite«. Auch die interne Verteilung der Garagenplätze, eine ganze Reihe von Arbeitszeugnissen für Mitarbeiter, Mahnschreiben von Handwerksfirmen an »AUBIS«, Terminplanungen der Geschäftsführer, Reisekostenabrechnungen und Unterlagen über die Berechnung der Wärmelieferungen.

Neben dem Sichten der Daten recherchieren wir weiter an den Telefonnummern und an den SMS' auf Petrolls Handy. Es fällt auf, daß Petroll in der für ihn heißen Phase im Mai/Juni 2001 häufig Nachrichten von der Nummer 0173-2194850 erhält. In einer geht es offenbar um einen verschwundenen Datenträger aus Petrolls elektronischem Notizbuch: Zunächst läuft bei Petroll nachts um 2.33 Uhr die Nachricht ein: »Nochmal. Habe gelöscht.« Wenige Stunden später fragt der Absender: »Ich habe den Chip vom ›Cassiopeia‹?« Dann lautet eine drängende Frage: »Bei dir alles ok? Hab' noch keine mail.« Wer sendet diese Nachrichten? Es dauert einige Zeit, bis wir im weiten Kreis der »AUBIS«-

Mitarbeiter eine Antwort finden: Unter der Nummer 0173-219 4850 war »ELPAG«-Chef Sven Asmus zu erreichen. Er hat Petroll innerhalb kurzer Zeit 17 Nachrichten geschickt. Es scheint zu stimmen, was Bekannte Petrolls beobachtet haben wollen: Asmus und Petroll sind befreundet und ziehen öfter mal zusammen durch die Gemeinde.

Wir klappern weiter die Telefonnummern ab. Eine davon (»Franzi«) führt uns zu einem Girl aus dem Leipziger Nachtclub »Metropolis«. In Leipzig, das haben wir bereits zuvor erfahren, war Petroll öfters in der Nachtszene unterwegs. Eine direkte Bestätigung dafür haben wir noch nicht. Doch Franzi erinnert sich an einen Lars. Ob der aber Lars Oliver Petroll hieß, weiß sie nicht. Nur, daß er manchmal mit einem Freund im Metropolis war. Mehr kann sie nicht sagen. Als wir sie abschließend fragen, ob der Lars gerne »Red Bull« mit Wodka getrunken habe, hören wir durch das Telefon ehrliche Empörung. Franzi schnaubt in tiefstem Sächsisch: »Mid mia … mid mia nua Schambanjoa. Isch bin doch ti Franzi vom Däbel Dännsing.«

Während wir weiter auf Spurensuche sind, erlebt Berlin eine Justizposse sondergleichen. Am 20. Februar 2002 geht unter Journalisten ein heißes Gerücht um. Und jeder, der es hört, antwortet: »Das wagen sie nicht.« Sie wagen es doch. Die Staatsanwaltschaft Berlin hat einen Haftbefehl gegen die »AUBIS«-Chefs Wienhold und Neuling durchgesetzt. In dem Schriftstück mit der Geschäftsnummer »353 GS 993/02« ordnet der Richter des Amtsgerichts an: »Die Beschuldigten … sind in Untersuchungshaft zu bringen.« Es geht um Betrug in Sachen »ELPAG«. Unter anderem, weil die Beschuldigten hohe Vermögensschäden verursacht haben, große Vermögen im Ausland besitzen (vom Neuling-Konto sind zwischen Mai 1997 und August 2000 rund 12,5 Millionen Mark ins Ausland transferiert worden) und angeblich Zeugen beeinflussen wollten, »besteht der Haftgrund der Flucht und Verdunkelungsgefahr«.

Am nächsten Tag meldet die »tageszeitung« spöttisch: »Von der Platte in die Moabiter Zelle«. Der Bankenskandal habe erste juristische Konsequenzen »Die Firma ›AUBIS‹ hat eine neue Adresse:

die Turmstraße 91 in Moabit. Seit gestern sitzen dort die ›AUBIS‹-Manager und Ex-CDU-Politiker Klaus-Hermann Wienhold und Christian Neuling in Untersuchungshaft.« Doch die »tageszeitung« frohlockt zu früh. Während das Blatt mit der Haftmeldung in Druck ging, hob ein Ermittlungsrichter den Haftbefehl noch am gleichen Abend wieder auf. Er hatte die »AUBIS«-Chefs angehört. Die anwesende Staatsanwältin war bei diesem Haftprüfungstermin nicht in der Lage, Wienholds Stellungnahme zu entkräften. Der zuständige Abteilungsleiter war bei diesem gewichtigen Termin nicht anwesend. Der Ermittlungsrichter sah, so die Mitteilung der Justizpressestelle, »den dringenden Tatverdacht nicht mehr als gegeben an«. Unter Gespött und Kopfschütteln der gesamten Stadt mußte die Berliner Staatsanwaltschaft mitansehen, wie die Unternehmer triumphierten. Klaus Wienhold tönt: »Die Gerechtigkeit hat gesiegt.«

Eine Woche später allerdings ist es mit der Fröhlichkeit wieder vorbei. Die Staatsanwälte der »Sonderermittlungsgruppe Bankgesellschaft Berlin« – sie ist inzwischen umorganisiert und hat mit Oberstaatsanwalt Dr. Claus-Peter Wulff einen neuen Leiter – haben Beschwerde gegen die Entscheidung eingelegt. Wieder ein anderer Richter setzt den alten Haftbefehl erneut in Kraft. Für ihn besteht kein Zweifel, daß es einen dringenden Tatverdacht gegen Wienhold und Neuling gibt – und daß weiterhin Fluchtgefahr besteht. Das ganze Hin und Her ist ihm schleierhaft. Er kann aus den Protokollen nicht ersehen, ob und, wenn ja, wie sich Wienhold und Neuling zu den Vorwürfen geäußert haben. Aus den Unterlagen geht ebensowenig hervor, warum sein Kollege Ermittlungsrichter den Haftbefehl überhaupt wieder aufgehoben hatte. Sein Urteil lautet: Zu Unrecht seien die »AUBIS«-Chefs nach Hause entlassen worden. Es bestehe ein dringender Tatverdacht des Betrugs. Es sei zu befürchten, daß Neuling und Wienhold flüchten. Das ist ein Haftgrund. Die beiden »AUBIS«-Chefs werden der Untersuchungshaftanstalt Moabit zugeführt.

Unterdessen machen wir uns weiter auf die Suche nach dem Beweispäckchen Petrolls. Bei früheren Nachbarn des Toten erfahren wir, daß er ein gutes Verhältnis zu einem Herrn Kreuz gehabt habe. Kreuz, ein Kleinstunternehmer, war der Vormieter in Petrolls Laden und lebt ganz in der Nähe der Osnabrücker Straße. Als wir bei ihm klingeln, bittet Kreuz uns höflich einzutreten. Er ist ein älterer, fülliger Herr mit grauem Bart. Er erinnert sich gut an Petroll und hat auch davon gehört, daß die Todesumstände noch ungeklärt sind. Nein, die Polizei sei nicht bei ihm gewesen. Auf die Frage, ob er etwas von einem Päckchen Petrolls wisse, von Material über die Firmen »AUBIS« und »ELPAG«, schüttelt Kreuz bedächtig den Kopf. Nein, an so etwas könne er sich nicht erinnern. Und in Petrolls Laden, für den er einen Schlüssel habe, läge auch nichts Derartiges herum.

Kurze Zeit später allerdings meldet sich ein Rechtsanwalt bei der Staatsanwaltschaft und bietet »Unterlagen des ehemaligen ›AUBIS‹-Mitarbeiters Petroll (Suizid) zur Übernahme an«. Der Staatsanwalt ist bereit, das Material unverzüglich »durch den zuständigen kriminal-polizeilichen Sachbearbeiter« abholen zu lassen. Der Mandant des Anwalts ist »unser« Herr Kreuz. Die Geschichte, die er jetzt zu dem Päckchen auftischt, ist folgende: Einer seiner Mitarbeiter hat das Material angeblich beim Aufräumen im früheren »Pashatel«-Laden gefunden und geöffnet. Dabei fand er merkwürdige Dinge: zwei Code-Nummer-Schreiben der Berliner Volksband für die »ELPAG« und die »Flietex GmbH« (sie ist dem »AUBIS«-Umfeld zuzurechnen), sowie ein Streamerband, lose CD's und ein Päckchen mit fünf CD's. »ELPAG« – dieser Name löst Unruhe aus. Deshalb ruft Kreuz sofort seinen Rechtsanwalt an. Der wiederum informiert die Ermittler.

Den Glücksrittern der Strafverfolgungsbehörde verpaßt der Anwalt allerdings noch einen kleinen Seitenhieb: Das Päckchen habe schon im Laden gelegen, als die Mordkommission dort gewesen sei. Das war am 16. November 2001. Jetzt haben wir den 3. April 2002. Aus dieser Panne wird ein eigener kleiner Ermittlungsvorgang. Gut zwei Wochen schlägt sich ein Staatsanwalt damit herum, bevor er einen Vermerk (»verschlossen, vertraulich«) an den »Herrn Leitenden Oberstaatsanwalt Dr. Wulff« übersendet. In dem

Schreiben enthalten ist der Versuch einer Rechtfertigung: »In dem hiesigen Ermittlungsverfahren bestand für die 6. Mordkommission keine Veranlassung, nach den mittlerweile in dem Ladenlokal … aufgefundenen Datenträgern zu suchen.« Im Verlauf dieser internen Pannenanalyse kommt allerdings die wahre Päckchen-Geschichte zum Vorschein. Im Zusammenhang mit einem Wasserrohrbruch am 17. September 2001(!) fand Herr Kreuz das Päckchen im »Pashatel«-Laden. Seitdem wurde er nie danach gefragt und hat sich nicht weiter darum gekümmert. Als wir ihn interviewen, wird ihm das Päckchen offenbar zu heiß. Darum schaltet er auch zur Übergabe des Materials seinen Anwalt ein. Und so kommt eines der Petrollschen »Puzzleteile« in die Hände der Mordermittler.

Deren Kollegen von der Wirtschaftskriminalität haben inzwischen Anklage gegen Wienhold und Neuling wegen Betrugs erhoben. Die neue Justizsenatorin Karin Schubert (SPD) begrüßt diesen Schritt als großen Erfolg. Insgesamt liefen die Ermittlungen im Bankenkomplex auf Hochtouren. Ziel der Ermittler sei es, die Verantwortlichen anzuklagen, bevor die Verfahren verjährt sind. Schubert betont: »Alles werden wir sicher nicht erfahren, was dort gelaufen ist. Aber wenn die Verantwortlichen zur Rechenschaft gezogen werden, dann fände ich das gut.« Kaum hat sie dies verkündet, verbreitet sich eine andere Nachricht wie ein Lauffeuer in Berlin: Wienhold und Neuling sind wieder auf freiem Fuß. Das Landgericht hält den Verdacht des schweren Betrugs zwar weiter für gegeben. Aber die Fluchtgefahr hat sich nach Hinterlegung einer »sehr hohen Sicherheitsleistung« erledigt. Die Kaution ist in der Tat sehr hoch: Jeweils 950.000 Euro müssen Wienhold und Neuling aufbringen. Danach öffnen sich für sie die Gefängnistore wieder.

In diesen Tagen ist die Staatsanwaltschaft in jeder Beziehung ermittlungstaktisch präsent. Das Verfahren gegen den einst Beschuldigten Türken Okan Özmen ist eingestellt worden. Er habe unter anderem niemals Kontakt zu Petroll oder zu Verantwortlichen der »AUBIS«-Gruppe gehabt. Das Verfahren wird mangels hinreichenden Tatverdachts eingestellt.

Gleichzeitig fährt die Justizpressestelle gegenüber den Medien einen harten Kurs. Wir haben ihr insgesamt 32 Fragen zum Komplex »AUBIS«/Petroll gefaxt. Sechs Fragen werden beantwortet. Die Beantwortung der restlichen Fragen wird unter Berufung auf die zuständigen Staatsanwälte aus »ermittlungstaktischen Gründen« abgelehnt: »Die Beantwortung der von Ihnen gestellten Fragen« würde eine »Gefährdung der Ermittlungen darstellen«. Es folgt: Ein Hinweis auf das Landespressegesetz, § 4 Abs.11. Nr. 3. Diese Vorschrift regelt den Umgang mit Informationen, wenn die Gefahr droht, daß sogenanntes »Täterwissen« in die Öffentlichkeit gelangen könnte. Diesen Paragraphen bringt man vor allem mit intensiven Fahndungen wie etwa nach Serienmördern vom Typ Dieter Zurwehme in Verbindung. Im Fall Petroll ist von irgendeiner Ermittlungsintensität wenig zu spüren. Laut Aktenlage geschieht in den kommenden Wochen so gut wie nichts. Vernehmungen gibt es keine mehr. Die Einstellung der Ermittlungen wegen Verdachts auf Mord naht.

Währenddessen haben wir über eine der Telefonnummern einen der engsten Freunde Petrolls gefunden: Thomas Granitz, den Geschäftsführer des schillernd-witzigen »Florida-The-Art-Hotel« (heute: »Kukuun«) an der Reeperbahn. Das Haus ist berühmt wegen seiner skurril und schrill eingerichteten Räume. Die zwölf Zimmer des Hotels gehen von einem langen, schummrigen Flur ab. Jedes einzelne ist von einem anderen Künstler gestaltet worden. Da gibt es das »Schäfchenzimmer«, mit entsprechendem Tapetenmuster, Stofftieren auf den Betten. Der werte Gast wird auf Lammfell gebettet. Von der Decke baumeln Schäfchen. Dann ist da der Nackte-Männer-Raum (»Megakerls«): ganz in Rot, Decke, Türen, auch der Boden, einfach alles. Auf der roten Tapete schwarz-weiße Aktfotos von strammen, gutgebauten Männern. Solche Aufnahmen zieren auch das Bett. An der Wand ein weißer Bademantel. Und außer dem schlichten schwarzen Einzelbett ist der kleine Raum noch mit einem Aluminium-Bistrotisch – und Stuhl möbliert.

Als Thomas uns durch die Räume führt, sagt er plötzlich: »Und das hier war das Lieblingszimmer von Lars.« Er öffnet die Tür –

und in fast musealer Anmutung offenbart sich ein Schlafzimmer aus der Zeit des Wirtschaftswunders: ein helles, klarlackiertes Doppelbett mit einer geblümten Polyester-Überdecke. Für die Dame eine Frisierkommode. Bedeckt mit Blümchendeckchen, darauf ordentlich drapiert Kamm, Bürste und ein kleiner Handspiegel. Dazu ein hölzernes Transistorradio und roter Sitzpuff. Eine Wand nur mit einem schlichten Einbaukleiderschrank und an der Decke hängt eine mit goldfarbenem Stoff bespannte runde Schlafzimmerlampe: »Das Zimmer von Frau K.« »Lars liebte es, hier zu übernachten«, sagt Thomas. Und uns kommt ein Gedanke. Wenn sich Lars in diesem Hotel so wohl fühlte, dann könnte er irgendwo etwas von seinem Sicherungskopien versteckt haben. Thomas zeigt uns einen kleinen Abstellraum, mit Haushaltskram und Putzzeug. Aus einem Regal holt er einen Karton mit allerlei technischen Geräten und Kleinteilen wie Kabel und Stecker. Dabei auch mehrere Video-Kameras, gedacht zur Überwachung des Eingangsbereich des Hotels. Petroll hatte sie besorgt und wollte sie bei seinem nächsten Besuch einbauen. Wir sehen den Karton und noch andere Kisten durch, können aber nichts Auffälliges entdecken.

Inzwischen ist es Nachmittag geworden. Wir fahren weiter zu einem anderen guten Freund Petrolls in Hamburg, den Computertechniker Carsten Risken. Auch er war am Telefon zunächst zurückhaltend. Erst als wir ihm zusagen, seine Identität nicht preiszugeben, ist er zu einem Gespräch bereit. Wir treffen ihn in einem Reihenhaus im Süden Hamburgs. Es ist gegen 17 Uhr. Das erste, was Risken uns sagt, ist, wie unwirklich ihm die Geschichte vom angeblichen Freitod seines Freundes vorkommt. »Wissen Sie«, sagt er, während er uns in das mit skandinavischen Möbeln ausgestattete Eßzimmer führt, »Lars war niemand, der zur Verzweiflung neigte. Probleme, auch Geldprobleme, waren für ihn da, um gelöst zu werden. Er hatte immer mal wieder Schulden. Für ihn war das eine Herausforderung.« Seine Freundin legt Sets auf den Tisch und holt Gläser aus der Vitrine. »Lars«, beginnt sie, »der Lars war ein unheimlich fröhlicher Mensch. Er war ein verrückter

Kerl und hatte immer jede Menge Unsinn im Kopf.« Dann sagt sie nachdenklich: »Als er das letzte Mal hier war, zu Carstens Geburtstag, da kam er rein, hat sofort losfotografiert und den Clown gemacht. Das war typisch Lars.«

Von nun an beschreibt vor allem Carsten Risken seinen Freund in bunten Facetten. Er redet über Lars den Technik-Freak, den Raucher, der zwei verschiedene Sorten parallel raucht, der gerne um die Häuser zieht. Er beschreibt, wie sie sich ergänzt haben: Lars war der Software-Experte, Carsten der Mann für die Hardware. Wenn der eine Probleme hatte, konnte er sich bei dem anderen Rat holen. Oft haben sie stundenlang telefoniert und überlegt, wie sie ein technisches Problem lösen könnten. Risken zeichnet das Bild eines jungen Mannes, der das Leben genießt – der aber die Dinge, die er anpackt, hundertprozentig macht. Egal, ob bei der Werbeagentur, in der er zeitweise gearbeitet, oder in der Software-Firma, bei der er sich nebenbei das Geld fürs Studium verdient hatte. Die Erinnerungen sprudeln nur so aus Risken hervor. Irgendwann merken wir alle, daß wir Hunger bekommen. Es ist kurz vor 22 Uhr. Risken hat fünf Stunden lang geredet.

Wir beschließen, in ein italienisches Restaurant um die Ecke zu gehen. Dorthin ist Risken auch mit Petroll gerne gegangen. Bei Pasta und Wein erzählt Risken uns, wie er seinen Freund gesucht hat: »Als Lars sich nach seinem letzten Besuch im Sommer 2001 nicht mehr gemeldet hat, bin ich später nach Berlin gefahren, um ihn zu suchen. Aber in der Wohnung war er nicht. Obwohl: Als ich von der Straße nach oben zu seinen Fenstern geguckt habe, habe ich da einen großen Plastiklolli gesehen. Da hatte ich schon das Gefühl: Eigentlich müßte er da sein. Aber auf mein Klingeln hat er nicht geöffnet. Und sein Briefkasten war überfüllt. Ich habe dann einen Zettel in den Briefkasten gesteckt, auf dem stand: ›Lars, bitte melde dich‹.«

Den »Pashatel«-Laden sieht sich Risken von außen an. Durch die Fenster kann er aber nicht viel erkennen. Nur, daß Baumaterial herumsteht. Und er hat irgendwie das Gefühl: ›Lars hat den Laden aufgegeben.‹ Risken macht sich wirklich Sorgen um seinen

Freund. Er versucht mit allen Mitteln, ihn zu erreichen. Zu dieser Zeit hat Petroll drei Handys und vier E-mail-Adressen. Überall hinterläßt Risken Nachrichten. Der Tenor ist stets der gleiche: »Melde dich«. Auch die Festnetznummer in Petrolls Wohnung ruft er an. Was er hört, ist eine freundliche Stimme: »Dieser Anschluß ist vorübergehend nicht erreichbar.« Typisch, denkt Risken: Entweder hat er es geschafft, mit seinem Kabelsalat einen Kurzschluß zu machen, oder er hat mal wieder die Rechnung nicht rechtzeitig bezahlt. Nichts Ungewöhnliches, das beunruhigt ihn nicht. Merkwürdig ist nur, daß Lars Oliver auch nicht an eines seiner Handys geht.

Carsten Risken bleibt längere Zeit vor dem Wohnblock stehen und hofft, daß Petroll nach Hause kommt. Irgendwann setzt er sich in der Nähe in ein Café: Vielleicht kommt er ja vorbei. Vergeblich. Doch Risken gibt noch nicht auf. Er weiß, daß Sabrina Weiser in einer Bar in Mitte arbeitet. Abends macht er sich auf die Suche. Er findet die Kneipe auch, aber ausgerechnet an diesem Abend ist Sabrina nicht da. Unruhig fährt Risken zurück nach Hamburg.

Wieder sind zwei Stunden vergangen, in denen Risken über seinen Freund und seine Suche nach ihm erzählt hat. Wir gehen in die Wohnung zurück und zeigen ihm die Disketten Petrolls, die wir von Sabrina Weiser erhalten haben. Wir berichten ihm von unserem Problem mit einer der Disketten, die unseren Redaktionscomputer zum Absturz gebracht hat. Ob er die Datenträger Petrolls für uns öffnen würde? Risken steht sofort auf und geht in sein Arbeitszimmer im ersten Stockwerk. Als wir eintreten, streicht er über die Arbeitsplatte seines Schreibtischs und sagt: »Hier hatte Lars bei seinem letzten Besuch seine Festplatte hingelegt.« Dann wirft er seinen PC an und versucht, die Disketten zu öffnen. Bei der ersten hat er zunächst Schwierigkeiten, aber dann erscheinen auf dem Bildschirm merkwürdige Listen. Es sind Excel-Tabellen, die uns durch irgendeine technische Macke verstümmelt erscheinen. Scheinbar zusammenhanglos tauchen Begriffe auf wie: Fernwärme, Knauthe, Görlitz Zahlungsverkehr, extra Scheck, »Aubitec«, Mietkonto oder »KPMG«. Dazu Zahlen, die für uns nicht klar zuzuordnen sind. Bei einer der Tabellen steht ganz oben ein Begriff, der uns elektrisiert: »Genolite«. So heißt das Zahlungssystem, mit dem »AUBIS« gearbeitet hat.

Wir sehen den Beweis, daß Petroll Zugang zu diesem Kontenverwaltungsbereich hatte. »Ich drucke euch das mal alles aus«, sagt er und klickt auf das Druckersymbol. Nichts passiert. Carsten drückt noch einmal. Wieder nichts. In diesem Moment guckt der Technik-Freak uns an und fragt: »Was ist das denn?« Wir wissen erst recht nicht, was mit den Daten los ist. Risken probiert noch einige Male, die Tabellen auf's Papier zu bringen. Aber es klappt nicht. Um zwei Uhr nachts geben wir auf. Risken verspricht, sich in den nächsten Tagen um die Dateien zu kümmern.

Bei starkem Schneeregen machen wir uns auf den Weg zurück nach Berlin. Zwei Wochen später werden wir von Carsten einen Brief im DinA4-Format bekommen. In dem gelben Umschlag finden wir einen ganzen Stapel ausgedruckter Excel-Dateien. Obendrauf ein Blatt, auf dem Carsten in kleinen Buchstaben geschrieben hat: »Als ich nachts am Computer saß, ratterte plötzlich der Drucker los. Unerklärlich. Ein letzter Gruß von Lars.«

Nach und nach telefonieren wir auch die anderen Nummern aus Petrolls Handy ab. Wir treffen Freunde, erhalten neue Hinweise darauf, wo er sich versteckt hatte, welche Pläne er schmiedete, bei welchen Banken er Konten besaß. Über Freunde Petrolls erhalten wir einen spannenden Hinweis. Petroll habe einen Kollegen gehabt, mit dem er zeitweise sehr eng zusammengearbeitet habe. Als dieser Kollege in der Zeitung gelesen hatte, ein »AUBIS«-Mitarbeiter sei tot aufgefunden worden, habe er sinngemäß gesagt: »Wenn das der Lars Oliver ist, dann packe ich aus.« Mit dem Mann möchten wir sprechen. Doch die Recherche erweist sich als schwierig. Wir machen Wohnort, Adresse und Telefonnummer des Zeugen ausfindig. Als wir anrufen, meldet sich dessen Bruder. Kaum haben wir gesagt, warum wir anrufen, reagiert der Mann nahezu hysterisch. Er lasse sich nicht unter Druck setzen. Er lasse seine Familie nicht belästigen. Auch unsere ganz freundlich vorgetragene Bitte: »Wir möchten einfach mit Ihrem Bruder reden« beruhigt ihn nicht. Er brüllt in den Hörer, bei uns kommen Worte wie »Klagen«, »Prozesse«, »Schadensersatz« an. Genauso reagiert er bei späteren Anrufen. Aus jeder seiner Äußerungen klingen Furcht und Wut. An seinen Bruder läßt er niemanden herankommen. Dann ruft er an und verkündet, er habe sich über uns »informiert« .Wenn wir noch einmal mit ihm reden, werde er sich mit der Polizei in Verbindung setzen. Das wäre ja eine gute Idee, so kämen die Ermittler vielleicht doch noch zu einer inhaltsschweren Zeugenaussage! Für uns stellt sich die Frage: »Sind wir die einzigen, die sich bei diesem potentiellen Zeugen gemeldet haben?« Was sicher ist: Ermittler haben ihn nicht vernommen. Die Polizei und Staatsanwaltschaft in Berlin wissen nichts von ihm.

Am 3. Mai 2002 veröffentlichen wir unsere bisherigen Recherchen. Während die »Berliner Morgenpost« doppeldeutig titelt: »Beschränkte Ermittlungen«, sendet das ARD-Politmagazin »Kontraste« den Beitrag: »Angst vor Entdeckung – Warum starb Lars Oliver P.« In dem Beitrag äußert sich ein ehemaliger Kollege Petrolls mit der Einschätzung: »Herr Petroll gehörte zum engeren Kreis der beiden ›AUBIS‹-Manager: Er war einer ihrer Vertrauten. Er hat die ganze Datensicherung gemacht – für die Chefs persönlich. Ich bin sicher, mit diesen Informationen könnte man den Herren Wienhold und Neuling in einigen Fällen Betrug nachweisen. Wenn Herr Petroll diese Unterlagen hatte, dann war das für ihn lebensgefährlich.«

Auch der Vorsitzende des »AUBIS«-Untersuchungsausschusses, der SPD-Politiker und Rechtsanwalt Klaus-Uwe Benneter, kommt zu Wort: »Wir haben festgestellt, daß hier durch die ›AUBIS‹-Manager sehr viele Firmen gegründet wurden, Unterfirmen, Tochterfirmen, Enkelfirmen, die auch untereinander in Vertragsbeziehungen standen, und wo man eben den Eindruck haben mußte, daß auf diese Art und Weise Geldflüsse so undurchschaubar gemacht und verschleiert wurden, daß sie letztendlich wieder in einer Tasche landeten. Und einer, der davon wußte, und das auch belegen konnte … der lebte schon gefährlich.«

Und dann kritisieren wir öffentlich die Staatsanwaltschaft an einem besonders sensiblen Punkt: Sie habe den Anwälten der »AUBIS«-Chefs Neuling und Wienhold sehr früh umfassende Akteneinsicht gewährt – und ihnen durch diesen Schritt ermöglicht, den Namen des Informanten zu erfahren. Zehn Tage danach ist er tot. Wir bezeichnen dies als ein unentschuldbares, vielleicht tödliches Fehlverhalten der Staatsanwälte.

Die Justiz reagiert wie erwartet, sie weist den Vorwurf fehlerhafter Ermittlungen zurück: »Insbesondere der Vorwurf, daß den Anwälten der Angeschuldigten Wienhold und Dr. Neuling Akteneinsicht gewährt worden war, ohne vorher die Personalien des Lars Oliver P. aus den Akten zu entfernen, entbehrt jeglicher Grundlage. Den Verteidigern der seinerzeit Beschuldigten stand im Ermittlungsverfahren von Gesetzes wegen ein umfassendes Akteneinsichtsrecht zu. Die gesetzlichen Voraussetzungen für die Schwärzung persönlicher Daten von Zeugen liegen nicht vor.« Die Tatsache, daß Staatsanwälte in besonders wichtigen Fällen auch mal Blätter aus Akten, zumindest zeitweise aus ermittlungstaktischen Gründen, entfernen dürfen, blieb unerwähnt.

Die Aufregung ist groß, die seit Monaten von den Medien nicht beachtete Frage nach den ungeklärten Todesumständen kocht wieder hoch. Das abendliche Fernsehmagazin des »Senders Freies Berlin, die »Abendschau« beschließt auf der Redaktionskonferenz, daß bei soviel gegensätzlichen Äußerungen mal nachgehakt werden muß. Am Nachmittag bekommt der Moderator der Sendung, Friedrich Moll, eine komprimierte Zusammenfassung der viermonatigen Recherche.

Er muß gut vorbereitet sein, denn sein Studiogast wird der Staatssekretär der Justizsenatorin sein. Der Mann ist ein Profi im Fach »Antworten, ohne etwas zu sagen – und dabei möglichst viele verwirrende Details untermischen«.

Tatsächlich gerät der Staatssekretär dann in der Live-Sendung auch in die Bredouille: Der Moderator insistiert auf der Frage, was denn, wenn überhaupt, noch ermittelt wird. Der Staatssekretär spricht von einem »zweifelsfrei feststehenden Suizid«.

Friedrich Moll fragt nach der Arbeit der Kriminalpolizei: »Disketten wurden da gar nicht gesichtet, dann das Handy … da waren Namen gespeichert, die Kollegen von ›Kontraste‹ haben siebzig Namen mal durchtelefoniert. Die meisten hatten solche Angst, daß sie sich nicht äußern wollten. Das klingt ja zumindest beunruhigend. Die Polizei hat sich für das Handy überhaupt nicht interessiert!«

Staatssekretär Flügge: »Wenn Sie das so sagen, daß da siebzig angebliche Zeugen zur Verfügung stehen.«

Moderator Moll: »Mögliche Zeugen!«

Staatssekretär Flügge: »Eben, dann wär's doch wunderbar, wenn die Redaktion ›Kontraste‹ diese Kenntnisse zur Verfügung stellen würde.«

Moderator Moll: »Das Handy hätte ja zur Verfügung gestanden. Es wollte keiner angucken oder es untersuchen …«

Staatssekretär Flügge: »Nein, das ist eben die Unterstellung. Es ist in der Tat anders gewesen. Sie müssen davon ausgehen, daß zunächst Petroll vermißt worden ist. Dann ist eine Leiche im Grunewald gefunden worden, die nicht identifiziert werden konnte. Man wußte nicht, um welche Person es sich handelt. Und erst zu einem späteren Zeitpunkt konnte die Verbindung hergestellt werden, zwischen dieser zunächst unbekannten Leiche und dem Verfahren ›AUBIS‹. Und dann sind die Zusammenhänge hergestellt worden in der Staatsanwaltschaft. Man hatte in der Tat weiter ermittelt, um herauszukriegen, was die Hintergründe sind …«

So reden die beiden noch gute zwei Minuten weiter, ohne daß irgendetwas Neues zum Vorschein kommt.

Drei Tage später geht in der Redaktion ein Schreiben ein, Absender ist Oberstaatsanwalt Dorsch. Auch er hatte in dem Fernsehbeitrag 120 Disketten erblickt und eine erneute Durchsuchung der Wohnung Sabrina Weisers durchgesetzt. Gefunden hat er dort nur noch wenig. Deshalb wendet er sich an »Kontraste«: »Ich darf Sie bitten, die Disketten umgehend zu dem o.g. Verfahren zu übersenden. Sollten Sie im Besitz weiterer Beweismittel sein, bitte ich ebenfalls um Übersendung derselben.«

Da wir als Journalisten Distanz zu Staatsanwälten halten, beschließen wir, unsere Dokumente einem Rechtsanwalt zu übergeben. Er leitet sie an die Ermittler weiter. Das Handy bringen wir zu Freunden des Toten nach Hamburg. Auch sehr persönliche Dinge wie das erste Fotoalbum und die Abiturszeitung. Nichts ist mehr in unserem Besitz.

Was die Staatsanwälte mit dem Datenmaterial von uns machen, ist uns nicht bekannt. Aber es dauert nur noch zwei Wochen, bis das Ermittlungsverfahren im Fall Petroll eingestellt wird. Die angeführten Gründe dafür sind eine spannende Lektüre zum Thema Ermittlungslogik. Eine der Hauptargumente, die gegen einen Mord sprechen, ist für die Ermittler das Gutachten des bekannten Rechtsmediziners Prof. Dr. Dr. h.c. Volkmar Schneider. Doch dessen Untersuchungsergebnisse erfahren im Laufe der Zeit eine leicht veränderte Darstellung. So hat der Professor in einer ergänzenden Stellungnahme zur Obduktion Petrolls formuliert: »Seine Befunde ließen sich mit Selbstmord in Einklang bringen.« Dann der Satz: »Befunde, die zwingend an eine andere Deutung denken lassen, sind nicht erkennbar.« Wohlgemerkt: »Die zwingend an eine andere Deutung denken lassen.«

Im Einstellungsbescheid wird daraus folgendes: »Die Staatsanwaltschaft kommt an den eindeutigen Feststellungen des international renommierten Gerichtsmediziners Prof. Dr. Dr. h.c. Volkmar Schneider nicht vorbei, wonach ein Fremdverschulden am Tode Petrolls auszuschließen ist.« Im Klartext: Der Gerichtsmediziner Prof. Dr. Dr. h.c. Volkmar Schneider erkennt aus der körperlichen Untersuchung des Toten keinen eindeutigen Anhaltspunkt für einen Mord. Die Ermittler machen daraus: Prof. Dr. Dr. h.c. Volkmar Schneider sagt, es war kein Mord. Ein feiner, aber wesentlicher Unterschied.

Und dann hat der Prof. Dr. Dr. h.c. Volkmar Schneider noch etwas betont, nämlich wie mit seinen Ergebnissen umzugehen sei: »Letztendlich sind die Obduktionsbefunde aber auch synoptisch in die sonstigen Ermittlungsergebnisse einzuordnen.« Die Staatsanwälte sollen also alle Ermittlungsergebnisse in einer Gesamtschau betrachten. Der Blick auf eine einzelne Feststellung genügt nicht.

Die weitere Schau der Ermittler stützt sich vorallem auf mögliche Gründe für einen Selbstmord. Dabei benutzen sie die Aussage von Freunden und wagen einen großen Wurf. Sie ziehen die Aussagen der Ex-Freundinnen Clement, Weiser und des Mitbewohners Biermann zusammen und formulieren daraus eine zwingend wirkende Quintessenz: »Die Zeugen ... die in dem Zeitraum vor seinem Tod den engsten persönlichen Kontakt mit Petroll pflegten, beschreiben ihn als sehr einsamen, im Grunde introvertierten, manisch-depressiven Menschen, der nach außen gerne die Rolle des Partylöwen und Lebemanns spielte und mit Geld nur so um sich warf, unmittelbar vor seinem Tode aber sichtlich heruntergekommen war.«

Das ist eine Zusammenfassung, die angesichts der einzelnen Aussagen geradezu fahrlässig vereinfacht. Und sie beruht auf Aussagefetzen dreier Personen. Zwei von ihnen kannten Petroll nur kurz. Die dritte, Ex-Sekretärin Clement, hatte nach eigenem Bekunden schon längere Zeit kaum mehr Kontakt zu ihm, und wenn, dann nur telefonisch. Für uns entsteht der Eindruck, daß im Einstellungsbescheid ergebnisorientiert gearbeitet wurde.

Im folgenden die einzelnen Versatzstücke und ihr Hintergrund:

»Sichtlich heruntergekommen«: Lars Oliver Petroll trug nicht mehr die teure Kleidung, die er in seiner Zeit bei »AUBIS« für notwendig hielt. Das heißt aber nicht, daß er sich vernachlässigt hat. Die Beamten der Verbrechensbekämpfung, die die Leiche Petrolls als erste Fachleute am Fundort zu sehen bekamen, hatten einen ganz anderen Eindruck. In ihrem Bericht heißt es: »Die Bekleidung machte einen sauberen, ordentlichen Eindruck. Der Verstorbene wirkte ebenfalls sehr gepflegt.« Woher also kommt die negative Einschätzung im Bericht?

In den Vernehmungsprotokollen der drei genannten Zeugen findet sich nur ein Halbsatz auf das äußere Erscheinungsbild Petrolls. Ex-Freundin Weiser sagt, er sei zuletzt magerer gewesen »... und trug nicht mehr so feine Kleider«. Auch wir hatten sie interviewt. Bei genauerem Nachfragen sagte sie uns: »Früher hatte er ›Armani‹-Anzüge und andere teure Klamotten getragen. Im Juli lief er mit Batik-T-Shirt [von Hugo Boss, d.A.] und Sandalen herum.« Im Hochsommer kein ungewöhnlicher Freizeit-Look.

»Der … mit Geld nur so um sich warf«: Zum Thema Geld hat Sebastian Biermann etwas ausgesagt: »Er war sehr spendabel, hat sich regelrecht vorgedrängelt, wenn es ums Bezahlen ging. Er hat wohl die letzten Monate gute Bezahlungen von seiner Firma gekriegt, er bezeichnete das als ›Judaskuß‹.«

Später eine bezeichnende, die Richtung vorgebende Nachfrage. Der Beamte will wissen: »Nun bekommen Sie offenbar mit, wie er mehr oder minder sein Geld zum Fenster hinauswirft und offenbar über seine Verhältnisse lebt. Macht Sie das nicht stutzig?« Biermann hatte das so nie ausgedrückt. Das betont er gegenüber dem Ermittler auch: »Ich will nicht sagen, daß er über seine Verhältnisse gelebt hat, weil ich diese nicht genau kannte (sic!), aber er war mir und anderen gegenüber auffallend großzügig.«

Ein »im Grunde introvertierter, manisch-depressiver Typ«: Petrolls Mitbewohner Biermann sagt dazu: »Er war ein Spaßmacher, aber er war auch sehr introvertiert. Beides lag sehr nah beieinander.« Am Tag vor seinem Tod sei Petroll müde und sehr introvertiert gewesen. Die Ex-Freundin Sabrina Weiser glaubte, daß er sehr einsam war, aber immer im Mittelpunkt stehen wollte. Carola Clement schätzte ihn ähnlich ein. Sie hatte Petroll als einerseits sehr fröhlich, andererseits als sehr introvertiert erlebt. Sie kennt Petroll von diesen drei Zeugen am längsten und intensivsten. Auf die Frage, wie es Petroll bei ihrem letzten Telefonat kurz vor seinem Tod ging, betont sie: »Ich hatte den Eindruck, daß es ihm gut geht und ich hatte den Eindruck, daß er auf den Boden der Tatsachen zurückgekommen ist.«

Weiter: *Petroll habe Kokain genommen:* Daß er gelegentlich Kokain probiert hat, ist nach Einschätzung vieler Freunde wahrscheinlich. Allerdings war Petroll kein Kokainkonsument, und er hatte vor seinem Tod kein Rauschmittel genommen. In einem chemisch-toxikologischen Gutachten von Prof. Dr. Dr. h.c. Volkmar Schneider heißt es dazu: Es »fanden sich keine Hinweise auf starke zentral wirkende Medikamente. Die gesonderte Untersuchung einer Harn- und Blutprobe auf Suchtmittel verlief gleichfalls negativ«.

Dann heißt es in der Einstellungsbegründung der Staatsanwaltschaft, Petroll habe Sabrina Weiser »auch davon erzählt, daß er sich nach der Trennung von der Zeugin Clement im Februar 2001 die Pulsadern habe aufschneiden wollen. *Es ist nicht auszuschließen, daß die Trennung von der Zeugin Weiser im Juli 2001 zu einem gleichartigen psychischen Zusammenbruch Petrolls führte.«*

Eine interessante Annahme, die allerdings durch mangelnde Nachfragen seitens der Ermittler erleichtert wird. Nicht umsonst hatte einer der vernehmenden Kripo-Beamten in seinem Bericht dazu vermerkt: »Inwieweit dies der Wirklichkeit entspricht, konnte nicht in Erfahrung gebracht werden.« Dabei hätten schon simple Nachfragen zumindest mehr Details zutage fördern können. Sabrina Weiser erzählte auch uns die Geschichte von einem angeblichen Selbstmordversuch auf Lanzarote. Diese Geschichte wiederum habe sie einmal von Petroll gehört. Der habe sie ihr beiläufig so geschildert: »Total besoffen« sei er damals gewesen. Und in diesem Zustand habe er sich in die Badewanne gelegt und versucht, an seinen Handgelenken »zu ritzen«. In den Protokollen der Gerichtsmedizin finden sich keine Angaben zu Narben an den Handgelenken. Was dort allerdings steht, ist, daß Petroll bei seinem Tod nüchtern war.

Was die Staatsanwälte zum Thema Liebeskummer auch nicht ermittelt haben: Erstens war die Trennung von Weiser im September bereits gut zwei Monate her. Und Petroll hatte mit Maltea eine neue Liebe, mit der er von Heirat und Kindern träumte. Petrolls Mitbewohner Biermann hatte bei Telefonaten der beiden, die er miterlebte, das sichere Gefühl, daß da eine besondere Nähe bestand. Nichts Flüchtiges, sondern eine tiefe Beziehung. Die Staatsanwälte wissen davon nichts: Ihre Ermittlungen führen sie nie zu Maltea. Dabei hätten sie bei einer ordentlichen Aufklärung des sozialen Umfeldes Petrolls auf sie stoßen müssen: Maltea gehörte zu den wenigen Trauergästen bei der Beisetzung »in aller Stille«.

»Als weiteres Motiv kommen … seine nicht unerheblichen Schulden in Frage«: Nach Angaben der Ermittler hatte Petroll seinen Ratenkredit über 50.000 Mark (monatliche Raten von rund 950

Mark) sowie auf seinem Konto ein Minus von knapp 12.000 Mark. Was ihnen auch auffällt: Während seiner Flucht ist er mit der Miete in Rückstand geraten.

Finanzielle Probleme diesen »Ausmaßes« als Freitodmotiv? Petroll hätte noch einen neuen, verbesserten Arbeitsvertrag bei »AUBIS« unterschreiben können. Dann hätte er monatlich rund 5000 Mark netto verdient. Mehr als genug. Außerdem hätte er all seine Rechner verkaufen können. Und schließlich: Petroll hat sich nach Erfahrung engster Freunde nie von derartigen Engpässen einschüchtern lassen.

»Ein weiteres Motiv ... könnte in einem gescheiterten Erpressungsversuch zum Nachteil Wienholds und Neulings liegen«: Ein besonders interessanter Punkt. Denn gleich darauf betont der Beamte: »Hier ist zunächst darauf hinzuweisen, daß Wienhold dies bestreitet.« Laut Wienhold sei das Verhältnis zu seinem Ex-EDV-Chef bis zuletzt gut gewesen. Und an dieser Stelle erweist es sich wiederum als großer Nachteil, daß nicht umfassend ermittelt worden ist. Sonst hätte womöglich die Aussage jenes »AUBIS«-Mitarbeiters, der Petroll direkt vor seinem Untertauchen im Juli 2001 völlig verstört und verunsichert in der »AUBIS«-Zentrale erlebt hat, die Einschätzung relativiert.

Schließlich findet der Ermittler noch etwas, was scheinbar für ein ungetrübtes Verhältnis zwischen Petroll und seinen Ex-Chefs spricht: Er habe nach Zeugenangaben noch bis Juli oder August Geld von »AUBIS« erhalten. Angesichts des Petroll'schen Untertauchens könnte man diese – trotz fehlender Gegenleistungen – fließenden Zahlungen allerdings auch mißtrauischer beurteilen. Vor allem aber nennt der Beamte als Grund, daß »ein neuer Arbeitsvertrag zwischen ihm und ›AUBIS‹ ausgehandelt worden sei, den er nur noch hätte unterschreiben müssen.«

Ein guter Punkt. Wenn aber das Verhältnis so völlig positiv, ungestört und angenehm war, warum hat Petroll ihn dann eigentlich nicht unterschrieben? Und warum wurde ihm überhaupt ein um sechzig Prozent höheres Einkommen angeboten, wo er doch praktisch gar nicht mehr bei »AUBIS« aufgetaucht war? Antworten auf diese Fragen finden sich im Einstellungsbescheid nicht.

Der nächste Punkt: *»Infolge der Räumung des Schließfaches am Flughafen Tegel … verlor Petroll sämtliches zur Realisierung seiner evt. geplanten Erpressung taugliches Material«:* Das ist nun wirklich spannend. Nicht nur deshalb, weil der Verfasser der Einstellungsverfügung auch im Mai 2002 noch von Schließfächern am Flughafen Tegel und von einer Räumung schreibt, die es beide nie gegeben hat. Bemerkenswert ist diese Überlegung vor allem, weil entweder die Akten lügen oder der Ermittler hellseherisch begabt ist. Denn die Zeugin Weiser hat mehrfach betont, daß Petroll Beweismaterial in eine Sporttasche tat, wegging, um es zu verteilen und erst nach Stunden zurückkehrte. Petroll habe von einer Art Beweispuzzle gesprochen. Nur alle Teile zusammen ergäben einen Sinn. Soweit Weiser es mitbekam, »hat er mehrere Päckchen irgendwo verteilt«. Nur zwei Päckchen sind aufgetaucht.

Ein Rätsel bleibt uns, warum der Ermittler sicher davon ausgeht, daß diese beiden Päckchen »sämtliches« Beweismaterial Petrolls waren. In den Akten jedenfalls findet sich darauf kein Hinweis. Dafür steht in der Einstellungsverfügung: »Möglicherweise hatte Petroll hierdurch die aus seiner Sicht letzte Möglichkeit verloren, sich eine neue Existenz aufzubauen.« Daß Lars Oliver Petroll nicht nur für die Päckchen existierte, sondern auch durchaus andere ernsthafte Geschäftsideen verfolgte, interessiert niemanden.

Zu guter Letzt kommt die angebliche Paranoia: Gegenüber dem Zeugen Biermann habe Petroll »angegeben, daß er bei Freunden in Hamburg, bei denen er gewohnt habe, Kameras installiert habe, um sein Umfeld ständig unter Kontrolle zu haben. Dies könnte ein Beleg dafür sein, daß der Verstorbene unter Verfolgungsangst litt«.

Allerdings hätten Nachfragen der Ermittler bei Petrolls Hamburger Freund Thomas Granitz ergeben, daß Lars Oliver ihm in seinem »Florida-The-Art-Hotel« Überwachungskameras für den Eingangsbereich einbauen sollte. In der Zeitspanne, in der Petroll und Biermann miteinander zu tun hatten. Die Kameras samt Zubehör hatte Petroll schon gekauft. Sie lagerten im Hotel. Doch auch zu dem Zeugen Granitz stoßen die Ermittler nie vor. Dabei kommt er sowohl im Bericht der »Berliner Morgenpost« als auch im »Kontraste«-Beitrag vor.

So viel zu den Kernargumenten, die nach Ansicht der Berliner Staatsanwaltschaft »neben den klaren objektiven Befunden für eine eigenverantwortliche Selbsttötung Petrolls« sprechen. Interessant ist auch, wie sich die Staatsanwälte mit der Möglichkeit eines Mordes auseinandersetzen. Da heißt es: »Der Beweis, daß Petroll evtl. durch fremde Hand zu Tode gekommen ist, ließe sich nur im Fall eines etwaigen Geständnisses eines gedungenen ›Killers‹ oder eines etwaigen Auftraggebers führen.« Das ist schwer zu ermitteln.

Und ein Auftragsmord wegen einer Erpressung? Bei diesem Szenario sei, so der Staatsanwalt, zu berücksichtigen, daß Wienhold und Neuling »weiterhin über nahezu unbegrenzte finanzielle Mittel verfügen, was sich auch aus den von ihnen mittlerweise gezahlten beträchtlichen Haftkautionen ergibt.« Daher wäre es den »AUBIS«-Chefs »ein Leichtes gewesen, hohe Forderungen Petrolls, dem es nach Zeugenaussagen nur darum ging, sich ins Ausland abzusetzen und dort ein sorgenfreies Leben zu führen, zu befriedigen.« Davon, daß eventuelle Erpresser immer wieder kommen und unberechenbar sein können, geht der Beamte offenbar nicht aus.

Aber da der Staatsanwalt sich sehr konkret mit einer möglichen Erpressung und der möglichen Reaktion von Wienhold und Neuling auseinandersetzt, hätte er sie auch gleich entsprechend befragen können. Eine Vernehmung der Herren erfolgt in der Todesermittlungssache Petroll offenbar nicht.

Und noch ein Argument: »Gerade aufgrund ihrer Erfahrung im Zusammenhang mit der Bearbeitung von Kapitalverbrechen – Wienhold war früher bei der 2. Mordkommission tätig – verbot sich ihnen die Überlegung, Petroll gewaltsam aus dem Weg zu räumen und sich damit der Gefahr eines ungeheuren Ermittlungsdrucks auszusetzen.« Abgesehen davon, daß der Staatsanwalt die mögliche Tätergruppe zu unserer Verwunderung derart klein hält, läßt sich zu diesem Argument feststellen: Der Ermittlungsdruck, den die Berliner Behörde während der offiziellen Untersuchungen wegen Mordverdachts im Fall Petroll generiert hat, war wirklich »ungeheuerlich«.

In der Folge wischt der Staatsanwalt entscheidende Verdachtsmomente beiseite. Keiner der Petroll-Freunde habe konkret eine Situation erlebt, in der er bedroht wurde. Daß Bedrohungen nur selten in Anwesenheit von Zeugen ausgesprochen werden, müßte eigentlich auch ein Staatsanwalt wissen. Petrolls Furcht allein beim Anblick von ehemaligen Kollegen außerhalb der Firma nimmt er offenbar nicht ernst und fegt sie mit der Schlußfolgerung »Verfolgungswahn« vom Tisch. Und: »Kontaktaufnahmen zu Personen, die im Lager der ›AUBIS‹ stehen, noch bis unmittelbar vor seinem Tod, sprechen dagegen, daß von Seiten der ›AUBIS‹ Bedrohungen ihm gegenüber ausgesprochen worden waren.« Welche Kontakte – außer einem Telefonat mit Carola Clement kurz vor seinem Tod – der Ermittler meint, bleibt sein Geheimnis.

Bei der Beurteilung einer Zeugenaussage, die auf eine Bedrohung Petrolls hindeutet, wählt der Ermittler die sanfteste Auslegung. Der Zeuge sagt sinngemäß: »ELPAG«-Chef Sven Asmus hat mir gesagt, daß Petroll gerade Klaus Wienhold erpreßt. Und wörtlich habe Asmus gesagt: »Wenn er das durchzieht, könnte es sein, daß er das nicht überlebt.« Diese Aussage wertet der Ermittler als »relativiert«, weil der Zeuge bei einer zweiten Befragung den Wortlaut der Drohung zwar bestätigt, sie aber jetzt als »generelle Warnung« einstuft.

Sven Asmus bestreitet diese Schilderung. Er ist übrigens in diesem Fall nicht vernommen worden. Mit dieser »Vernehmungsfreiheit« befindet er sich im Fall Petroll in guter Gesellschaft mit Klaus Wienhold und Christian Neuling. Warum die Ermittler Asmus nicht vernehmen, halten sie in den Akten fest: »Weder verspricht eine erneute Befragung des Zeugen Asmus hierzu weitere Aufklärung, noch läßt sich die zitierte Äußerung, die schon vom Wortlaut her nur als eigene Einschätzung des Zeugen zur möglichen Vorgehensweise Lars Oliver Petrolls und deren Folgen verstanden werden kann, als eine gegen Petroll gerichtete Bedrohung bewerten.« So einfach kann man es sich machen.

Und ein letztes Beispiel: »Kontraste« und die »Berliner Morgenpost« berichteten über die SMS-Nachrichten auf Petrolls Handy. Eine dieser Nachrichten ging am 23. Mai 2001 ein. Zu dieser Zeit begannen die Ermittlungen zum »AUBIS«-Skandal intensiver zu werden und Petroll versuchte, sein Insider-Wissen zu Geld zu machen. Da erscheint auf seinem Handy die Frage: »Warum soll dich einer killen?« Für den Staatsanwalt kein Grund für den Anfangsverdacht, daß Petroll bedroht worden ist. Er tut in dieser Sache schlichtweg nichts. Die gewundene, umständliche Art, in der dieses Nichtstun begründet wird, erscheint uns symptomatisch für diesen Fall.

So schreibt der Beamte: »Selbst wenn es sich hierbei tatsächlich um ein Mobiltelefon Petrolls handeln sollte, wäre eine etwaige von ihm zu irgendeinem Zeitpunkt geäußerte Mutmaßung, daß ihm jemand nach dem Leben trachte, die die fragliche SMS veranlaßt haben könnte, noch kein Beweis dafür, daß ihm gegenüber derartige Drohungen zu irgendeinem Zeitpunkt ausgesprochen wurden.« Das war's. Die Telefonnummer des SMS-Absenders haben wir zwar veröffentlicht, doch der Staatsanwalt läßt den Teilnehmer nicht ermitteln – obwohl er im Gegensatz zu uns die Mittel dafür zur Verfügung hat. Die restlichen Telefonnummern von Petrolls Handy, und damit Dutzende möglicher Zeugen, ignoriert er ebenfalls.

Das Verfahren ist eingestellt. Auch zwei Versuche von Petrolls Vater, über seine Anwälte eine Wiederaufnahme des Verfahrens zu erreichen, schmettert die Staatsanwaltschaft ab.

Wir stehen nach diesem Ermittlungsergebnis der Staatsanwaltschaft an einem Scheideweg. Wie gehen wir mit den offiziellen Feststellungen um? Gibt es mit unseren Mitteln überhaupt eine realistische Chance, eine andere Bewertung des Falles zu ermöglichen? Besonders lange überlegen wir auch deshalb, weil wir erfahren haben, wie immens zumindest bei Freunden und Kollegen die Erwartungshaltung ist. Eine Frage, die wir selbst von Juristen gestellt bekommen, lautet: »Wer ist denn nun der Mörder?« Einer solchen Erwartung können wir nicht gerecht werden, das ist Aufgabe der Staatsanwälte. Dennoch beschließen wir, den ungeklärten Fragen weiter nachzugehen. Zumindest ist es der Versuch, dem Leben und dem Tod Lars Oliver Petrolls gerechter zu werden.

Inzwischen allerdings haben sich die Voraussetzungen geändert. Wir arbeiten jetzt zu zweit als reines »Kontraste«-Team. Und wir sind ganz normal in das Tagesgeschäft eingebunden, in die Produktion der »Kontraste«-Sendungen. Dennoch haben wir gute Voraussetzungen für unser Vorhaben. Oftmals können wir diese Nachforschungen mit aktuellen Recherchen verknüpfen. Nach und nach sammeln wir immer mehr Details, versuchen Hinweisen auf eine angebliche Geldwaschanlage auf Sylt nachzugehen, und wir suchen Kriminalexperten, die uns weiterhelfen können. Für uns sind zwei Fragen entscheidende Hürden: Was kann am Fundort passiert sein? Und wie läßt sich das nachweisen?

Um an dieser Stelle weiterzukommen, gehen wir noch mehrere Male an den Fundort im Grunewald. Eine der nie geklärten Grundfragen der Ermittlungen ist: Wie ist Petroll eigentlich an den Grenzweg zwischen den Waldabschnitten Jagen 58 und 59 gekommen? Von der S-Bahnstation Eichkamp aus sind es knapp 1,5 Kilometer bis dorthin. Von der nahe des Bahnhofs gelegenen Busstation ist der Weg geringfügig kürzer. Er führt zunächst am viel befahrenen Königsweg entlang. Der macht nach wenigen hundert Metern eine Linkskurve. Von dieser Stelle aus haben Fußgänger zwei Möglichkeiten: Entweder sie gehen parallel zur Autobahn einen kleinen asphaltierten Weg entlang, auf dem zu nahezu allen Tageszeiten und Wochentagen Jogger, Radfahrer und Skateboardfahrer unterwegs sind. Oder man marschiert eine kleine Böschung hoch und folgt einem Trampelpfad durch den Wald. Dieser Weg ist unübersichtlich. Wenn man ihn nicht sehr gut kennt, verliert man leicht die Orientierung. Hochstehende Baumwurzeln sind extreme Stolperfallen. Bei gutem Wetter ist dieser Weg in der Dunkelheit stark frequentiert. Schwule Pärchen treffen sich hier offensichtlich regelmäßig. Uns erscheint es unwahrscheinlich, daß jemand nachts diese Route wählt.

Die Alternative ist der Asphaltweg parallel zur Avus. Auf dieser Strecke kontrollieren nachts immer wieder Streifenwagen die Gegend. Rechts und links des Königswegs entdecken wir einige Bäume mit Ästen, an denen man sich ohne viel Aufwand erhängen könnte. Gut einen Kilometer nach Beginn dieser Strecke liegt rechts der Jagentrennweg, mit einer Holzschranke markiert.

Unbeantwortet bleibt die Frage, warum man mit Selbstmordabsichten diesen langen Weg nimmt und dann noch tiefer in den dunklen Wald läuft? Gut 250 Meter sind es noch, bis an einer kleinen Gabelung der schmale Waldweg auf den Trampelpfad trifft. In diesem Bereich steht die uralte, etwa 15 Meter hohe Doppeleiche. An der Einzäunung der Schonung daneben liegen noch die Birkenstämme des Holzstapels. Wir schauen uns den Ast und den Baumstamm an, machen Fotos. An dem gut zwölf Meter langen unteren Ast sehen wir die Furche, die das Seil hinterlassen hat. Fast zehn Monate nach Petrolls Tod ist sie immernoch gut zu erkennen.

Zu seinem ersten Todestag wollen wir den Ort für einen späteren Film aufnehmen. In einem Heimwerkermarkt kaufen wir fünf Meter Kunststoffseil mit einem Durchmesser von 0,8 Zentimeter. Von einer Rolle wird es mit einem Thermomesser abgeschnitten, so daß beide Enden verschweißt sind. Aus dem Internet laden wir eine Anleitung für einen Henkersknoten herunter. Ganz einfach ist er für Ungeübte nicht, aber nach mehreren Versuchen ist er fertig.

Am nächsten Morgen, einem Sonnabend, sind wir um acht Uhr mit dem Team auf dem Asphaltweg. Die Kameraleute montieren eine kleine Kamera an einem Fahrrad. Sie wollen die Perspektive des Pilzsammlers drehen, der den Toten fand. Mit dem Seil, einer Haushaltsleiter und einer Gartenschere machen wir uns auf zur Doppeleiche. Wir befestigen das Seil an dem Ast. Die nächsten 15 Stunden verbringen wir mit dem Kamerateam im Wald und auf den Wegen. Dabei machen wir eine Entdeckung, die sich noch als wichtig herausstellen soll: Das eine Ende des im Wald zurechtgeschnittenen Kunststoffseils ist aufgerippelt. Und das, obwohl wir die Seilstücke kaum bewegt haben. Auch das Restteil in der Einkaufstüte hat sich an beiden Enden aufgelöst. Nur ein Ende ist noch glatt. Jenes, das im Heimwerkermarkt mit dem Thermomesser bearbeitet wurde.

Mit zunehmender Dunkelheit wird es uns auch zu viert unheimlich. Drei Generatoren dröhnen und sorgen dafür, daß wir die alte Eiche ausleuchten können. Die Stimmung ist gespenstisch. Allein der Gedanke, daß wir dort nachts alleine herumwandern sollten, ist unheimlich. Daß Petroll in dieser Lage noch die Nerven hat, sich einen Baum mit hohen Ästen auszusuchen, aus zusammengesuchten Birkenscheiten einen Holzstapel als Steighilfe baut – das erscheint uns völlig abwegig. Aus Respekt vor dem Toten legen wir am Baum eine weiße Rose nieder.

In der folgenden Woche überlegen wir mit unserem Redaktionsleiter Reinhard Borgmann, wo noch ein Ansatz für weitere Recherchen sein könnte. Die Dreharbeiten im Wald haben uns zwar überzeugt, daß der Selbstmord unter diesen Umständen sehr unwahrscheinlich erscheint. Aber unter welchen Bedingungen könnte Petroll denn Opfer eines Mordes geworden sein? Unser Kollege Borgmann sucht in seinem gutbestückten Adreßbuch nach einem geeigneten Gesprächspartner. Sein Hinweis: Fritz Koraske. Der Mann war Offizier bei der NVA und dort mit einer besonderen Aufgabe betreut: Er führte polizeiliche Ermittlungen innerhalb der Armee, insbesondere gehörte die Aufklärung von Selbstmorden von Soldaten in seinen Bereich. Hunderte von Fällen hat er bearbeitet, in denen der »Tod durch Erhängen« eingetreten war. Mord von Selbstmord zu unterscheiden, hat er in seiner fast dreißigjährigen Berufserfahrung gelernt.

Der inzwischen pensionierte Oberst ist zu einem Hintergrundgespräch bereit. Nach einer kurzen Schilderung des Falles nickt er nur und bittet uns um das Seil. Schnell hat er einen Henkersknoten geknüpft. Dann schlingt er den Knoten um die Mitte seiner Wade und stellt fest: »So können wir jetzt tanzen gehen. Der Henkersknoten hat eine Eigenschaft: er sitzt fest und verrutscht keinen Millimeter mehr«. Als Beweis für seine Feststellung sollen wir mal eben unseren Hals hinhalten, wir lehnen dankend ab. Der Unterarm tut's auch. Ein Ruck, und das Seil sitzt schneidend fest. Sofort staut sich das Blut. Auch bei ruckartigen Bewegungen lockert sich die Schlinge kein bißchen. Sie würde auch am Hals nicht verrutschen. Eine verräterische Spur auf der Haut bliebe demnach nicht.

Fritz Koraske bemerkt unsere Überraschung und kommentiert entspannt: »Wenn Ihnen ein Profi das Seil so zuzieht, dann haben Sie nicht den Hauch einer Chance. Bei der Nationalen Volksarmee haben die Nahkampf-Spezialisten das als erstes gelernt: Leise und schnell zu töten.« Aber was ist mit den Kampfspuren? Gerichtsmediziner sagen, im Normalfall würde das Opfer verzweifelt nach dem Strick am Hals greifen und dabei Kratzspuren zurücklassen. Der Oberst nickt: »Da bleiben nur zwei, drei Sekunden zum Reagieren. Für diese kurze Zeit können Sie die Arme leicht festhalten. Aber – wer sagt Ihnen eigentlich, daß der Mann nicht gefesselt war?« Diese Frage haben wir vernachlässigt. Wir sind davon ausgegangen, daß man das sofort erkennen würde.

Darum kümmern wir uns später.

Jetzt zeigen wir Koraske die Aufnahmen vom Fundort, vom Seil, vom Holzstapel und dem Ast. Er nimmt die Fotos in die Hand, wirft einen Blick darauf und sagt spontan: »Was ist denn das für eine Kerbe? Haben Sie das gesehen? Wie breit die ist!?« Und dann gibt er uns eine Blitz-Lehrstunde in Sachen Spurenerklärung: Wenn ein Selbstmörder sich an einem Baum erhängt, dann entsteht durch das Seil eine schmale Furche, die genauso breit ist, wie das

Seil. »Aber gucken Sie hier mal genau hin«, sagt Koraske, »die Furche wird doch auffallend breit. Das hat eine andere Ursache. Das sieht aus, als wäre der Mann hochgezogen worden.«

Beim Hochziehen eines schweren Körpers kann das Seil leicht verrutschen, die Furche wird breiter. Wir sind völlig überrascht. An diese Möglichkeit hatten wir überhaupt nicht gedacht. Wir versuchen, seine These zu erschüttern, aber der erfahrene Ermittler kann alle unsere Einwände überzeugend widerlegen. Und auch zum Holzstapel hat er eine dezidierte Meinung: »Das wirkt doch wie im Nachhinein aufgebaut. Wie ein Täuschungsmanöver, um vom wirklichen Geschehen abzulenken.«

Wir fahren zurück nach Berlin. Für uns steht jetzt endgültig fest, daß wir einen erfahrenen Kriminalexperten brauchen. Mit ihm müssen wir den Fundort noch einmal im Detail ansehen und versuchen, einen möglichen Tatablauf zu rekonstruieren. Auf der Suche nach kriminalistischer Beratung landen wir zunächst an der Ruhr-Universität in Bochum. Dort hat Professor Thomas Feltes den Lehrstuhl am Institut für Kriminologie übernommen. Feltes war früher Rektor der Hochschule der Polizei, der Fachhochschule Villingen-Schwenningen. Er verbindet in seiner Vita die wissenschaftliche Beschäftigung mit Fragen der Kriminologie mit praktischen Fragen. Der Jurist ist einer der wenigen ausgewiesenen Kriminologie-Experten in Deutschland. Er ist ein gefragter Gutachter und in dieser Funktion schon bei Anhörungen im Bundestag, in etlichen Landtagen sowie bei Strafprozessen aufgetreten.

Feltes hört sich unsere Schilderungen zum Fall Petroll zunächst geduldig an. Eine unserer Kernfragen an ihn lautet: Läßt sich anhand des Stricks, an dem Petroll erhängt aufgefunden wurde, ein Fremdverschulden nachweisen? Feltes nickt: Es bestehe die Chance, die durch Zug entstandenen Veränderungen am Seil festzustellen. Solche Veränderungen an der Faserstruktur würden sich unter dem Elektronenmikroskop zeigen. Es gebe einige wenige Experten, die sich auf solche Analysen verstehen. »Was Sie allerdings auf jeden Fall brauchen«, sagt Feltes, »ist das Seil.«

In der nächsten Zeit haben wir kaum Gelegenheit, uns um den Fall Petroll zu kümmern. Erst im Frühjahr 2003 haben wir wieder etwas mehr Freiraum. Wir verabreden uns mit dem bekannten Kriminalisten Dr. Mark Benecke, der jeden Sonnabendmorgen auf dem Berliner Sender »RadioEins« Kriminalfälle beschreibt und analysiert. Wir treffen Benecke im »Café Einstein« an der Kurfürstenstraße. Er ist ein junger, außerordentlich dynamischer Wissenschaftler, den ungewöhnliche Kriminalfälle reizen. Als wir ihm den Fall schildern und auf die Furche zu sprechen kommen, ist er sofort bereit, mit uns zum Fundort zu gehen. Der Fall interessiert Benecke so sehr, daß er später bereit ist, zusammen mit einer Assistentin auf eigene Kosten nach Berlin zu kommen: »Aber wir brauchen eine Bergsteigerausrüstung«, fordert er, »wir müssen die möglichen Abläufe realistisch nachstellen. Einer von uns muß sich in der Ausrüstung an den Ast hängen. Dann können wir die alte und die neuen Furchen miteinander vergleichen.«

Glücklicherweise haben wir Kontakt zu einer alten Studienfreundin, die mit ihrem Mann die »Pyrotechnik GmbH« betreibt, eine auf Spezialeffekte ausgerichtete Firma. Von ihr bekommen wir alles, was wir brauchen: Bausicherungsgeschirr, Bergsteigersicherungsgurt und Schäkel. Dazu eine »Harnest-West«, eine amerikanische Extraanfertigung für Stuntmen, in der die tollen Kerle fliegen, fallen oder hängen. Am 26. März 2003 fahren wir mit Dr. Benecke und einer Assistentin in den Grunewald. Als wir zur Doppeleiche am Jagen 59 gehen, kommentiert Dr. Benecke sofort die Umgebung: »Das ist ein guter Ort für eine Tat.« Die Wege sind breit genug. Man kommt mit dem Wagen direkt bis an den Tatort ohne gesehen zu werden. Und man ist direkt an der Autobahn. Dadurch herrscht immer ein gewisser Lärmpegel, der viele Geräusche überdeckt. Und man kann sich sehr schnell von hier entfernen.

Dr. Benecke sieht sich den Ast, an dem Petroll erhängt gefunden wurde, genauer an. Auf einer Haushaltsleiter steigt er so hoch, daß er den Ast mit der Furche von allen Seiten aus fotografieren kann. Dann steigt er in das blau-orangefarbene Bausicherungsgeschirr. Wir befestigen unser mitgebrachtes Kunststoffseil an dem Ast und an dem Geschirr. Benecke steigt auf die Leiter und läßt sich wenige Zentimeter nach unten fallen. Ungefähr so weit, wie auch Petroll nach Aktenlage (»die Füße befanden sich freihängend etwa 40 Zentimeter über dem Boden«) und nach unseren Berechnungen gefallen sein muß. Der Kriminalist bewegt kräftig Arme und Beine. Er will zusätzliche Bewegung erzeugen, um einen Selbstmord realistisch zu simulieren. Dabei, das haben uns Rechtsmediziner erläutert, geraten die Sterbenden manchmal kurz vor ihrem Tod oft noch in tänzelnde Bewegungen. Die will Dr. Benecke nachstellen. Als er wieder auf der Leiter steht und das Seil vom Ast abgemacht hat, starren wir gespannt auf die Furche: Sie ist schmal, exakt so breit wie unser 0,8-Zentimeter-Seil. Und sie ist sehr flach, nur wenige Millimeter tief.

Dann der zweite Versuch. Dieses Mal ohne die Haushaltsleiter. Wir bauen den merkwürdigen Holzstapel auf, von dem Petroll aus in den Tod gesprungen sein soll. Die Konstruktion besteht aus vier auf der Erde liegenden gleich großen Birkenscheiten. Darauf sind in vier Schichten jeweils zwei Holzstücke längs und quer gepackt. Die letzten zwei Schichten bilden Dreiecke. Diese Konstruktion hat keiner der Ermittler und Experten, die wir im Verlaufe der Recherche ansprechen, jemals gesehen. Die Polizei hat die Birkenstämme gleich neben der Eiche liegengelassen. Der Nachbau gelingt deshalb relativ schnell.

Jetzt steht Dr. Benecke unter dem Ast. Seine Assistentin hat das Seil über den Ast geworfen. Während wir Dr. Benecke leicht anheben, zieht seine Assistentin kräftig am Strick. Mit wenig Mühe gelingt es uns, den »Probanten« wieder auf dieselbe Höhe zu bringen. Wieder warten wir gespannt, wie die Kerbe aussieht.

Diesmal ist sie deutlich tiefer und breiter – ähnlich jener Furche, die die Experten für Verbrechensbekämpfung im Fall Petroll vorgefunden haben. Auch Dr. Mark Benecke ist beeindruckt. Doch als Wissenschaftler ist er Skeptiker bis zum Schluß: »Wir haben alles realistisch nachgestellt. Aber theoretisch, eventuell, könnten andere Feuchtigkeitsverhältnisse an der Rinde das Ergebnis beeinflußt haben.«

Eigentlich hätte diese Kerbe in der Beurteilung der Staatsanwaltschaft eine Rolle spielen müssen, weist sie doch auf den Befund des renommierten Rechtsmediziner Professor Dr. Dr. h.c. Volkmar Schneider hin. Der erfahrene Gutachter schreibt in seiner extra erbetenen, ergänzenden Stellungnahme zum Thema »Erhängen nach einer Tötung«: »Es kommt vor, daß die Leiche nach einem Tötungsdelikt suspendiert [aufgehängt, d.A.] wird, um eine Selbsttötung vorzutäuschen. In diesen Fällen findet man mitunter ein Verrutschen des Strangwerkzeuges am Hals ..., aber auch an der Anknüpfung (z.B. Balken, Rohr, Astgabel) findet man dementsprechende Spuren des Hochziehens.«

Genau eine solche Spur, eine zu breite Furche des Seiles, findet sich am Ast der Doppeleiche.

Das Problem ist nur: Professor Schneider erfährt von dieser beweiserheblichen Tatsache nichts. In seinem Gutachten vom 12. Dezember 2001, auf das sich die Staatsanwälte bei ihrer Selbstmordthese stützen, kann er dieses schwerwiegende Indiz nicht berücksichtigen.

Zwei Tage später fahren die Beamten der 6. Mordkommission zum Fundort in den Grunewald. Sie rekonstruieren den möglichen Selbstmord. Dabei entdecken sie die große Kerbe und fotografieren sie. Doch das Foto wandert nur in die Bildmappe und bekommt eine Nummer. Und das, obwohl der Rechtsmediziner sie auf die Bedeutung einer ungewöhnlichen Furche als ein mögliches Mord-Indiz hingewiesen hat. Eine weitere Panne.

Wir wenden uns dem nächsten Indiz zu: Wie sehen die Seilstücke aus, die an dem Ast aufgelegen haben? Hintergrund dieser Frage ist eine Feststellung im Obduktionsbericht des Gerichtsmediziners. Darin heißt es zu einem Seilstück: »Dieses Seil wurde vermutlich am Ast befestigt. Am Seil selbst sind deutliche schwarze Fremdanhaftungen an der Oberfläche.«

Diese Beobachtung vergleichen wir mit unseren Seilstücken. Das Ergebnis ist eindeutig: Das Seil, an dem Dr. Benecke selbst gesprungen ist, ist nur leicht und auf einem kurzen Stück grünlich gefärbt. So müßte es bei einem Freitod aussehen. Bei Petroll aber sah der Strick laut Aktenlage völlig anders aus – er zeigte kräftige schwarze Spuren.

An dem zweiten Seilstück, mit dem wir das Hochziehen eines Körpers simuliert haben, sind die Anhaftungen genau so: kräftig und dunkel. Sie erinnern sofort an den Fall Petroll, daran, wie der Gerichtsmediziner das Strangmaterial beschrieben hat. Wir mögen es kaum glauben: Dieser zweite Versuch war unsere Simulation einer Mord-Variante. Dr. Mark Benecke ist ebenfalls sehr nachdenklich. Und er betont noch einmal: Der Ort sei gut geeignet, denn jeder Täter könne sich hier sehr schnell entfernen. Aber er braucht endgültige Beweise: »Wir benötigen das Original-Seil. Damit könnten wir einen materiellen Beweis für ein Verbrechen erhalten.«

Mit diesem Hinweis fahren wir zurück in die »Kontraste«-Redaktion. Von dort aus setzen wir uns sofort mit der Rechtsanwaltskanzlei in Verbindung, die die Interessen des Vaters vertritt. Doch die Materialbeschaffung gestaltet sich schwierig. »Vielleicht innerhalb von vier Wochen«, lautet die Antwort.

Wir nehmen wir noch einmal die Aktenlage zu den Todesumständen vor. Was auffällt ist zunächst, daß die wichtigsten Datenträger Petrolls verschwunden sind: Seine tragbare Festplatte, auf der er die geheimsten Daten speichert. Er hatte sie nach Aussagen von Freunden immer bei sich; sein »Cassiopeia«, das elektronische Notizbuch, wurde nie gefunden; seine Digitalkamera nutzte er als elektronisches Tagebuch. Die Ermittler haben sie bis heute nicht.

Als Petroll die Wohnung am 28. September verläßt, muß er nach Angaben seines Mitbewohners Biermann zumindest sein Siemens-Handy und sein Multifunktionswerkzeug (»Leatherman«) bei sich haben. Gegen 18 Uhr ruft Petroll bei Biermann an und sagt sinngemäß: »Ich treffe mich jetzt mit Carola, nur daß du Bescheid weißt.« Was danach geschieht, auf welchem Weg Petroll in den Grunewald gelangt, ist völlig unaufgeklärt. Er hat kein Auto, in seinen Taschen finden sich später keine BVG-Fahrscheine oder Taxiquittungen.

Nach der Selbstmord-Theorie der Ermittler kauft er sich irgendwo ein Kunststoffseil. In dem Geschäft schneidet er sein Seilstück mit einem Thermomesser ab – damit sind beide Seil-Enden verschweißt und können nicht aufrippeln. Mit dem Strick in der Tasche soll Petroll dann irgendwie in den Grunewald gelangt sein. Er soll rund eineinhalb Kilometer am oder im Wald unterwegs sein. Dann findet er zufällig die passende Doppeleiche. Dort liegen zufällig auch ausreichend viele Birkenscheite, um eine, selbst erfahrenen Experten unbekannte Steighilfe zu bauen.

An dieser Stelle ist ein Einschub zum Todeszeitpunkt notwendig. Es ist nämlich nie ermittelt worden, zu welcher Zeit Petroll gestorben ist. Die ersten Polizisten am Fundort versäumen es, die Feststellung des Todeszeitpunkts zu verlangen. Darum weiß niemand, ob Petroll in völliger Dunkelheit oder in der Morgendämmerung in den Grunewald gelangt. Bei der Selbstmordtheorie stellen sich hier zwei Fragen: Wenn Petroll im Dunkeln ankommt, wie hat er dann diesen Baum und die Holzscheite gefunden? Und wieso ging er überhaupt so weit in den finsteren Wald hinein? Falls er aber in der Dämmerung ankommt, wäre zu klären: Wo war er eigentlich in den zwölf Stunden zuvor? Tanzen vor dem Freitod? Ein Besuch in einer Bar? Oder bei Freunden – bei welchen? Und in jedem Fall, ohne Alkohol zu trinken? Alles ungeklärt.

Auf jeden Fall muß er nach dieser Theorie irgendwo sein Handy und seinen »Leatherman« weggeworfen haben. Denn beides wird nicht bei ihm gefunden. Ohne den »Leatherman« aber ist die Lage am Fundort nicht zu erklären. Im Obduktionsbericht wird das »Strangmaterial« einigermaßen genau beschrieben. So heißt es zu einem der Strick-Enden korrekt: »Der kürzere ist ursprünglich wohl glatt getrennt und thermisch bearbeitet worden, die Fasern sind hier deutlich zusammengeschmolzen.« Das andere Ende beschreibt der Verfasser leider nicht genauer. Dort aber ist das Seil-Ende ein wenig aufgerippelt. Also: Es ist nicht mehr wie beim Kauf im verschweißten Zustand. Es muß mit einem scharfen Gegenstand durchschnitten worden sein.

Als wir ein entsprechendes Seil im Baumarkt kaufen und es in mehrere Stücke zerschneiden, fällt etwas sofort auf: Mit einem normalen Messer durchschnittene Kunststoffseile rippeln sehr schnell sehr weit auf. Selbst, wenn man sie nur in die Tasche steckt, mit sich herumträgt und sie wieder hervorholt. Das fragliche Ende am Strick Petrolls ist dagegen nur ganz leicht gerippelt. Es muß demnach direkt am Ort durchschnitten worden sein. Petroll hatte aber kein Messer oder irgendein anderes Schneidewerkzeug bei sich. Schon hier ist dieser Umstand auffallend. Noch drängender aber stellt er sich dar, als Polizisten erst am Tag nach dem Leichenfund noch drei weitere Seilstücke entdecken. Sie sind ebenfalls zurechtgeschnitten worden. Auch hier fragt sich selbst der Laie sofort: Womit eigentlich? Und wenn Petroll sie angeblich abgeschnitten hat (warum sollte er das tun?), wo ist dann sein Messer?

Die Polizei jedenfalls findet weder am ersten Tag noch bei einer weiteren Besichtigung irgendein Schneidewerkzeug. Auch wir suchen später den Fundort im Umkreis von etwa fünfzig Metern mehrmals ab – und finden nichts.

Die Ermittler lassen sich von diesen Fragen überhaupt nicht irritieren. Als sie ihre Selbstmordtheorie aufbauen, gehen sie auf die Seil-Enden überhaupt nicht ein. Die Aktenlage erweckt den Eindruck, als hätten sie die Existenz der verschiedenen Seilstücke und deren Zustand völlig übersehen. Dabei haben sie in ihren eigenen Akten Anschauungsmaterial zum Seilzustand. Auf einem Blatt mit der Bezeichnung »L33/02« habe sie offenbar als Vergleichsmaterial ein neues Seil-Ende mit Henkersknoten abgebildet. Dort sind beide Enden glatt verschweißt – so wie es sein muß, wenn man im Baumarkt einkauft und das Seil unverändert benutzt.

Da die Beamten alle »Seilfragen« ignorieren, kommen sie in ihren »Überlegungen/Rekonstruktion bezgl. des Erhängens« ungerührt zu dem einfachen Schluß: »Die bisherigen Ermittlungen sprechen eindeutig für eine Selbsttötung Petrolls durch Erhängen.« Auf diese Rekonstruktion der 6. Mordkommission bezieht sich der zuständige Staatsanwalt auch bei der Einstellung des Ermittlungsverfahrens. Zunächst behauptet er fälschlich, daß nach den Feststellungen »des international renommierten Gerichtsmediziners Prof. Dr. h.c. V. Schneider … ein Fremdverschulden am Tode

Petrolls auszuschließen ist.« Und dann fügt er hinzu: »Diese Feststellungen stehen im Übrigen im Einklang mit den Erhebungen der 6. Mordkommission am Fundort der Leiche und in der Wohnung des Verstorbenen.« Auch der Staatsanwalt übersieht die Ungereimtheiten um die Seilstücke.

Ein Blick in die Unterlagen der Staatsanwaltschaft zeigt, wie sich die frühe Festlegung auf die Selbstmord-These durch die Akten zieht. Offenbar deshalb werden weder engste Freunde noch Kollegen gesucht und befragt. Es gibt keine erkennbare Suche nach weiteren Beweispäckchen Petrolls. Den Fundort analysieren die Ermittler – wie oben geschildert – nur oberflächlich. Die Ergebnisse der Obduktion werden so, wie es gerade paßt, in die Beurteilung eingebaut. Nicht einmal die naheliegendsten Ermittlungsschritte werden eingeleitet. So erfahren die Beamten am 26. November 2001, daß Petroll sein Handy dabeigehabt haben muß. Und daß er Carola Clement treffen wollte – was Clement bestreitet. Spätestens mit der Aufnahme von Ermittlungen im Dezember 2001 wegen Mordverdachts hätten die Ermittler feststellen lassen müssen, mit wem Petroll vor seinem Tod telefoniert hat.

Für uns ist an dieser Stelle die Analyse des Seils die einzige Möglichkeit, genauere Hinweise auf das Geschehen am 28./29. September 2001 zu finden. Nach drei Wochen ruft uns er Anwalt von Petrolls Vater im April an: »Sie können die Seilstücke sehen.« An einem Nachmittag machen wir uns auf den Weg zum Treffpunkt in die Kanzlei in Charlottenburg. Wir sind gespannt darauf, was wir sehen werden. Neben den Endstellen der Seile interessiert uns vor allem, wie stark das Seil verschmutzt ist. Unser Bekannter hat zwei graue Umschläge bei sich: »So, da sind sie. Gucken können Sie, aber nicht anfassen«, sagt er und schüttet den Inhalt der Umschläge auf den Tisch. Vor uns liegen drei Seilstücke. Sie bestehen jeweils aus sechs Fasern. Jedes zwischen dreißig und vierzig Zentimeter lang und verschmutzt – und zwar sehr stark, jeweils nahezu über die ganze Länge. Im ersten Moment denken wir: So dreckig kann das Seil nach einem Selbstmord nicht aussehen. Das haben unsere Versuche mit dem Kriminalisten Benecke gezeigt. Ist dies der Beweis für einen Mord? Doch schon im nächsten Augenblick fragen wir uns: »Was für Seilstücke sind das überhaupt?« Mit dem Strick, an dem Petroll gefunden wurde, haben sie nichts zu tun. Wir sehen keine Schlinge, keinen Knoten. Irritiert fragen wir unseren Bekannten: »Was soll das denn sein?« Er sieht uns verwundert an und erwidert wie selbstverständlich: »Die Seilstücke aus dem Fall Petroll, wie von der Behörde geliefert.«

Für uns ist diese Antwort ein Rätsel. Drei einzelne Seilstücke? Damit haben wir nicht gerechnet. Als Lösung kommt uns nur eine Erklärung: Die Stücke sind zum Fesseln Petrolls benutzt worden. Gleichzeitig fragen wir uns: »Wie soll das denn gehen. Die sind doch viel zu kurz.« Wir wollen es ausprobieren. Sofort holen wir aus einem Baumarkt ein passendes Seil. Wir wickeln es dreimal um die Handgelenke eines Bekannten, verknoten es. Dann schneiden wir die Fesselung auf, indem wir an einer Stelle alle drei Umwicklungen durchtrennen. Das Ergebnis ist erschreckend: Es bleiben drei einzelne, gleich lange Seilstücke. Jedes ist gut dreißig Zentimeter lang. So lang, wie die Seilstücke vom Fundort. Für uns ist dieser Versuch derart überzeugend, daß wir uns fragen: »Warum hat die Kripo das nicht bedacht?«

Für uns sind diese Seilstücke ein weiteres Indiz dafür, daß die Mordermittlungen vorschnell eingestellt wurden. Sie sind ein Hinweis darauf, daß außer Petroll noch jemand am Ort des Geschehens gewesen sein muß. Das hebelt eine Kernargumentation der Staatsanwälte aus, mit der sie es ablehnen, das Ermittlungsverfahrens wieder aufzunehmen. Bei ihnen heißt es: »Hinweise auf eine Beteiligung Dritter« würden »völlig« fehlen.

Was uns noch fehlt, ist das Originalseil vom Baum. Wir fragen den Anwalt. Der schüttelt den Kopf: »Mehr ist nicht gekommen.« Wir verabreden, daß er sich noch am gleichen Tag nach weiteren Seilstücken erkundigt und uns sofort anruft, wenn er mehr weiß. Dann fahren wir zurück in die Redaktion. Am nächsten Tag klingelt das Telefon, der Rechtsanwalt. Er hatte sich sofort nach dem Seil erkundigt. Und wir können unseren Ohren kaum trauen, als er sagt: »Das Seil ist verschwunden. Es ist unklar, wo der Strick geblieben ist.« Vermutlich sei es einfach vernichtet worden, teilt die Behörde später mit.

In diesem wichtigen Todesfall hat die Staatsanwaltschaft eines der wichtigsten Beweismittel nicht mehr? Das Seil, an dem man hätte feststellen können, ob Petroll es überhaupt in der Hand gehabt hat? An dessen Schmutzanhaftungen zu prüfen gewesen wäre, ob sie eher zu einem Freitod oder zu einem Fremdverschulden passen? Das ist alles nicht mehr möglich. Die Grundlage für einen materiellen Beweis für einen Mord oder Selbstmord ist unwiederbringlich verloren. Innerhalb der Staatsanwaltschaft empfindet man dies offenbar nicht als Verlust. Wenn ein Ermittlungsverfahren eingestellt ist, bestehe kein Grund, Beweismittel noch längere Zeit aufzubewahren.

An diesem wichtigen Punkt im Fall Petroll bleiben damit lediglich Indizien. Enttäuscht rufen wir den Kriminalisten Benecke an und teilen ihm mit: »Das Seil ist weg.« Der Sachverständige läßt keinen Zweifel daran, was dies bedeutet: »Das ist in diesem brisanten Fall zwar ein Skandal schlechthin. Aber klar ist auch: Ohne das Seil läßt sich beim Thema Furche/Seilstücke kein wirklicher Beweis führen.« Für Dr. Benecke als vereidigten Sachverständigen bleiben damit zu dieser Spur zwar sehr merkwürdige Anhaltspunkte, aber eben nur Anhaltspunkte. Ein endgültiges Urteil möchte und kann er auf dieser Grundlage nicht fällen. Eines aber betont der erfahrene Experte in Sachen Verbrechen: »In diesem Fall gibt es viele unbeantwortete Fragen. Und die gehen nicht weg. Im Gegenteil. Je mehr man sich mit diesem Fall beschäftigt, umso zwingender drängen sich die Fragen auf.«

Für einen Sachverständigen ist schon dies eine weitreichende Aussage. Uns überrascht sie nach unseren Recherchen allerdings nicht mehr. In den nächsten Monaten suchen wir weiter nach Details, die in dieses Buch einfließen.

Gegen Ende des Jahres treffen wir im Berliner Abgeordnetenhaus den SPD-Abgeordneten Frank Zimmermann. Er ist Vorsitzender des Untersuchungsausschusses zum Bankenskandal. Das Gremium hat sich auch mit dem Tod Petrolls beschäftigt und sich vergeblich für eine Wiederaufnahme der Ermittlungen eingesetzt. Zimmermann hat sich über den Fall ein klares Urteil gebildet: »Schon nach dem, was wir bisher wissen, ist im Fall Petroll ein Fremdverschulden wahrscheinlicher als ein Freitod.«

Epilog

Während wir Anfang 2004 an diesem Buch schreiben, kommt über den Banken-Untersuchungsausschuß des Berliner Abgeordnetenhauses noch einmal Bewegung in den Fall Petroll. Ein junger Strafrichter hat sich zur Unterstützung des Gremiums abordnen lassen. Er will dem Ausschuß helfen, die zahlreichen juristischen und auch kriminalistischen Fragen im Gesamtkomplex Bankgesellschaft zu bewältigen. Dabei geraten dem Richter auch die Akten zum Fall Petroll in die Hände. Wie er die Sache einschätzt, faßt er im Herbst 2003 in einem vierseitigen Vermerk zusammen. Obwohl er sich dabei ausschließlich auf die mangelhaften und ergebnisorientiert wirkenden Ermittlungsakten der Staatsanwaltschaft stützt, kommt der Jurist zu einem eindeutigen Ergebnis. Sein Papier, das wir hier vollständig wiedergeben, ist überschrieben mit

1.Untersuchungsausschuß der 15. Berliner Wahlperiode (Bankgesellschaft/Parteispenden II)

»Die Auswertung der Ermittlungsakte 1 Kap Js 2150/01 hat zusammengefaßt folgenden Sachstand ergeben:

Das Verfahren ist am 29.9.2001 mit dem Auffinden der Leiche des zu dieser Zeit noch nicht identifizierten Lars Oliver Petroll (P.) als sogenanntes Todesermittlungsverfahren eingeleitet und schließlich am 23.5.2002 als Ermittlungsverfahren wegen Mordes gemäß § 170 Abs. 2 StPO mangels eines hinreichenden Tatverdachts ›endgültig‹ eingestellt worden. Mehrere Versuche des Vaters des Toten, mit Hilfe eines Anwalts die Wiederaufnahme der Ermittlungen zu erreichen wurden von der Staatsanwaltschaft zurückgewiesen.

Nachdem sich den am Leichenfundort eintreffenden Polizeibeamten auf den ersten Blick das Bild einer Selbsttötung durch Erhängen bot, wurde die Bearbeitung nicht von einer Mordkommission des LKA übernommen, sondern von einem Team der örtlich zuständigen Direktion (Dir. 2). Die schnelle gedankliche Festlegung auf eine Selbsttötung hatte zur Folge, daß die Spurensuche nur oberflächlich und unter Nichtberücksichtigung wesentlicher Fragen ablief (wesentliche Spuren – z.B. Teile des zur Strangulation verwendeten Seils – wurden erst am Folgetag gesichert). Schon am 15.10.2001 verfügt der zuständige Staatsanwalt routinemäßig (›Kein Anhalt für fremdes Verschulden‹) erstmals die Einstellung des Verfahrens, ohne daß auch nur die Identität des Opfers geklärt war.

Als anderthalb Monate später durch Ermittlungen einer anderen Polizeidienststelle, die der Vater des Toten eingeschaltet hatte, die Identität des Toten ermittelt werden konnte, wurde das Verfahren zwar wieder aufgenommen, es erfolgte jedoch weder eine sachgerechte Bewertung der Tatortbefunde, noch wurde das Umfeld des Toten ausreichend aufgeklärt.

Spätestens zwei Wochen nach Wiederaufnahme des Verfahrens legte sich der nun zuständige kriminalpolizeiliche Ermittlungsführer gedanklich ebenfalls auf die Suizid-These fest: ›Die bisherigen Ermittlungen sprechen eindeutig für eine Selbsttötung ...‹ Dabei ließ er – wie auch alle anderen Ermittler – einen wesentlichen Aspekt außer Acht: Am Fundort wurden insgesamt vier augenscheinlich einmal zu einem Seil gehörende Seilstücke aus Kunststoff gefunden; nur eines davon befand sich an der Leiche und diente der Strangulation. Während das zur Strangulation verwendete Seilstück an einem Ende vermutlich mit einem sogenannten Thermomesser bearbeitet wurde (wahrscheinlich schon beim Verkauf), sind die weiteren Trennungen augenscheinlich mit einem scharfen Werkzeug durchgeführt worden. Das Seil wurde offenbar am Ort ›passend‹ gemacht und die nicht benötigten Stücke weggeworfen. Dafür, daß dies der Tote getan hat, spricht allerdings wenig: Ein geeignetes Werkzeug für das glatte Durchtrennen des Seiles fand sich nämlich nicht am Leichenfundort!

Eine naheliegende Erklärung für die Existenz der abgetrennten Seil-Enden ist nach der Aktenlage und vor dem Hintergrund der Selbsttötungshypothese der Staatsanwaltschaft nicht ersichtlich.

Daß der Tote das Seil bereits zerstückelt zum Fundort gebracht hat, ist mehr als unwahrscheinlich, denn dazu hatte er keinen Anlaß.

Die Obduktion hat zwar tatsächlich keine Hinweise auf ein Fremdverschulden erbracht, schließt aber ein solches keineswegs aus (auch wenn genau das in der Einstellungsverfügung vom 23.5. 2002 unzutreffender Weise behauptet wird).

Denkbar ist danach, daß P. auf seinem Weg zu Carola Clement (deren Besuch er dem Zeugen Biermann telefonisch angekündigt hatte) am 28.9.2001 nach 18 Uhr von einem oder mehreren Unbekannten abgefangen wurde und unter Anwendung psychisch wirkenden Zwanges (z.B. Vorhalt einer Schußwaffe) und möglicher Weise gefesselt (die Seilreste hätten zusammen dafür gereicht) gezwungen wurde, bis in den Wald zu dem (ggf. vorbereiteten) Hinrichtungsort mitzukommen, den Holzstapel zu erklimmen und sich selbst anschließend die Schlinge um den Hals zu legen. Danach könnte der Holzstapel zum Einsturz gebracht und sodann wieder aufgerichtet worden sei, um die Tat zu vertuschen. Wenn er bis zuletzt über die Entschlossenheit des oder der Täter im Unklaren gelassen wurde, könnte es sein, daß P. gehofft hat, daß ihm nur eine drastische Warnung vermittelt werden sollte und er dem Tod entgehen könnte, wenn er sich fügt.

Für einen Mord könnte nach Aktenlage sprechen, daß

- P. trotz einer offenbar intakten Beziehung zu seinem Vater, dem er noch am 28.9.2001 eine beruhigende SMS-Nachricht geschickt haben soll (es gehe ihm gut), keinen Abschiedsbrief hinterlassen hat.
- Er noch am frühen Abend des 28.9.2001 (ca. 18 Uhr) bei seinem Wohnungsgeber Sebastian Biermann angerufen hat, um ihm mitzuteilen, daß er sich mit seiner Ex-Freundin Carola Clement (der früheren ›AUBIS‹-Sekretärin) in Charlottenburg treffen wolle,
- P. keinerlei Ausweise oder Dokumente bei sich hatte, die seine schnelle Identifizierung ermöglicht hätten,
- sein Handy, daß er angeblich immer bei sich gehabt haben soll, nicht aufgefunden worden ist,

– ein ›Henkersknoten‹ verwendet worden ist,
– am Fundort der Leiche mehrere zerschnittene Stücke des zur Strangulation verwendeten Seiles aufgefunden wurden, ohne daß eine Schere oder ein Messer gefunden wurde,
– das nicht zur Strangulation verwendete Seilstück in unzertrenntem Zustand gereicht hätte, um P. zu fesseln,
– der Zeuge Asmus gegenüber dem Zeugen L. noch im August 2001 geäußert haben soll, daß P. den Wienhold erpreßt und damit droht, sein Wissen über die ›AUBIS‹-Geschäftspraktiken der Bank und der Staatsanwaltschaft zugänglich zu machen und daß er (P.) diesen Erpressungsversuch vielleicht nicht überleben werde.
– Als Hinweis auf eine zunächst erfolgreiche Erpressung Wienholds eine Zahlung von 10.000 DM von einem Wienhold/Neuling Konto an P. am 13.7. 2001 in Frage kommt,
– P. nach mehreren Zeugenaussagen zuletzt erhebliche Angst vor den ›AUBIS‹-Verantwortlichen hatte und deshalb sogar seine Wohnung verließ und sich an wechselnden Orten (u.a. auch in Hamburg und Hildesheim) aufgehalten haben soll.
– Durch den Zeugen Dr. Lauritzen belegt ist, daß P. versucht hat, sein Wissen der BerlinHyp zu verkaufen.

Für einen Suizid könnte dagegen sprechen, daß
– an der Leiche keine Hinweise auf Gegenwehr durch P. gefunden worden sind.
– Ein »Henkersknoten« auch bei Suiziden vorkommt.
– Das Zurücklassen der Seilreste einen groben Fehler des Mörders darstellen würde.
– Der Versuch, belastende Informationen über »AUBIS« an die BerlinHyp zu verkaufen fehlgeschlagen war,
– auch der Versuch, sich mit einem Internetcafé selbständig zu machen, gescheitert war,
– P. erhebliche Schulden aufgehäuft hatte und offenbar kaum noch über Bargeld verfügte, sich also vielleicht in einer subjektiv ausweglosen Lage befunden haben könnte.

– Er am Tage seines Verschwindens auf den Zeugen Biermann »müde, sehr introvertiert« und allgemein »niedergeschlagen« wirkte,
– es nach Aussage der Zeugin Clement zwar ein Telefonat am 27.9.2001 gegeben hat, aber keine Verabredung für den 28.9. 2001.

Durch Zeugenaussagen ist belegt, daß P. Zugang zu den Geschäftsgeheimnissen des »AUBIS«-Führungszirkels hatte (er war im Besitz aller EDV-Zugriffsberechtigungen und hatte Zugriff auf das interne Netz der Geschäftsleitung). Er hat bereits Anfang 2000 gegenüber dem Zeugen M. erklärt, er und der Zeuge Asmus verfügten über genug Wissen, »um die Chefetage ins Schwitzen zu bringen«. Ebenso ist belegt, daß P. Informationen über »AUBIS« gesammelt und aufbewahrt hat (Zeugin W.). Disketten mit »AUBIS«-Daten aus seinem Besitz sind zudem in seiner Wohnung Anfang September 2001 beschlagnahmt worden.

Aus der Aussage des Zeugen L. ergibt sich, daß Sven Asmus entweder von Wienhold oder von P. über den Versuch P.'s, Wienhold zu erpressen, informiert war und gegenüber dem Zeugen L. geäußert hat (vielleicht auch, um diesen davon abzuhalten, gleiches zu versuchen) das P. seinen Erpressungsversuch – wenn er sich nicht eines besseren besinnt – vielleicht nicht überleben werde. Daß versucht worden ist, P. »abzufinden«, könnte sich aus der ansonsten nicht erklärbaren Zahlung von 10.000 Mark an ihn am 13.7.2001 ergeben, die P. gegenüber dem Zeugen Biermann (sprachlich etwas schräg) als »Judaskuß« bezeichnet hat. Durch den Zeugen Dr. Lauritzen ist bekannt, daß P. offenbar trotz der Zahlung von Wienhold/Neuling versucht hat, sein Wissen der BerlinHyp zu verkaufen und sich zu diesem Zweck mit Dr. Lauritzen bereits am 11.7.2001 getroffen hatte.

Es drängt sich danach förmlich auf, den Zeugen Asmus zu vernehmen und danach zu fragen, wie er von dem Erpressungsversuch P.'s erfahren hatte und was er über den Fortgang der Angelegenheit – insbesondere über Kontakte zu P. nach dem 13.7.2001 – berichten kann. Denn nach der Aussage des Zeugen … stellte er die Erpressung noch im August als gegenwärtig dar. Spätestens am 19.9.2001 – also neun Tage vor P.'s Verschwinden bzw. Tod – erhielten die Anwälte Wienholds und Neulings – und damit sicher auch sie selbst – im Wege der Akteneinsicht in das Verfahren 3 WI Js 745/01 [das Wirtschaftsverfahren gegen »AUBIS«, d.A.] Kenntnis davon, daß P. ein »doppeltes Spiel spielte«, indem er nicht nur versuchte, von ihnen Geld zu erpressen, sondern zugleich mit der Gegenseite über den Verkauf seines Wissens verhandelte.

Daß die Staatsanwaltschaft sich bisher geweigert hat, in diese Richtung weiter zu ermitteln, ist nur vor dem Hintergrund der unzureichenden Auseinandersetzung mit der Auffinde-Situation der Leiche bzw. dem zerschnittenen Strangulationswerkzeug zu verstehen. Das offenbar am Ort zertrennte Seil zwingt meines Erachtens zur Wiederaufnahme des Verfahrens gegen Unbekannt, denn es stellt einen tatsächlichen Anhaltspunkt (§ 152 StPO*) für die Anwesenheit mindestens einer bisher unbekannten Person am Tatort dar, die das Werkzeug, mit dem das Seil zertrennt worden sein muß, mitgenommen hat, als sie den Ort verließ.«

* Strafprozeßordnung, Paragraph 152:

(1) Zur Erhebung der öffentlichen Klage ist die Staatsanwaltschaft berufen

(2) Sie ist, soweit nicht gesetzlich ein anderes bestimmt ist, verpflichtet, wegen aller verfolgbaren Straftaten einzuschreiten, sofern zureichende tatsächliche Anhaltspunkte vorliegen.

Aufgrund dieses Vermerks wendet sich der Banken-Untersuchungsausschuß an die Berliner Justizsenatorin Karin Schubert. Sie möge eine Wiederaufnahme der Ermittlungen anweisen. Doch Karin Schubert ringt sich nicht dazu durch, die Staatsanwälte erneut auf die Spur zu schicken. Als Konsequenz aus dieser Passivität beschließt der Banken-Untersuchungsausschuß, den Fall Petroll im Frühjahr 2004 auf seine Tagesordnung zu setzen. Laut Beweiserhebungsbeschluß will das Gremium unter anderem Sven Asmus als Zeugen hören.
Am 2. März beginnt vor dem Berliner Landgericht der Prozeß gegen die »AUBIS«-Manager Klaus-Hermann Wienhold und Christian Neuling. Die Staatsanwaltschaft wirft ihnen im Zusammenhang mit den »ELPAG«-Wärmelieferungen Betrug beziehungsweise versuchten Betrug zu Lasten der BerlinHyp und ihrer Tochtergesellschaften vor. Die Anklage wurde vor zwei Jahren erhoben. Innerhalb der Bankenaffäre gab es bisher 124 strafrechtliche Ermittlungsverfahren. 62 Verfahren wurden eingestellt. In sieben Fällen wurde Anklage erhoben. Die Staatsanwälte werden von diesem Verfahren regelrecht erschlagen. In einer 250 Quadratmeter grossen Halle werten zwölf Staatsanwälte, zehn Wirtschaftsreferenten und 21 Kripobeamte insgesamt 5750 Stehordner Akten und vier Millionen Dateien aus. Sie ermitteln im größten Bankenskandal der deutschen Nachkriegsgeschichte.

Susanne Opalka arbeitet seit 15 Jahren für das ARD-Politikmagazin »Kontraste«. Sie hat unter anderem die Hintergründe des Mykonos-Attentats in Berlin und zu den CDU-Parteispenden recherchiert.

Olaf Jahn hat für verschiedene Tageszeitungen im In- und Ausland gearbeitet und in Berlin zum Bankenskandal recherchiert. Seit zwei Jahren ist er Mitarbeiter bei »Kontraste«.

Lesen Sie weiter:

5. Auflage
232 Seiten, gebunden,
€ 16,80 (D) / CHF 29,90
ISBN 3-88747-179-2

»Was Rose in seinem sehr lesenswerten Buch zusammengetragen hat, läßt selbst den Kundigen erschaudern.«

Georg Jakobs, Manager-Magazin

»Rose gelingt hier etwas Neues, er fügt die Episoden, die allein allenfalls für Insider verständlich wären, chronologisch zusammen und erzählt sie wie einen Roman.«

Lorenz Maroldt, Der Tagesspiegel